胡广星

戏剧剧本选集

胡广星 ◎ 著

经济日报出版社

图书在版编目（CIP）数据

胡广星戏剧剧本选集 / 胡广星著. —— 北京：经济
日报出版社，2021.8
ISBN 978-7-5196-0899-6

Ⅰ.①胡… Ⅱ.①胡… Ⅲ.①剧本–作品综合集–中
国–当代 Ⅳ.①I230

中国版本图书馆 CIP 数据核字(2021)第 174961 号

胡广星戏剧剧本选集

作　　者	胡广星
责任编辑	王　含
责任校对	蒋　佳
出版发行	经济日报出版社
地　　址	北京市西城区白纸坊东街 2 号（邮政编码:100054）
电　　话	010-63567684（总编室）
	010-63584556　63567691（财经编辑部）
	010-63567687（企业与企业家史编辑部）
	010-63567683（经济与管理学术编辑部）
	010-63538621　63567692（发行部）
网　　址	www.edpbook.com.cn
E – mail	edpbook@126.com
经　　销	全国新华书店
印　　刷	成都兴怡包装装潢有限公司
开　　本	710mm×1000mm　1/16
印　　张	17.50
字　　数	240 千字
版　　次	2021 年 8 月第一版
印　　次	2021 年 8 月第一次印刷
书　　号	ISBN 978-7-5196-0899-6
定　　价	46.00 元

目录

CONTENTS

恩 怨 亲 家

人物表

肖 楠　女，小陈村支书，端庄秀丽
常 捷　男，研究生，内向、书生气
肖建业　肖楠父，老实忠厚
常有理　常捷父，刁蛮无理
常奶奶　常捷奶奶
肖 母　肖楠母，温柔贤惠
孙二婶　女，中年，文艺骨干
黄 二　男，好吃懒做，挑拨事端
崔助理　村长助理（村官）
群众若干

第一场

时间：时下，春天某日。
地点：小陈庄街上。
背景：新农村街景。

孙二婶　【兴奋地看着乡亲们扭着秧歌，也跟着扭了两下】
　　　　（唱）新农村新时代谱写新篇，
　　　　　　　咱村的旧面貌换了新颜；

笔直的马路亮又宽，

鲜花绿草种在那个路两边；

山清水秀天也蓝，

小陈庄就像个美丽花园；

听说村里要把那文化中心建，

这几天可把我乐翻了天。

哈！哈！哈……这几年，咱农村的变化是越来越大，姐妹们没什么事了，就想成立一个秧歌队，大家一起乐呵乐呵。可村里没有活动场地，就跑到这马路上跳，为这事，让肖书记都说了好几回了（不好意思地笑）。听说村里要建文化中心，你说这几天呀把我乐得呀……哈！哈！哈！我是做梦都笑醒了！

崔助理 【手里拿着一张图纸急忙地上场，东张西望地找人，看到孙二婶】

二婶，您看见肖书记了吗？

孙二婶 【一把拉住崔助理】

崔助理，找肖书记啥事啊？

崔助理 有大事。

孙二婶 是不是建文化中心的事？

崔助理 二婶，这是秘密，不能告诉你。

孙二婶 好啊，你跟我孙二婶敢讲秘密，想不想找对象了？说！

崔助理 二婶，这事很急，我得赶紧找肖书记汇报去！

孙二婶 你今天不说我就不让你走。

崔助理 二婶。

（唱）村里的文化中心已经立项，

前期的手续统统盖上了章；

建设资金已经到账，

就是这土地使用证还没到手要泡汤。

孙二婶 这土地使用证为什么办不下来呀？

崔助理 照整体规划这文化中心要建在村西口，可是那里有一座坟必须迁走。

孙二婶 那就迁呗！

崔助理　二婶，您知道那坟是谁的吗？

孙二婶　谁的？

崔助理　埋的是常有理他爹！

孙二婶　我的个天啊！你别说了，这事可麻烦了，肖常两家本来就有仇，那仇大的，哎哟我的妈啊，比天都大，这事又正好碰上肖书记管，我看那是剃头刀子擦屁股——悬了！

崔助理　可不是吗，二婶，你说这事该怎么办？

孙二婶　我哪知道怎么办啊？你说肖书记一个姑娘家，怎么斗得过常家那个大魔头啊，这事可难了，比天宫一号上天都难！

崔助理　你别光说难啊，您老得帮着想想办法啊！

孙二婶　我能有什么办法啊？

　　　　【边说边下】

肖　楠　（内唱）工期紧脚步快光阴似箭，

　　　　（唱）阳春三月，

　　　　　　　清明时节，

　　　　　　　垂柳发芽，

　　　　　　　春风拂面，

　　　　　　　美景如画。

　　　　　　　肖楠我喜在心间，

　　　　　　　我是镇里公务员，

　　　　　　　挂职在农村已两年。

　　　　　　　村里要把文化中心建，

　　　　　　　各种手续具已办完。

　　　　　　　眼前迁坟是难事，

　　　　　　　迎难而上莫迟延。

崔助理　肖书记，您可回来了。

肖　楠　情况怎么样？

崔助理　肖书记，我到区土地局办证，他们说，没有老常家签字，这证明不能开，这个常有理也太难缠了

肖　楠　别着急，我们想办法去做做常叔叔的工作。

孙二婶　肖书记，你可不能去碰这活阎王，常有理这家伙浑着呢！

崔助理 是啊，这工作还是让别人去做吧，你可不能去常家。

肖　楠 我是支书，这工作我不去做谁去做？我们先到现场看看，然后再去老常家。

　　　　【三人下】

常　捷 【手里拉着行李箱上场】

　　　　（唱）上完大学又读研，

　　　　　　　七年只觉一瞬间。

　　　　　　　家乡的面貌大改变，

　　　　　　　美景尽收在眼前。

　　　　　　　家乡的土地令我眷恋，

　　　　　　　家乡的情思日夜思不完。

　　　　　　　毕业论文选题是新农村发展，

　　　　　　　回到这火热的小陈庄来调研。

　　　　　　　看一看农村的新画卷，

　　　　　　　写一写农民的直观感言。

孙二婶 （唱）看到救星眼前站，

　　　　　　　常家的儿子常捷在眼前。

　　　　　　（白）哎呀我的妈呀，做常有理工作的人来了，肖书记快来呀，你看谁回来了。

肖　楠 【惊喜地、兴奋地望着常捷】常捷哥！

常　捷 【同样惊喜的】肖楠！

肖　楠 你放假了？

常　捷 【二人望情地对望着】你挺好的吧？

孙二婶 肖书记，肖楠，嗨，别看了，快说正事吧，

常　捷 肖楠出什么事了？

肖　楠 常捷哥！

　　　　（唱）这次你回家来正是时机，

　　　　　　　有一件棘手的事情让你出力气；

　　　　　　　咱村建文化中心和广场，

　　　　　　　你爹他不配合成了难题，

　　　　　　　规划中圈定了你家坟地，

　　　　　　　这件事关系到全村布局。

孙二婶　这事呀急着呢。

常　捷　啊！迁坟啊？上次我听我爹说过，好像他的情绪很大，这工作
　　　　　还真有点不好做。

常　捷　（唱）迁坟对我家来说是大事，
　　　　　　　　　我爹他有抵触是个难题。
　　　　　　　　　回家后我对他晓之以理，
　　　　　　　　　相信我说服我爹不误工期。

肖　楠　太好了，常捷哥，谢谢你。

　　【切光】

第二场

（曲子中起光）

【转景：常家客厅，常奶奶焦急的向外张望】

【曲子切住后】

常奶奶　哎！

　　　　　（唱）村里要建文化中心，
　　　　　　　　　听说是需要迁我家的坟。
　　　　　　　　　有理儿念旧恨坚决不同意，
　　　　　　　　　这件事真叫我心里发沉。
　　　　　　　　　想当年都怪我把事做错，
　　　　　　　　　昼夜里神不定有愧在心。
　　　　　　　　　我本该把实情对儿来讲，
　　　　　　　　　怎奈是真情难诉愁坏我年迈人。

　　【常有理怒气冲冲回到家中】

常奶奶　你这是怎么了，你是不是又想闹事呀？

常有理　妈！这姓肖的也太不像话了啊，他家要让咱家迁坟，这坟是随
　　　　　便迁的吗？我爸他死得不明不白的，这都死了五十多年了，他
　　　　　肖家还不放过咱家，现在当了支书手中有权了，就仗势欺人，
　　　　　这事，我就是豁出这条命，也不能答应他姓肖的。

常奶奶　孩子，得饶人处且饶人，做事可不能太无情。我看肖楠这孩子
　　　　不错，咱们就听她的把坟迁了吧。

常有理　妈！你不是说我爸是肖建业他爸给害死的吗？这杀父之仇不共
　　　　戴天，再说这肖楠只是一个小丫头，这主意一定是他爸肖建业
　　　　给出的，我决不能同意。

　　　　（唱）提起迁坟怒火烧，

　　　　　　　杀父之仇岂肯饶；

　　　　　　　他见我常家好欺负，

　　　　　　　想借权势要我好瞧；

　　　　　　　他就是玉皇大帝我也要把天官闹，

　　　　　　　我就不饶这一遭。

常奶奶　【无奈地】冤家！你能不能让妈我省省心呀。

　　　　（唱）你爹他不幸死得早，

　　　　　　　为把你养大成人受尽煎熬，

　　　　　　　过去的事情就该忘掉，

　　　　　　　冤冤相报何时消，

　　　　　　　孩子啊，听娘一句劝，

　　　　　　　五十年的恩恩怨怨你把他抛。

常有理　妈！这事你别管，我和姓肖的没完。

常　捷　【提行李正进门】爸，您这又和谁没完啊？

常奶奶　哎呀，我的大孙子回来了，快来，坐下。

常　捷　奶奶，您老身体好吗？

常奶奶　好！快坐，奶奶身体硬朗着呢，快让奶奶看看。

常有理　常捷，你小子回来的正好，这回咱爷儿俩一块和肖家人干！

常　捷　爸，干什么干啊，您都这岁数了，您就不怕人家笑话啊？

常奶奶　孩子，你爹让我从小就惯坏了，我的话他是一句都听不进去。

常　捷　奶奶您别着急，我在劝劝他，爸！

　　　　（唱）咱们村要兴建文化中心，

　　　　　　　这可是大好事人人欢心，

　　　　　　　可不能因为咱家影响集体，

　　　　　　　可不能因私利妨碍全村，

祖坟需迁咱就迁，

老爸你是个明白人。

常有理 嘿！你这个不争气的东西，你忘了你是哪头了吧，我告诉你，你敢不听老子的话，我打折你的腿！

常　捷 唉！您说我怎么遇上这么一个爹啊！

常有理 小兔崽子，我当你爹你还委屈了咋的？读了几年书倒是学会教训老子了，我知道你和那个姓肖的丫头有点意思，我警告你，你要是敢打她的主意，你就别姓常！

常　捷 这都是哪对哪啊？没法和您沟通，简直就是胡搅蛮缠。

常有理 对了，忘了你爹我叫啥了？常有理，我姓常的就是常有理！

【切光】

第三场

地点： 肖家客厅，中间摆放着中式桌椅。

【肖成业在屋里忙活着】

（唱）我女儿肖楠有志向，

这支书当的是

有模有样，有板有眼，

四乡有名声，八方来赞扬。

本担心女孩家没有这副铁肩膀，

可就是这个孩子到比那个男孩强。

两年来在村里锻炼成长，

改变了小陈庄昔日的旧模样。

现如今咱农村道路宽广，

这日子过的是芝麻开花，

蒸蒸日上，一天到比一天强。

（白）我闺女真给我争气。

肖　母 【从屋内出来】她爸，刚才肖楠她姨又来电话了，问给肖楠提的那个对象到底见不见面。

肖建业　老伴啊，这事还用我说吗，肖楠喜欢谁你还不知道啊，你都给她张罗多少回了，可这孩子就是不见，你说，我们当老家的又能怎么办？

肖　母　这丫头样样都好，就是这倔脾气怎么就随了你？

肖建业　唉？你这话说的，我脾气哪不好了。

肖　母　（唱）肖楠她一心扑在工作上，
　　　　　　　她姨介绍的对象从不见面，
　　　　　　　心里装着常捷这个好青年，
　　　　　　　这真是久旱盼雨有点难。

肖建业　老伴呀！
　　　　（唱）肖常两家结下的五十年恩怨，
　　　　　　　现如今两家人总算是无事相安，
　　　　　　　谁家的男孩子她都可以爱，
　　　　　　　唯独常家这座山永远不可攀。

肖　母　我这都劝了多少次，可就是劝不动啊，除非把两家的恩怨跟她挑明了。

肖建业　不可！这两家的恩怨是上一辈的事了，我们就别再传给后代了，过去的事就让他过去吧。

肖　母　可肖楠这婚事怎么办啊？

肖建业　顺其自然吧，让孩子自己解决。

肖　母　唉，给闺女找个对象可真叫难！得，我们给她姨回个电话去，闺女的婚事啊让她自己办去吧，我也不管了。

肖建业　我们就是管可管得了吗？

　　　　【一起下场】

黄　二　【探头探脑，流里流气，晃晃荡荡地上场】
　　　　（唱）我黄二在村里天天游荡，
　　　　　　　张家长李家短挑拨是非是我的特长。
　　　　　　　谁家里出点事我第一个准到场，
　　　　　　　为的是混酒喝名义上是帮忙。
　　　　　　　听说那肖书记要把那项目上，

　　　　　　这事我可不能呆坐一旁。

　　　　　　（白）肖叔在家吗？肖叔在家吗？

肖　母　黄二？你来干什么啊？黄二进宅，无事不来吧？

黄　二　肖婶，看您老说的，我这不是想我婶了吗。

肖建业　黄二，是不是又听到什么新闻了？

黄　二　肖叔，您还别说，还真有一个特大新闻。

肖建业　什么新闻？

黄　二　肖书记要建文化中心，正忙着迁坟呢。

肖建业　【大惊失色】迁谁家的坟呀？

黄　二　迁老常家的祖坟。

肖建业　【气得全身发抖，非常着急】

　　　　　　（唱）肖楠儿太大胆恐怕要惹祸，

　　　　　　　　　　为什么偏偏要捅常家这马蜂窝！

肖　母　【也非常紧张地】

　　　　　　（唱）肖楠她不知道内中缘故，

　　　　　　　　　　这件事如何对她来表说。

黄　二　【坏笑地对观众说】果然见效，我再加把火。肖婶，

　　　　　　（唱）常有理他犯浑抄起了切菜刀，

　　　　　　　　　　怒冲冲恶狠狠要把命来豁。

肖　母　他磨菜刀干什么？

肖建业　这还用问吗，他这是要拼命啊！

黄　二　叔婶你们别急，我再到常家去摸摸底，有什么情况我马上向你
　　　　　　报告，别着急。

　　　　　　【黄二跑下场，正和肖楠撞在一起，黄二摔了一跤，起来就跑】

肖　楠　站住！黄二，你又来使什么坏了？

黄　二　【站住，回身嬉皮笑脸地】肖书记，我，我来看看叔和婶。

肖　楠　这不年不节的怎么想起看你叔婶来了？

黄　二　今天这不是闲着没事吗。

肖　楠　黄二，你要是敢乱挑事，我可饶不了你。

黄　二　不敢，不敢。【说完转身跑下场】

　　　　　　【起过门】

肖　楠　【转身进屋，发现父母脸色不对】

　　　　（唱）见父母有怒气不解其意，

　　　　　　　莫不是黄二他做了一个局。

　　　　（白）爸，妈，我回来了。

肖建业　我的大书记，你还知道回来啊？

肖　楠　爸，怎么了？

肖建业　都是你。

　　　　（唱）为什么非要动常家坟地？

　　　　　　　这不是哪壶不开偏把哪壶提。

肖　楠　（唱）村里边有坟地原本不合理，

　　　　　　　让常家迁出去符合民意有何问题？

肖　母　（唱）傻闺女你年轻不知底细，

　　　　　　　迁祖坟常家人肯定不依。

肖　楠　（唱）为常家迁坟父母为何异常情绪，

　　　　　　　这里边到底有什么秘密？

肖建业　（唱）告诉你不能动就是硬道理，

　　　　　　　希望你想明白赶紧改主意。

肖　楠　（唱）如果你讲得有理我就依了你，

　　　　　　　您若是讲不通我坚决不能依！

　　　　（白）爸，这里到底有什么事呀？

肖成业　孩子，那是五十多年前的事了。（起曲子）那年闹灾荒，他们常
　　　　家逃荒来到小陈庄。

　　　　（唱）他常家祖籍本是山西上党，

　　　　　　　那一年讨饭流落到咱小陈庄；

　　　　　　　一家人病倒在咱肖家的门首，

　　　　　　　你爷爷是中医，

　　　　　　　伸出援手救死扶伤一片热心肠；

　　　　　　　我们给常家送水又送粮，

　　　　　　　我们给常家送药煎药汤，

　　　　　　　我们给常家温暖送心上，

　　　　　　　一家人才闯过大难一场。

時光流逝转眼到春上，

常有理的父亲卧病在床，

你爷爷按照医理给他开药方，

没承想一剂药服下，

他七窍流血命丧在小陈庄。

常家的媳妇把你爷爷告上公堂，

说不清道不明不知问题出哪厢，

常家人把仇恨记在了心上，

你爷爷古道热肠进了牢房。

肖　楠　【很吃惊地】

（唱）听父亲讲出了当年景况，

也难怪常叔他情绪异常，

那坟中埋的是他爹尸骨，

换了谁也不愿揭开旧伤。

（白）爸，那后来我爷爷怎么样了？

肖成业　你爷爷坐了三年牢房，因病保外就医，心情郁闷不久就离开了
人世，爹我曾多次想与常家解除恩怨，可万没有想到，那常有
理在我和你妈结婚的时候，他……

肖　母　闺女，（唱）要说这常有理确实能闹，

想起我过门那天心就发毛。

我进了肖家门正在放鞭炮，

他常有理在门外摆起了棺椁，

搭起灵棚烧起了纸钱披麻戴孝，

哭他爹只哭得如同狼嗥。

喝喜酒的乡亲全都乱了套，

无奈何慌乱之中四散逃。

我独自在洞房把泪掉，

你爹他安慰我得饶人处把人饶。

肖　楠　爸、妈，建立文化中心是镇里的整体规划，咱不能因为常有理
反对就打退堂鼓吧？你们放心，相信女儿会处理好的，我去找
支委们商量商量，看看有没有更好的办法。

肖　母　好吧，去吧，别着急。

肖　楠　妈您放心吧。

　　　　【肖母下，肖楠出门】

黄　二　【跑着上场】肖书记肖书记，不好了，不好了，常有理要玩命了，都快冲到你们家来了！

肖　楠　【拉着黄二向外走】怎么回事？

黄　二　我是想帮您做做思想工作，劝劝常叔，这不，没劝住。

肖　楠　行了，我去看看。【下】

黄　二　你不能去，他就是冲你来的，你去了非打起来不可。你别去，你别去，你不能去，我的天啊，这事要闹大了。

　　　　【切光】

第四场

地点：村前大街上。

肖　楠　【用手机打电话】崔助理，通知支委到村委会马上开会。

　　　　【关了手机】

　　　　（唱）没想到建文化中心遇到挫折，

　　　　　　　让常家迁祖坟有点操之过急。

　　　　　　　都怪我没有把工作来做细，

　　　　　　　这里边竟藏着如此秘密。

　　　　　　　要化解这矛盾实属不易；

　　　　　　　常叔叔误会我故意把他欺。

　　　　　　　但愿得常捷哥工作能给力，

　　　　　　　但愿得上一辈的恩怨早日平息。

　　　　【常捷生气地上场】

常　捷　肖楠，

　　　　（唱）黄二这小子把事挑，

　　　　　　　添油加醋乱猜疑；

　　　　　　　说什么肖书记动了气，

带领着一帮人不管常家同意不同意，

亲自动手把坟移，

这下可气恼我爹常有理，

他要找肖楠你拼命比高低。

常有理 【手里拿着菜刀，衣冠不整，心急如焚地从另一侧上场】

(唱) 肖家做事太无理，

我常有理不是那么好惹的。

【在大街上正遇到肖楠，指着肖楠的鼻子】你！你！你！

(唱) 你个黄毛丫头敢在太岁头上来动土！

肖　楠 常叔叔，你这是怎么了？

常有理 (唱) 我不是你叔叔，你是我姨！

【常有理举着菜刀向肖楠扑过来】

【孙二婶上，孙二婶一把抱住了常有理，常捷赶到，用身体挡在肖楠前面，保护着肖楠】

常有理 你别管，姓肖的，今天有你没我，有我没你！

【常有理越闹越凶，拼命向肖楠方向冲，常捷站在肖楠前面拦着】

(白) 你小子还是不是常家的儿子，怎么帮着肖家来欺负你爸！

常　捷 爸！别再胡闹了，再闹下去你就不是我爸！

常有理 好小子，有种，我不是你爸，你是我爸！

孙二婶 差辈了，这爸也能随便换着玩的？

肖　楠 【推开常捷，走到常有理面前】常叔叔，

(唱) 肖楠是您的晚辈年纪尚轻，

如果有得罪处请您担承。

从心里我对您十分敬重，

若有意见提出来莫把气生。

常有理 哼！(唱) 你肖家假仁假义假真诚，

往日的怨仇你可还不清，还不清。

肖　楠 (唱) 劝叔叔别着急来多冷静，

能不能听侄女把话讲清；

建文化中心为的是全村群众，

选地址定项目都在规划中。

常有理 （唱）当书记有文化说话好听，

这规划还不是你定成；

你有了权力耍威风，

借迁坟使诡计公报私情。

孙二婶 （唱）常有理说话太矫情，

全村人谁不知肖书记办事最公平；

谁是好官谁是刁民群众看得清，

就是你常有理心中也有称。

肖书记为咱百姓办了多少事，

你的良心要喂狗狗也要得神经。

常有理 【转身冲着孙二婶】什么，你说什么？

孙二婶 我说你是神经病。

常有理 你是哪根葱，再胡说我跟你玩命。

常　捷 爸！有事咱回家说去，别在这闹了，你不怕丢人啊？

常有理 我丢什么人了，我丢人了吗？我丢人了吗？【越说声越大，干脆
坐在地上大哭大闹起来】我老常家这些年有天大的冤屈啊！我
想起我爸来了。爸爸唉！

　　　　（哭唱）我爹死得冤，

我妈她不容易，

大书记呀给条活路吧。

常　捷 爸，行了，别在这现眼了。

常有理 【从地上起来】你小子是哪头的，你不是我儿子，你都忘了你的
祖宗。

常　捷 爸！

常有理 小兔崽子，你气死我了，今天我先和你玩命。【用头撞向常捷】

黄　二 不好了，不好了，常有理家着火了。

　　　　【众人大惊，都跑着下场，肖楠却被黄二拉住了】

常有理 回头再说。

黄　二 你别去，崔助理说支委们都到了，就等着你去开会呢。

肖　楠 你不是说常家着火了吗？

黄　二　【诡笑】我不这么说常有理能走吗？

肖　楠　他家没着火？

黄　二　【摇着头】没有。

肖　楠　该死的黄二，你还嫌咱村不乱啊！【假意用脚踢黄二】

黄　二　【躲闪着】我是为你好，如果不把常有理弄走，你怎么脱身啊。支委们还等着你开会呢，快去吧，一会常有理回来了我可就没招了。

肖　楠　好吧，这次先饶了你。【肖楠下场】

黄　二　【得意地】小陈庄就没有我黄二办不成的事，看我，不费吹灰之力，就把事给摆平了，这叫啥？这叫本事！

常有理　【怒气冲冲地】黄二！该死的黄二，我用刀劈了你！

黄　二　【回头一见常有礼，吓得抱头鼠窜，跑了一圈突然站住了】常有理，你知道我为什么骗你吗？

常有理　你是帮着姓肖的。

黄　二　错，姓肖的这丫头他根本就不待见我，我恨不得她赶紧下台。

常有理　那你为什么要骗我？

黄　二　常有理啊常有理，

　　　　（唱）现在是和谐社会和平年代，

　　　　　　　你竟敢满大街的手持凶器追杀书记把菜刀摆。

常有理　我又没真杀人，只是吓唬吓唬姓肖的。

黄　二　你呀，你呀。

　　　　（唱）没有文化不懂法，

　　　　　　　手持凶器这一条就能把你抓，

　　　　　　　我把警察全都喊来，

　　　　（白）警察同志，警察同志，警察！

常有理　你别喊了，该死的黄二，你是哪头的？【吓得跑下场】

黄　二　【诡笑着】看看，这边也摆平了吧，这种人就得这么治他，就我这本事，要是当个村主任准保没问题。

　　　　【切光】

第五场

地点： 村外河边，傍晚。

肖　楠　【在河边漫步】
　　　　（唱）雾蒙蒙夜茫茫，
　　　　　　　徘徊潮白河边，
　　　　　　　步慢慢情切切思绪万千，
　　　　　　　两家的仇怨何日是终点？
　　　　　　　迁坟事困难重重摆在面前。
　　　　　　　我本是小陈庄土生土长，
　　　　　　　三岁时爸妈送我去幼儿园，
　　　　　　　曾记得从小学到高中学习繁重，
　　　　　　　成绩优秀父母高兴乐在心间；
　　　　　　　曾记得与常捷同班同桌又同窗，
　　　　　　　我二人互帮互学无话不谈；
　　　　　　　曾记得大学毕业共励誓言，
　　　　　　　为建设新农村重担在肩。
　　　　　　　新农村新气象令人振奋，
　　　　　　　党中央重民生，
　　　　　　　农村是重点共建家园。
　　　　　　　家乡的经济大发展，
　　　　　　　家家户户换新颜换新颜。
　　　　　　　我看到，
　　　　　　　健身房连着电影院，
　　　　　　　通水通路通气通电设施完善，
　　　　　　　村中都有医疗服务点，
　　　　　　　养老金社会保险与那些城里人一般，
　　　　　　　好日子越过越舒坦，
　　　　　　　要让那新农村更上一层天。

提高那整体素质刻不容缓，

要把那思想工作做周全。

再找常捷来盘算，

建文化中心迫在眉间。

坚定信念排除困扰，

要让咱新农村阔步向前。

常　捷　【正记着东西突然发现了肖楠，非常惊喜地】肖楠！

肖　楠　常捷哥，你怎么在这里？

常　捷　我要写毕业论文需要到农村搞调研，了解第一手的数据，咱小陈庄的变化让人惊喜。

　　　　（唱）肖楠妹你实在了不起，

　　　　　　　女孩家竟有如此魄力，

　　　　　　　让我一个男子汉佩服得五体投地，

　　　　　　　安排起大事情分寸正相宜。

肖　楠　常捷哥。

　　　　（唱）常捷哥当面夸赞我好得意呀，

　　　　　　　满心欢喜却要藏心里，

　　　　　　　难道说常捷哥对我有爱意？

　　　　　　　他一表人才神采奕奕，

　　　　　　　风度翩翩品学兼优。

　　　　　　　我的心跳加快难呼吸，

　　　　　　　我对他多年来暗恋已久，

　　　　　　　只盼着常捷哥主动来提。

　　　　　　　我大着胆儿试探摸底，

　　　　　　　看一看常捷哥到底啥主意。

　　　　（白）常捷哥啊，你今年都 27 岁了吧，也该成个家了，在大学里是不是早就有女朋友了？

常　捷　（唱）肖楠妹突然间问起私情，

　　　　　　　又见她面带羞色脸也发红，

　　　　　　　女孩家这表情令人动容，

　　　　　　　难道说肖楠她要我挑明？

　　　　　　能与她结为伴侣是我多年梦，

　　　　　　没想到突然间美梦就要成，

　　　　　　我的心太激动头也有点懵，

　　　　　　要把肖楠的用意来摸清。

　　（白）肖楠，你听我告诉你，我早就有女朋友了。

肖　楠　【很吃惊，表情复杂】

　　（唱）一句话如霹雳把我惊醒，

　　　　　　一句话如刀尖刺我心痛，

　　　　　　没想到常捷他早把情定，

　　　　　　一时间不知所云心里头乱腾腾。

　　　　　　悔只悔多年来口封太紧，

　　　　　　悔只悔心有爱慕无有沟通，

　　　　　　只怪我没有勇气去说破，

　　　　　　只怪我万般柔情藏心中。

常　捷　肖楠，肖楠，我女朋友你认识，她和我一起长大，我对她有十
　　　　分深厚的感情。肖楠，

　　（唱）女友与我青梅竹马，

　　　　　　朝夕相伴家挨着家，

　　　　　　从小学到高中同窗学友，

　　　　　　我有情她有意始终未表达。

　　　　　　女友她天生丽质聪明过人，

　　　　　　女友她俊俏优雅美貌如花，

　　　　　　女友她有理想志向远大，

　　　　　　女友她有才能心系国家；

　　　　　　她能够不怕艰苦把基层下，

　　　　　　她能够担重任满足大家，

　　　　　　为建设小陈庄呕心沥血，

　　　　　　似这样的好姑娘我岂能不爱她。

肖　楠　你这到底说的是谁呀？

常　捷　我都说到这份上了，你还明白吗？

肖　楠　不明白。

常　捷　非要让我说出来。

肖　楠　对，你必须说出来。

常　捷　好，远在天边，近在眼前。

肖　楠　【难为情地】说出来。

常　捷　肖楠，我爱你！【两人拥抱在一起】

常　捷　对了，肖楠，还有一件非常重要的事忘了和你说了，为肖常两家的恩怨，这几天我明察暗访，问了村里几位老人，大家都不知道实情，但老支书肖七爷的一句话让我生疑。

肖　楠　肖七爷怎么说？

常　捷　肖七爷说肖常两家的事，只有我奶奶一人清楚。那会肖七爷就有疑问，你爷爷肖炳坤是当地的名医，看病几十年从来没有出过差错，为什么单单那次惹了这么大的祸？肖七爷跟我说，只有让我奶奶开了口，什么恩怨都能讲明白。

肖　楠　你的意思是，这里面还有隐情？

常　捷　对，要解开肖常两家的恩恩怨怨，就必须让我奶奶开口，才能把缘由搞清。

肖　楠　常捷哥，你说的对，只要把缘由搞清，我们才能对症下药，可常奶奶她……

常　捷　别担心，回家后我好好和奶奶谈一谈，做奶奶的工作肯定比做我爸的工作容易。

肖　楠　我也盼望着肖常两家能消除矛盾，这对我开展工作非常有利。你如果能把这件事办成了，就是为新农村建设立了大功一件！

常　捷　对呀，如果两家和好了，咱们俩的事也就好办了。

肖　楠　是啊，现在两家积怨很深，就算我们俩都有情也难办成。常捷哥，不管这事有多难，我对你的爱都不会改变。

常　捷　【与肖楠双手握在一起】

常有理　【来找常捷回家，突然看到了这一幕，恼怒地冲上来。肖楠、常捷赶紧分开】小畜生！

　　　　（唱）见此情不由我怒气满怀，

　　　　　　　你就是吃里扒外不成才，

　　　　　　　常家人遭欺凌你把我怪，

到如今你与肖家谈情说爱理不该。

气得我身无力两腿发软，

一口上不来身子往下栽。

【胸闷气短，大口喘息】

常　捷　爸爸，肖楠，你先走，别让他缠上你。【肖楠下】

常有理　【踉跄地】你别走，你别走。

【说着要追，常捷把身体一横挡住了常有理。常有礼见常捷满脸怒气，后退了几步】儿子，你谈恋爱爹我不管，可你坚决不能和肖楠。

常　捷　爸，我们俩是真心相爱，肖楠这姑娘也值得我爱。

常有理　好，你个小畜生，你要是和肖楠谈恋爱，那你就先把我活埋了！【说着，常有礼躺到了地上】。

常　捷　爸，你起来，为人父母要给子女做表率。【硬把常有理拉了起来】

常有理　小兔崽子，我当你爹还不够格了，再怎么着我也是你爹。我告诉你，只要有我在，你就甭想和肖家人成亲！

【切光】

第六场

地点：墓地。

【肖楠现场勘察项目用地，崔助理、孙二婶、黄二在后面跟着】

孙二婶　肖楠呐，文化中心的地址上级已经批了，你为什么还来勘测呀？

肖　楠　二婶，建文化中心工期迫在眉睫，这常家迁坟的事仍没落实，我再来现场重新勘测，在不影响项目建设的前提下看能不能让开这座坟。

黄　二　肖书记，你看，常家这座坟离村太近，早晚得迁走，可他常有理就是不迁，这明显是在欺负你。

肖　楠　黄二，你又挑事是吧？

孙二婶　你再挑事我揍你。

肖　楠　行了，干正事！黄二，用锹在这挖一条沟。

【做测量动作】

常有理 【慌慌张张地跑着上场】住手！

　　　　　【继续跑着，冲到肖楠面前】

肖　楠 常叔叔来了。

常有理 少来这一套，我不是你叔，我是你仇人。

黄　二 【一看情况不好，扔了铁锹跑去叫肖建业，下场】

孙二婶 常有礼你还是不是人，孩子一口一个叔叔叫，你好意思伤人！

常有理 住口！

　　　　　（唱）老娘们你不要充好人，

　　　　　　　　肖常两家事情大你别瞎操心。

孙二婶 （唱）常有礼就是那个臭无赖，

　　　　　　　　像只疯狗乱咬人。

常有理 【用头要撞孙二婶，肖楠冲过去挡在了中间】

肖　楠 常叔叔！

　　　　　（唱）常叔叔别生气有话慢讲，

　　　　　　　　迁坟事我们再商量。

常有理 （唱）迁坟迁坟没商量，

　　　　　　　　除非你把我关进班房。

肖　楠 （唱）这件事不值得剑拔弩张，

　　　　　　　　实在不行让项目挪挪地方，

　　　　　　　　今天重新来勘测，

　　　　　　　　就是要躲开坟场项目也能上。

常有理 （唱）我家坟场风水特别强，

　　　　　　　　迁坟建项目根本没商量。

常有理 我看今天你们谁敢动我家的坟地，我就要他的命。

肖建业 【黄二带着肖建业急急上场】慢！有理兄弟别生气、别着急，有话你跟我说，别冲孩子嚷嚷。

常有理 姓肖的，今天我们新账旧账一起算，来吧。

　　　　　【孙二婶、小崔、黄二急忙拦着】

肖建业 常有理，这些年我对你处处谦让，今天你要是伤了我闺女，我和你没完。

常有理　我看你们谁敢动我家的祖坟。

肖建业　常有理！

　　　　（唱）你不要做事太过分，

　　　　　　　做长辈不该欺负晚辈人，

　　　　　　　对个女孩你都犯浑，

　　　　　　　难道你不怕失了人伦。

常有理　哼，

　　　　（唱）你肖家还有脸来谈人伦，

　　　　　　　这里有我爸冤死的魂，

　　　　　　　你敢站在这个坟前扪心自问，

　　　　　　　你肖家对常家没有亏心。

肖建业　常有理，当年你爹的病有可能是误诊，就算是我们肖家对不住你们常家，我求你不要把仇恨转记在孩子们的身上，所有的责任都由我肖建业一人承担。只要你能支持村里的建设，同意迁坟，你有什么要求我都答应。

常有理　当着众人说话算数。

肖成业　君子一言。

常有理　好，我要你当着小陈庄父老乡亲的面，在我爹的坟前跪拜三天，我就答应迁坟。

肖成业　【震惊地，思考后】好，为了解除过去多年的恩怨，为了建设新农村，我跪！

肖　楠　爸，你不能跪。我知道您是为了支持女儿的工作，支持村里的建设，作为女儿，作为书记，我谢谢您，还是我来跪吧。

肖成业　闺女，爹我明白你的心思，你是个孝顺的好孩子，可你是全村的领导，如果以后再碰上难题，你还要跪吗？全村几百户，你跪得过来吗？

肖　楠　爸，没有您二十多年的养育之恩就没有我的今天，因为我的工作没有做好，怎么能让爸爸来替我承担责任，爸还是我来跪。

肖成业　孩子。

肖　楠　爸，

　　　　（唱）女儿来跪当替身，

　　　　　　男儿膝下有黄金呐，

　　　　　　都是女儿没分寸，

　　　　　　让爸为我来操心。

　　　（白）常叔叔，我来跪。

常奶奶　【肖楠正要下跪，幕后常奶奶声音】（内白）慢！

　　　　　【常奶奶由常捷搀扶着上场】肖家人不能跪呀，儿啊，有理，你
　　　　　跪下。

常有理　【先是惊慌地】妈，怎么让我跪下？你老糊涂了吧？

常奶奶　孩子，肖家人对常家有恩啊，刚才常捷孙儿劝了我，我今天要
　　　　　把真情当着大家讲明白。儿啊，

　　　　　（唱）多年来不想把往事提起，

　　　　　　　　咱常家论祖籍本在山西，

　　　　　　　　闹灾害家中没有半升米，

　　　　　　　　我一家流落这片土地呀。

　　　　　　　　那一天半夜下起倾盆大雨，

　　　　　　　　你发烧得肺炎命在旦夕，

　　　　　　　　我仨人躲雨在肖家的门首，

　　　　　　　　一家人抱着头仰面哭泣。

　　　　　　　　肖家人待我们如同亲戚，

　　　　　　　　肖大爷为你治病不取分文，

　　　　　　　　分出了粮食给咱们来充饥，

　　　　　　　　肖家人重情义恩比天齐。

　　　　　　　　第二年春上你爸染急病，

　　　　　　　　为救人肖大爷从家中拿来药让快服下，

　　　　　　　　忙乱中我错把三天的药都给煎上，

　　　　　　　　服下药你爸他七巧出血一命归了西。

常有理　妈，你这说的是真的吗？

常奶奶　三年后，看到肖大爷出狱回了家，让我想起你爸死得太冤屈，
　　　　　整天整夜睡不着，一直在想你爸死时的情境。我突然想起了，
　　　　　当时肖大爷告诉我一天煎一包让他服下，是我当时神志不清给
　　　　　搞错，竟将三包药一起煎上。治疟疾的药里有种药属于剧毒，

用量大会致人死亡，可是……

（唱）事已至此我如何说得清，

都怪我妇道人家缺乏这勇气，

这件事慢慢地烂在肚里，

到后来这件事我越发不敢提。

五十年拉扯孩子把日子过，

五十年以泪洗面亏了心，

对不起肖家的大仁大义，

好心人遭恶报受了委屈。

常家的子孙要牢记，

你吃过那百家饭穿过那百家衣，

乡亲们包容厚德留下了我和你，

咱就是做牛做马也要报恩不可把天欺。

常有理 妈！【老妇人哭泣】

（唱）一席话真是那晴天霹雳，

惊得我没底气呆若木鸡。

妈妈你做得实在没道义，

怎能够错把恩人当仇敌。

我常有理到底有的是哪家的理，

我真是无地自容枉披了这张人皮。

【用巴掌抽自己的脸】

常奶奶 【常奶奶拉着常有理】

（唱）随为娘忙下跪给肖家赔礼，【肖常两家全跪】

再不能昧良心把晚辈欺。

肖　楠 【肖建业和肖楠赶紧扶住常奶奶】

（唱）奶奶你再不要自责往前看，

过去的事情随风飘去。

肖建业 有理兄弟，多年的误会已讲清，我们解除恩怨成亲朋。

常有理 【发自肺腑、震撼全场的】大哥——【双膝跪倒在肖建业面前】

肖建业 【将常有理扶起来】有理兄弟。

常有理 大哥，你为人厚道能包容，我当面赎罪来赔情！

二人合	兄弟，大哥，好！
肖　楠	常叔叔。
常有理	闺女，你别说了，是我当叔的不对，我今天就把坟迁了。
众　人	好！

【切光】

第七场

时间：一年后。

地点：新落成的村文化中心门前。

【群众在准备开馆典礼仪式，有的擦玻璃、有的挂彩旗、有的准备鞭炮锣鼓，都在忙碌着】

【常有理、常捷和肖建业边说边上场】

肖建业	兄弟，村里的文化中心已经建成了，今天要开馆剪彩，咱们也去看看。
常有理	哥哥，咱们得去，得给闺女捧个场去啊。
常　捷	肖大伯……
常有理	傻孩子，还叫大伯？都领了证了，还不改口。
常　捷	【冲着肖建业】爸！
肖建业	【高兴地】哎！【三人都大笑起来】
常　捷	【对着常有理】爸，我记得你说过，如果我和肖楠来相爱，除非把你给活埋，你说的话还算不算数了？
常有理	怎么？你小子还真想活埋我啊？过去是我有眼不识金镶玉，错怪了肖楠。
肖建业	兄弟，过去的事不要提了，今后我们相互理解做个和谐亲家。
常有理	好，好。
肖建业	好，好。
孙二婶	【腰系大彩绸，带领着小陈庄秧歌队上场，来到肖建业等面前】唉！常有理，肖家不是你的死敌吗？这怎么又成兄弟了？
常有理	他二婶，这老账就别提了，以前都是我的不对，那次还骂了你，

在这里我向你赔罪！

孙二婶 这就对了，这老街旧邻的和和气气地过日子多好，现在你们俩成亲家了，这喜事什么时候办啊？

肖建业 这得看孩子们的意思。

孙二婶 今天是咱小陈庄大喜的日子，我看啊，不如把一喜变两喜，来他个双喜临门。

（唱）常捷的学问十里八村真难找，

　　　　肖楠她长得是比那鲜花还要娇，

　　　　他们的结合令人羡慕郎才女貌，

　　　　结婚后一定是如胶似漆百年好合。

　　　　今天是庆典婚事一起搞，

　　　　你们说这主意高不高。

常　捷 我同意！

孙二婶 这孩子，真是个书呆子，一提结婚你比谁都急，却忘了礼数，你老丈人还没点头呢。

肖建业 只要孩子们同意，婚事怎么办我都没意见。

孙二婶 那好，就这么办。

【常捷下，改装】

黄　二 大伙都过来，今天是文化中心落成的大喜日子，我把咱们新农村的变化编了个顺口溜，给大伙说说好不好。

肖建业 好呀，黄二现在把传老婆舌的毛病改了，干正事了，咱们大家欢迎。

众　人 好！【鼓掌】

黄　二 各位乡亲：秋风送爽气象新，新农村里没闲人，男女老少忙正事，我也不能再瞎混。您要问敲锣打鼓啥事情，原来是今天落成文化中心。这中心了不得，看电影搞科技，咱们上网还能做生意。星火工程演大戏，那个演员投入特认真。从今后我黄二重道义要洗心，做个文明的北京人。说到这我提醒您，我黄二还是光棍一个人，您要帮我介绍一门亲，娶了媳妇我谢谢您，谢谢您。

孙二婶 和着你上着找媒人来了，这事好办，你的婚姻大事我包了。

黄　二 那我先谢谢您呐。

【全村人高兴地聚在一起，准备举行开馆典礼，肖楠和常捷换了新装，准备举行婚礼】

崔助理 肖书记！好消息，好消息！

众　人 什么好消息？

崔助理 我刚从镇上回来，得到了可靠消息，咱们小陈庄被评为"全市文化工作先进村"！

众　人 真的？

崔助理 当然真的，一会儿市里领导就来给我们村授牌了！

众　人 太好了！

孙二婶 今天可是咱们小陈庄三喜临门。

肖　楠 乡亲们！

　　　　（唱）金秋十月三喜临门呐，

众　人（合唱）金秋十月三喜临门呐，

　　　　　　　三喜临门呐，

　　　　　　　党的政策温暖人心，

　　　　　　　爱国创新好精神，

　　　　　　　包容厚德胜黄金。

黄　二 一拜观众、二拜高堂、夫妻对拜、喜庆满堂。

（全剧终）

原创现代评剧《恩怨亲家》

良 心 果

演员

夏 青　儿媳

程大栓　儿子

程玉梅　女儿

程树信　父亲

【在通往蔬菜大棚的路上，大栓骑着自行车急急地走着，夏青在后面骑单车追】

夏　青　大栓！等一等。

程大栓　别追了。

　　　　（唱）区里开发五彩浅山，大棚变成采摘园。

夏　青　大栓，站住！

夏　青　（唱）满园的果蔬绽笑脸，咱的日子越过越甜。

夏　青　大栓，站住，等一等！

程大栓　（唱）可叹采摘园开园仪式提前办。

夏　青　（唱）急坏了我的老公程大栓。

【夏青追上了程大栓，都下了自行车，去夺程大栓手里的包】

夏　青　给我！

程大栓　媳妇，以前什么事我都听你的，今儿个你就听我一回，不行吗？

夏　青　不行！

【两人继续争夺】

程大栓	哎哟，我的老婆呀！
程大栓	（唱）采摘园提前剪彩就在明天，
	到那时采摘的游客似潮水一般，
	别人家的圣女果红里透着鲜，
	咱们的果子青不拉叽，
	绿不愣登，哭丧着脸，
	它有苦难言。
夏　青	那还不都怪你，总想着反季销售，这回抓瞎了吧？
	（唱）说什么打时差稳操胜券，
	玩什么等时机潜龙在谭，
	讲什么错季节以逸待战，
	我看你是糊涂军师纸上空谈。
程大栓	老婆，咱们家的圣女果只要打上这种催化剂，一夜之间就能红似火，鲜如珠。
夏　青	哼哼，还鲜如珠，我看你才是猪，简直是蠢猪！大栓啊大栓，咱们村里有规定，所有的蔬菜一律不准打药，可你！
程大栓	哎哟，我的老婆呀，我这不也是没办法吗，哎哟，老婆呀，你也太实在了，都知道咱们村的蔬菜不打农药，我一个人偷偷打了，别人也不知道，兵书上说，这叫瞒天过海。
夏　青	瞒你个头，小样，给我，你给不给？
程大栓	我不给！
夏　青	你给不给？
程大栓	我就不给！
夏　青	小样，跑啊！【夏青夺过药瓶将农药倒掉】
程大栓	你个败家娘们！
程大栓	惹不起你，家里还有一瓶呢。
夏　青	啊，你给我站住！
程大栓	你给我躲开。
夏　青	你不许走，给我站住。
程大栓	你快给我躲开。【二人正在拉扯中】
程树信	你们这是干什么呢？

夏　青　啊！爸，您来得正好，您儿子他要给果子打农药。

程树信　怎么着？他要回家睡大觉？

程大栓　是，是，是，我要回家睡觉！我先走了啊。

夏　青　爸，他要给果子打催化剂。

程树信　哦，明天咱们村里要唱戏？我爱听，什么秦香莲啊，杨三姐告状啊，全是教育人走正道的。

程大栓　是，老爸说的对。

夏　青　爸，爸，他要给咱们家的果子，呲，呲，呲，打农药。

程树信　大栓，你真的想给咱们家的西红柿打农药？

程大栓　爸，那不叫西红柿，那叫圣女果。

程树信　不就是小西红柿吗。

程大栓　爸，跟您说不明白，我先走了啊，爸爸，拜拜。

程树信　等等，你是不是回家取它啊。【程树信手里举着一瓶催化剂】大栓，我再问你一次，你真要给咱们家的小西红柿打药？

程大栓　爸，我这不也是没办法吗。

夏　青　没办法？再没办法也不能给果子打药，咱们不能害人。

程大栓　什么？讲良心？讲诚信？老爸啊，您讲了一辈子良心、诚信了，您发财了吗？还不是穷了一辈子。

程树信　大栓，你真要给果子打农药，爸也不拦着，你姐姐是村支书，这事可不能让她知道。

夏　青　爸，爸，您不能这么惯着他呀。程大栓，我告诉你，今天你要敢打药，我就去告诉咱姐。你不信等着，我这就去，你等着。

程大栓　你回来，你回来，爸，她……

程树信　你不是要打药吗？还不赶紧的打。

程大栓　唉！唉！

【大栓拿着农药倒入喷雾器，剩下半瓶交给了程树信，然后提着喷雾器下。程树信拿着剩下的半瓶农药诡异地笑了一下，坐在一旁休息，夏青带程玉梅上】

程玉梅　大栓，爸，大栓呢？

夏　青　啊，真的打去了？

程玉梅　爸，大栓真给圣女果打农药了吗？

程树信　哈哈哈，哈哈哈，那不是农药，是营养液。

【程玉梅看到两个空瓶】

程玉梅　营养液？打了一瓶半的催化剂还说是营养液？爸，这可是咱们村禁止使用的农药。

程树信　哈哈哈，打了就打了呗，下不为例，还不行吗？

程玉梅　爸，我可告诉你们说啊，凡是上过化肥打过农药的一律不准进旅游采摘园。

【夏青揪着程大栓的耳朵上】

程大栓　爸，您瞧我姐她……

程树信　玉梅，你说这事……

程玉梅　（唱）这绿色蔬菜示范园，

　　　　　　　　赢得认可何等的艰难；

　　　　　　　　蔬菜园将成为旅游热点，

　　　　　　　　食品安全与游客息息相关；

　　　　　　　　咱们莫让私利蒙住眼，

　　　　　　　　莫让贪欲遮住天；

　　　　　　　　环保的誓言怎能变，

　　　　　　　　绿色的诚信大于天。

程大栓　姐！你真不让咱家的蔬菜进采摘园？

程玉梅　不让！

程大栓　程玉梅！你别摆你那书记的臭架子，我们家的事，你少管！

程玉梅　不管谁家，只要违反了规定我就要管。

程大栓　你管不了！

程玉梅　我管得了！

夏　青　大栓，大栓，听姐姐的话吧，把那些打了药的秧苗快拔了吧。

程大栓　什么，拔苗？我辛辛苦苦种下的秧苗，眼看就要收果子了，你，你，你们让我拔苗，我不拔！

夏　青　你不拔，我拔！

程大栓　你敢！

程树信　先别拔！

程大栓　谁要敢拔这些秧苗，我就把这农药喝了。

程树信　要喝也轮不到你。

【程树信抢过农药瓶】

夏　青
程大栓　爸，爸，不能喝呀。
程玉梅

【程树信举起农药瓶真的喝了两口】

夏　青
程玉梅　大栓，快背爸去医院。

程树信　放开我。

夏　青
程大栓　去医院，叫120快走！
程玉梅

程树信　行了，没事。跪下！

程大栓　跪下，你跪下！

程树信　我让你跪下！

程大栓　爸！

程树信　跪下，大栓哪大栓！你跟你媳妇好好学学，跟你姐姐好好学学。咱们祖祖辈辈都是农民呀，这农民要靠良心种地，靠诚信赚钱。你把咱们家的蔬菜都打了农药，别人是不知道，可是咱的心知道哇。你想多赚钱那没错，可咱们不能昧良心呀。这粮、油、蔬菜都是要给人吃的呀，把这有毒的食品给别人吃，这叫什么？这叫图财害命，天理难容！

　　　　（唱）良心是根，诚信是本，
　　　　　　　　这根本是农民的精气神。
　　　　　　　　搞竞争不可丢诚信，
　　　　　　　　求效益不能昧良心。
　　　　　　　　丢了诚信难立足，
　　　　　　　　昧了良心难为人。

夏　青
程玉梅　这才是爸的风格。

程大栓　爸，您别说了，秧苗我这就去拔了。

程树信　先别拔，你打得不是农药，农药啊，都让我给倒了。

夏　青
程玉梅　啊？那您喝的是？

程树信 蜂蜜兑的水。

夏　青 可吓死我们了。

程树信 你小子看了两天兵书，就想玩兵法呀？你还嫩了点。

夏　青 大栓，你想瞒天过海，咱爸给你来个偷梁换柱。

程大栓 唉！给我使上了。

程树信 好了，好了，这戏也演玩了，我也该三十六计走为上了。

夏　青
程玉梅 老爸，别走啊。

程树信 不走干什么啊？

夏　青
程玉梅 谢幕！

程大栓 对，谢幕。

尾声大合唱 舞彩浅山，舞彩梦，种下绿色收获真诚，采摘园里无限美景，美丽家乡欣欣向荣，欣欣向荣！

众　人 大栓，快走！

程大栓 等等我！

（剧终）

评剧小品《良心果》

大 汉 名 臣

人物表

张　堪　渔阳太守，中年

张　娇　民女，青年

夫　人　张堪夫人，中年

干　荆　狐奴县令，壮年

凉　冰　凉刚之侄，青年

凉　刚　幽州刺史，中年

李　颜　渔阳郡司马，中年

冯　原　上谷刺史，张堪之内弟

旗牌官　若干（8人）

马　童　1人

序　幕

时间： 东汉建武十五年（公元 39 年）春。

地点： 狐奴山下。

　　　　【追杀声】

张　娇　（内唱）只恨虎狼逞凶霸，

　　　　【张娇急上】

张　娇　（接唱）光天化日遭追杀。

　　　　【杀手追上，张娇与之搏斗，被杀手按住】

为首者　小丫头儿，只要你把信还给我，我就放了你。不然的话……

张　娇　（接唱）小女子哪来的什么信啊。

为首者　（接唱）把她的衣裳从里到外一件儿一件儿，往下扒！

张　娇　畜生！我跟你们拼了！

　　　　（唱）休道你"凉家"势力大，

　　　　　　　　我张娇拼一个地陷天塌。

　　　　【挣扎搏斗，二背柴的少年上】

少年甲　阿娇妹妹！

少年乙　姐姐！爹娘，快来救姐姐啊！

　　　　【挎野菜篮子的二老闻声上】

父　亲　住手！

母　亲　你们是什么人，竟敢如此作践我的女儿?!

为首者　给我杀，一个都不留！

　　　　【强人们残杀农人一家，经过一番打斗，张娇的父母及两个哥哥
　　　　被杀】

　　　　【张娇疯狂般地夺器械，奋力打斗，杀死几名强人，为首者惧怕
　　　　逃走】

　　　　【雷雨声大作】

张　娇　父亲，母亲，哥哥，兄弟！天啊……

　　　　（唱）霹雳怒，难压我对凉家的怒骂，

　　　　　　　　暴雨狂，难比我悲愤的泪把天地冲刷；

　　　　　　　　我手中一封信，事比天大，

　　　　　　　　却未料为此失去了我的全家……

　　　　　　　　张娇我对天发誓报仇除霸，

　　　　　　　　拼出命流尽血为国为家！

　　　　【幕】

第一场　鸣　冤

时间：东汉建武十五年（公元 39 年）春。

地点：狐奴县。

场景：县衙大堂。

张　娇　（幕后）冤——枉——

　　　　【众衙役急上，站于大堂两侧】

王　荆　（念）春睡意正浓，

　　　　　　　忽听喊冤声，

　　　　　　　打个大哈欠，哦——啊——

　　　　　　　升堂问分明。

众衙役　威——武——

王　荆　谁喊冤啊？

众差役　喊冤人上堂！

张　娇　（内唱）披麻戴孝喊冤——枉——

　　　　【张娇上堂跪地】

　　　　（接唱）满腔悲愤跪大堂，

　　　　　　　　大人呐，

　　　　　　　　我一家遭杀害祸从天降，

　　　　　　　　父母惨死，兄弟亡，

　　　　　　　　求大人缉真凶为民雪恨，

　　　　　　　　擒虎狼除大害把正义伸张。

王　荆　（唱）是何人如此大胆连伤四命？

张　娇　歹人凉冰！

王　荆　凉冰？你说的是，凉凉凉凉凉冰？

张　娇　正是凉冰！

王　荆　（唱）提凉冰，我冰凉，

　　　　　　　她这是逼着小鬼斗阎王。

　　　　　　　下堂叫声姑奶奶，

　　　　　　起来吧，起来吧，

　　　　　　劝你别再喊冤枉。

张　娇　大人，你这算何意？

王　荆　（唱）狐奴县谁不知凉家的势大，

　　　　　　他是大山，我是蛤蟆。

　　　　　　蛤蟆推山，我只能是干鼓肚儿，

　　　　　　听我好言劝，老实儿的回家。

　　　　　　回家，回家家。

张　娇　这么说你不管？！

王　荆　凉家是刺史！我一个小小的县令，管得了他吗？

张　娇　官府不能为百姓做主，那百姓还有活路吗？

王　荆　管了凉家的事，我就没活路了！

张　娇　这一回不一样！

王　荆　怎么不一样？

张　娇　你只要敢管，我就能扳倒他！

王　荆　就你？

张　娇　我！

王　荆　退堂！

张　娇　【拉住王荆】你不能退堂！

王　荆　我就要退堂！

张　娇　你不能退堂！

王　荆　我就要退堂！

张　娇　你不能——

王　荆　我就要——

　　　　　【撕扯起来，张娇闹堂】

差　役　报！大人，明日新任太守上任，辰时路过本县。

王　荆　太好了，姑娘，为你申冤的人来了！明日你拿着状纸去拦路告

　　　　状，这位太守一定敢替你做主。

张　娇　这新太守是何人？你怎么知道他能为民女做主？

王　荆　哎！这位大人可非同一般！姑娘：

　　　　（唱）新任太守名叫张堪，

　　　　　　刚正清廉美名传；

　　　　　　当今圣上把他赞，

　　　　　　人称圣童美少年；

　　　　　　三年蜀郡做太守，

　　　　　　一架破车把京还；

　　　　　　五千精兵边关战，

　　　　　　大破匈奴兵三万三；

　　　　　　朝廷把渔阳赐张堪，

　　　　　　渔阳定会换新天。

王　荆　本官亲自为你写一状纸，明日你拦路喊冤，本官我和你一起告状，我也想看一看这张堪到底是不是清官。【边说边写完诉状交与张娇】

张　娇　多谢大人！

王　荆　免！

张　娇　谢大人！

王　荆　免！

张　娇　多谢大人啊！

　　　　　（唱）谢大人仗义写诉状，

　　　　　　　　明日里舍死拦轿喊冤枉。

第二场　赴　任

时间：东汉建武十五年（公元 39 年）春。

地点：狐奴山下，一枯树旁。

　　　【张堪上】

张　堪　（唱）极目阡陌纵横网，

　　　　　　　　遍野疮痍尽荒凉；

　　　　　　　　障眼尘埃拂不去，

　　　　　　　　奉旨上任到渔阳。

　　　　　　　　一路上轻装简从免仪仗，

体察民情辨莠良。

朝闻民怨不绝耳，

暮看农田尽撂荒。

我的心犹如那旧车一样，

轴儿散，辕儿愠，

吱吱呀呀！吱吱呀呀，闹得慌！

【一随从上】

随　从　启禀老爷，车轴断了！

张　堪　轴断了？夫人怎样？

随　从　夫人无恙。

　　　　【夫人上，一丫鬟跟上】

张　堪　哈哈！夫人！

夫　人　（笑）车轴断了，我还呆在车上干什么？

　　　　（唱）破车儿，车儿破，

　　　　　　　颠颠晃晃也折磨，

　　　　　　　索性下来走一走，

　　　　　　　跟老爷说说笑笑也快活。

张　堪　走？

夫　人　走。

张　堪　走，老乡讲话，咱们"腿儿着"！

　　　　【二人笑，行路】

张　堪　（唱）此地应是狐奴县，

夫　人　（唱）难见田里好庄禾。

张　堪　（唱）我一路留意查水脉，

夫　人　怎么样？

张　堪　（唱）看，那里清清一小河，

　　　　　　　源头应在深山里。

夫　人　【用手捧水，尝】

　　　　（唱）水质甜甜真好喝，

张　堪　（唱）看起来，咱南方带来的好稻种，

　　　　　　　一定能染绿这里的旷野荒坡。

夫　人　（唱）到那时物阜民丰百姓乐，

张　堪　怎么乐？

夫　人　（唱）姑娘咯咯咯，老头儿呵呵呵，

张　堪　（唱）娃娃呀呀呀，老奶奶没牙嚯嚯嚯。

　　　　【二人笑】

随　行　启禀老爷，前面就是狐奴县城了。

张　堪　哦，好啊，进城！

夫　人　（京白）咳嗨嗨，你给我站住！

张　堪　啊？

夫　人　你一任太守，就这么进城了，到了衙门不怕人家不认你？

随　从　是啊，官服旧了点儿，您也得穿起来啊。执事少了点儿，咱也得招架起来啊。

张　堪　（笑）说得是，说得是！那就穿戴招架起来！哈哈……

　　　　【夫人帮助张堪把官府套在外面，戴上官帽】

　　　　【几个随从打起了简单的执事】

张　堪　行了吧，进城吧。

张　娇　冤枉！【上，跪于路中央】

兵　甬　报！前有民女喊冤！

张　堪　近前说话。

张　娇　大人，民女冤啊！

张　堪　姑娘有何冤屈？

张　娇　民女一家被强人所杀，民女有天大的冤屈。

张　堪　姑娘可有书状？

　　　　【张娇呈上书状】

张　堪　【阅书状】此状何人所写？

张　娇　大人难道要抓写状之人？

张　堪　此状写得不甚明了，需写状之人当场对证。

张　娇　写状之人么，民女不能说。

张　堪　姑娘不必乱猜疑，我不会为难写状人。

王　荆　写状人来也！

李司马　前边来者何人？

王　荆　我乃狐奴县令，闻知太守大人驾到，前来晋见。

张　堪　命他近前答话。

王　荆　狐奴县令王荆拜见太守大人。

张　堪　不必多礼，请近前答话。我来问你，你身为县令，有案不查，却要代写书状，是何道理？

王　荆　本县官职太小，办不了此案，敢代写书状，已经够胆大的了。

张　堪　为何写的含糊不清？

王　荆　若写清楚了这书状就没人敢接了。

张　堪　嘟！一派胡言。

王　荆　难道大人敢接此状？

张　堪　民有冤屈，为官者为民申冤，为何不敢接状？

王　荆　大人不问此状所告何人，就敢接状，下官佩服。

张　堪　王子犯法，与民同罪。不管何人，触犯大汉吏法，为官者岂能不管？

王　荆　大人若问清这个案子还敢接状，下官更加佩服。

张　堪　大胆！

　　　　（唱）我张堪为官二十年，

　　　　　　　平反叛破匈奴闯过重重关。

　　　　　　　为大汉愿奉献赤心一片，

　　　　　　　天大的案子也敢担。

王　荆　狐奴有一恶霸，他强占民田，欺男霸女，无恶不作。这位姑娘一家被杀，还有多户人家平白遭受灭门之灾。

张　堪　这样的恶人你为何不除？

王　荆　这样的恶人岂是我一个县令能除得了的。

张　堪　这恶霸是何人？

王　荆　这恶霸姓凉。

张　堪　慢！难道与凉府有关？

王　荆　正是。

张　堪　此案非同寻常，路途之上不便审理。来啊，将告状一干人等全部押解回府。

第三场　问　案

时间：东汉建武十五年（公元 39 年）春。

地点：渔阳郡府大堂。

  【升堂鼓起，众差役上】

张　堪　（唱）中途上看状纸心生疑团，
      那女子有胆识非同一般。
      凉家人若犯事必是大案，
      今天要秘密开审，屏退跟班。

   （白）李司马。

李司马　诺！

张　堪　关闭府门，看守大堂，闲杂人等退避三丈之外，不得有误！

李司马　诺！

张　堪　众差役一律退下！

众　人　诺！

张　堪　王县令你我同堂共审此案！

王　荆　岂敢岂敢，您来审，我站班。

张　堪　（唱）此案发生在贵县，
      由你审理是当然。
      本太守在此来监审，
      黑白曲直自了然。

王　荆　这……

   （背唱）他居高临下强我所难，
      这才是官大一级压倒了山；
      胳膊拗不过大腿去，
      我硬着头皮上刀山！
      他叫我审就我审，
      我审不清，没法儿判！
      大头儿还得他来担，

叫差役带上一干人犯。

【差役应，带张娇上】

王　荆　（接唱）状告何人？有何屈冤？

张　娇　（唱）张娇祖居狐奴县，

　　　　　　　世代本分种庄田。

　　　　　　　不料无端遭大难，

　　　　　　　恶霸凉冰逞凶顽。

　　　　　　　杀我全家人四口，

　　　　　　　惨绝人伦罪滔天。

　　　　　　　求大人缉拿真凶来惩办，

　　　　　　　安百姓慰亡灵告慰苍天。

王　荆　你说是凉冰杀你全家，可有凭证？

张　娇　惨死的亲人便是凭证。

王　荆　死人又不会说话，我焉知他们是为凉冰所杀？

张　娇　死去的亲人不会说话，活着的民女也不会说话吗？

王　荆　无凭无证，我焉能听信你一面之词！来呀，轰下堂去！

张　堪　慢！这就审完了？

王　荆　证据不足，难以立案！

张　堪　既然是全家被杀，必有缘由！不问缘由，何来凭证？你该问：凉冰为何要杀民女一家？

王　荆　啊？对！你说，凉冰为什么要杀你全家。

张　娇　（唱）那一天我一人山中独行，

　　　　　　　不料想遭遇到匈奴一番兵。

　　　　　　　他见我孤身独行便生歹意，

　　　　　　　下了马要对我采用暴行，

　　　　　　　愤怒中我一剑要了他命。

王　荆　你一弱小女子，如何杀得了匈奴番兵？

张　娇　（唱）我从小拜师习武艺，能拉硬弩强弓。

王　荆　你杀的是匈奴番兵，与那凉冰何干啊？

张　堪　（背白）问得好！问得好！

张　娇　这……

（唱）欲待开口，我心迟疑，

一封信关系重大宛如天机；

这封信是刺史凉刚通敌的证据，

关系到朝政大事社稷安危。

王大人少胆识，难担重任，

张大人初次见面目迷离；

我若是轻易说出这惊天的秘密，

怕的是打草惊蛇走漏消息。

王　荆　张娇，说！你杀的是匈奴番兵，那凉冰为何要杀你全家？

张　娇　民女不知！

张　堪　（唱）一句话问开了事情的关键，

杀了番兵与凉家到底何干？

姑娘她欲言又止心存疑虑，

如何才能让她信任我张堪？

站起身走下堂把姑娘轻声唤，

张堪有几句话你细听周全。

那凉家势力厚官高爵显，

你小小一民女身弱力单，

纵然是天太高来皇帝远，

那正义二字却在你身边。

邪若压正天下乱，

正必压邪天地宽。

张堪我为官身负千斤担，

为百姓擒鲛敢下海打虎肯上山。

姑娘啊，抬起头看着我的双眼，

讲出实情同闯虎狼关！

张　娇　大人！我说，我杀死了番兵后，无意中见他身上落下一封信。

张　堪　信！什么信？

张　娇　一封凉刚写给匈奴左贤王的信。

王　荆　写给左贤王的信？凉刚为什么要给匈奴人写信？

张　娇　凉刚早与匈奴结为联盟，要起兵谋反。凉冰追杀我就为要回这封信！

王　荆　（震惊）太守大人，这案还问吗？

张　堪　问！

王　荆　问问，问什么？

张　堪　信在何处。

王　荆　信在何处？

张　娇　（不语）……

王　荆　信在何处？

【张娇仍然不语】

王　荆　把信交出来啊。

【张娇仍然不语】

王　荆　（对张）大人，您看见了吧，人家姑娘不信任我，还是您来
　　　　审吧。

【张堪归正座】

张　堪　姑娘。

　　　　（唱）好姑娘你真是忠义之人，

　　　　　　　为大汉为渔阳惨失了全家人。

　　　　　　　我若不把逆贼来惩治，

　　　　　　　如何对得起你一家忠烈英魂。

　　　　　　　逞恶贼要证据全在那封信，

　　　　　　　交到我张堪手你可以放心！

【张娇从身上拿出信】

张　娇　大人哪！这不是一封信，是民女全家的命！

【张堪接信】

张　堪　薄薄一张纸，捧来重千钧，张堪顶礼谢信任，赴汤蹈火为黎民！

王　荆　大人铲除凉家为狐奴百姓除害，我王荆愿做马前卒，就是赴汤
　　　　蹈火，也在所不辞。

张　堪　凉家知道此信丢失，就等于谋反计划已经泄露，我担心他会提
　　　　前谋反。他手中可有三千精兵，若发兵围攻郡府，再联合匈奴
　　　　借来援兵，消灭我们易如反掌。所以，我们必须做最坏的准备。

王　荆　现在渔阳兵不过一千，将没有几个，如何抵挡得住匈奴铁骑？

张　堪　（唱）我立足未稳缺兵少将何以控局面，

　　　　　　　一招不慎就会失了全盘。

　　　　　　　这件事要保密，处置从缓，

　　　　　　　设巧计引蛇出洞为国除奸。

　　　　　（白）王县令，我们必须将这封信马上交到圣上手中，有了圣旨才能抢得先机。另要借援兵支援渔阳。你我统渔阳之兵守好城池，准备应战。不过，在此之前，还要查验此信的真假虚实！

王　荆　查真假？凉家这投敌卖国的信还能是假的？

张　娇　难道大人不信任民女？

张　堪　我不相信凉刚，如果这是一封假信，我奏报了皇上，那可是欺君之罪啊。

王　荆　这！这真假如何查验呐？

张　堪　烦劳贵县画影图形，把这个姑娘的容貌画在告示上，贴满全城，就说本太守抓住一女刺客，现收押于郡府大牢。如有人知道此姑娘的身份，本太守有重赏！若这封信是真，那凉家听后必来要人。我借机先稳住凉冰，为我们借兵布防赢得时间。

王　荆　好。

张　堪　那就立即去办。

第四场　交　锋

时间：东汉建武十五年（公元 39 年）春。

地点：太守府内

　　　　　【凉冰带家丁抬礼物箱上】

凉府管家　门爷，我家公子求见太守大人。

门　爷　哪家的公子？

凉府管家　凉府凉公子。

门　官　往下站！【转身进去通报】报！门外凉冰求见！

　　　　　【张堪、李司马等人上场，张堪坐于书案后，其余人站立两旁】

凉　冰　拜见太守大人！

张 堪 免礼，看坐。

凉 冰 礼单呈上！

主 薄 【接过礼单】奉上：五铢钱五千钱、麻布二千尺、谷五十斛、骏马五十匹。

凉 冰 张太守初到渔阳，难免缺东少西的，凉冰应尽个地主之谊，送上薄礼一份，还望笑纳！

张 堪 哈哈哈，承蒙凉公子想的周全，初来贵地，还真缺钱少物，主薄，将礼单钱物，全部收入郡库充公，正好用于开垦荒田使用。你在渔阳城内贴出告示，将凉公子的这一善举昭告天下。

凉 冰 这！张太守，我这些礼物是供你家人使用，不是送给渔阳府的，你怎么可以充公？

张 堪 我的家人嘛，本官俸禄足以养家，勿需这多钱物，倒是渔阳百姓，饥寒交迫，正需钱粮。还望公子多多相赠！

凉 冰 张太守！太守乃家父故知，你与家父交情甚厚，按此来论你当为我的仲父，侄儿孝敬仲父，特送此礼，与公无关。

张 堪 正因凉大司农对本官有恩，交情甚厚，姑且收下此礼，虽入了郡库，但也谢过公子。

凉 冰 这……

张 堪 公子今日驾临，是只为送礼而来？还是另有赐教？

凉 冰 太守大人张榜画图，说是抓到一刺客不明身份。

张 堪 正是，昨日本官上任途中，路遇一女，手持宝剑，行为可疑，本官命人拿下。不料此女武艺高强，连杀我多名兵卒，欲行刺本官。本官拿了此贼，查明身份，也好定罪问斩。

凉 冰 我知道此女的身份。

张 堪 哦！

凉 冰 前日有一女贼闯入本府，盗走我传家之宝，按告示所画图形，盗宝之人正是此女！不知大人是否在此女身上搜到什么物件？

张 堪 怎么，此贼身上还藏有宝物？倒是未曾搜到，不知她在贵府所盗何物？

凉 冰 俱是稀世珍宝！其中有一封祖上的家书，不可用金钱衡量，刺史大人的意思，是将此女交我带回，由刺史大人亲自审问，以追回家书珍宝。

张　堪　此女身负三条命案，当按大汉律法治罪，岂能交于公子？

凉　冰　那我能否见见此贼，拷问珍宝所在？

张　堪　此女是重犯，任何人不得靠近。

凉　冰　那，今天我必须带此人走。

张　堪　你不能带走。

凉　冰　刺史大人的意思，你不便违背吧！

张　堪　本官依法而行，审出珍宝家书，定然奉告刺史大人！恭请公子
　　　　转告！送客！

凉　冰　好，好，好你个张堪，你是找不自在。

第五场　定　计

时间：东汉建武十五年（公元 39 年）春。

地点：凉府。

凉　刚　（唱）想当年王莽贼把汉室来篡，
　　　　　　　　随光武打江山征战十年，
　　　　　　　　立战功得封侯幽州刺史，
　　　　　　　　辖十郡地域阔光复大燕。
　　　　　　　　结匈奴与外强把同盟来建，
　　　　　　　　大汉朝我凉刚威震半个天。

凉　冰　凉冰拜见刺史大人。

凉　刚　狐奴之事办得如何？

凉　冰　我已经查实，张堪告示上的女刺客，正是那个叫张娇的丫头！
　　　　（数唱）我按照您的吩咐一样儿一样儿的办，
　　　　　　　　求见张堪送礼单，
　　　　　　　　提出要带张娇走，
　　　　　　　　我说是张娇偷盗了咱们家的钱财。
　　　　　　　　宝物书信多了多得说不完，
　　　　　　　　那张堪，礼收下，人不给，

我一无所得空手还，我是空手还！

凉　刚　内控幽州，外联匈奴，这是凉家的生存之道。张堪得到了我给匈奴左贤王的书信，若呈予当今圣上，如何了得?！

凉　冰　不过，我话里话外地试探，张堪好像并没拿到那封信。

凉　刚　不管他拿没拿到，都不能掉以轻心，我们必须先下手为强。你立即联系匈奴，让尔出兵渔阳，张堪立足未稳，缺兵少将，无法抵抗，为防万一，你带你的兵马从后边夹击，将张堪兵马全部斩杀，一个不留。

凉　冰　啊！这要让圣上知道了……

凉　刚　无防，到时我奏明圣上，就说张堪抵抗匈奴，打了败仗，被匈奴所杀，他的兵马也全部阵亡。

凉　冰　高！我马上去办，一定让左贤王亲自带兵来。

凉　刚　慢！为了确保此战成功，让匈奴多派些人来，至少来一万突骑，不能给张堪留下半点活路。

凉　冰　诺！【下】

凉　刚　张堪那张堪！

　　　　（唱）张堪确是一清官，

　　　　　　　视财如土不贪婪。

　　　　　　　三年蜀郡做太守，

　　　　　　　一架破车把京还。

　　　　　　　廉者刚正不畏暴，

　　　　　　　若让此人归顺难。

　　　　　　　欲成大事须果断，

　　　　　　　张堪那张堪，

　　　　　　　这渔阳就是你难过的鬼门关！

第六场　壮　别

时间：东汉建武十五年（公元 39 年）春夜。

地点：太守府内。

背景：太守府院内。

【张堪一人在院中徘徊】

张　堪　（唱）初到渔阳风云起，

那凉刚，朝廷重臣竟通敌；

纵然心头有妙计，

只怕凉家抢先机。

一旦匈奴兵马到，

我手中无兵怎迎敌？

去上谷借援兵刻不容缓，

【张夫人上】

张　堪　夫人啊，（接唱）借援兵方可解燃眉之急。

【夫人不语，叹气】

张　堪　（接唱）见夫人沉默不语深深叹气，

这紧要的话儿不知如何提。

（白）夫人啊，匈奴人将要出兵渔阳，而凉府会趁机作乱，我初来渔阳，手中无兵，无法应对。上谷太守冯原是夫人之弟，你去借兵，内弟他会尽全力，只是夫人身体虚弱，怕夫人难受鞍马之苦，请夫人出面，实属无奈。

夫　人　夫君！

（唱）对国家你只是一小官，

对全家你可是妻儿的天。

夫君你性情刚烈易招难，

那凉府的权势连着天。

他一手遮天你难把乾坤转，

以卵击石难保全。

倘有三长并两短，

我如何活在这世间。

张　堪　唉！夫人！

（唱）你我相伴二十年，

四处奔波历艰难。

我为命官忠职守，

却让妻儿不得安。

渔阳郡有恶人我能不管？

百姓们无活路与我无关？

有奸臣要害国我视而不见？

有贪官坏吏制我袖手旁观？

若如此，为官倒是无风险，

凉家人，还会送钱财封我高官。

夫人啊！

为人岂能玷青史？

自古以来忠臣难！难难难！

夫　人　（唱）夫君一席话令我心不安，

我岂愿用家事将他阻拦。

我岂愿他谋私利品行低贱，

我岂愿他留下骂名臭千年。

我也是崇忠良美德高远，

垂青史万人赞流芳百年。

都只为清官难，忠臣难，多灾多难；

我，我，我，

真愿你身为百姓啊，不为官！

张　堪　（唱）无夫人做奉献我也难为官宦，

清官背后有贤妻方能成全。

夫　人　（唱）夫君莫把妻来赞，

为夫君解忧愁死也心甘。

斥　候　报！启禀太守，大事不好，渔阳边境有匈奴进犯。

张　堪　再探！

斥　候　诺！【下】

张　堪　（唱）敌兵犯境刻不容缓，

夫　人　（唱）太谷借兵妻愿承担！

张　堪　（唱）此去借兵多艰险，

你身又染病我心不安。

夫　人　（唱）夫君你担起这守城重担，

　　　　　　　　　我搬得救兵即刻还。

张　堪　（唱）贤妻啊，多保重，

夫　人　（唱）我为夫君祈平安。

张　堪　（唱）执子之手，

夫　人　（唱）心头暖。

张　堪　（唱）千情万爱，

二　人　（唱）一望间。

夫　人　（唱）拜别，拜别，身儿难转，

　　　　　【马嘶叫】

张　堪　（唱）骏马催人上雕鞍！

　　　　　【张娇牵马上】

夫　人　为妻，拜——别！

张　堪　是为夫，当拜贤妻！

　　　　　【马嘶声，战鼓声中，夫妻三拜别；张堪跪妻，肃穆悲壮……】

第七场　守　城

时间：东汉建武十五年（公元 39 年）春。

地点：太守郡府。

王　荆　李司马，匈奴一万余众已将渔阳城团团包围，凉府也有三千兵
　　　　将守在城北，现在城中兵不过一千，敌军攻城太猛，守住城池
　　　　实在困难。

李司马　匈奴人多是骑兵，攻城不是他们的强项，如果出城迎敌反而被
　　　　动，我们必须坚守城池，等待援兵。

王　荆　我们兵少，可城中还有上万百姓，我去动员全城百姓一起参战，
　　　　顶他几天没有问题。

李司马　好，我们分头把守，就是战死也不能放敌军进来。

王　荆
李司马　好！

张　堪　（唱）风萧萧，夜茫茫；

遮天风暴侵渔阳。

救兵不到难应战，

凛凛铁甲冷冰霜。

几度浴血驰疆场，

攻城夺地闯八方。

悍将强兵何曾惧，

官场硝烟却迷茫。

战场明枪容易躲，

官场暗箭却难防。

想当年，那凉植，国之梁栋，

战蜀郡，扶吴汉，威震四方。

那一次，我被困，眼看把命丧，

凉植他，闯敌阵，怒挥银枪。

从此我，视凉植，如同兄长，

论情谊，我二人，非同寻常。

到如今，凉家人，变了模样，

这凉刚，与凉冰，太过疯狂。

为百姓，为社稷，不能把私情讲，

这样的，恶势力，岂能不扫光！

看眼前，众敌军，兵强马壮，

率军民，守一天，极大伤亡。

盼只盼，夫人她，不负众望，

破匈奴，除奸恶，还百姓安康。

斥　候　报，启禀太守，有一奸细意欲爬城潜入，被我擒获。

张　堪　押上来！

　　　　【兵士押一男装遮面人上。嘴里塞堵着破布】

张　堪　大胆奸细你受何人所差。

　　　　【男装遮面人挣扎支吾】

　　　　【张堪察觉了什么，上前拿开封口之物】

张　娇　张娇拜见大人。

张　堪　张娇?！难道……援兵已到?！

张　娇　大人！冯原大人亲自率兵两万，已到城西十里庄！

张　堪　当真？

张　娇　当真。

张　堪　夫人如何？

张　娇　夫人安好，她让我化装穿过敌阵，爬城潜入，给大人通报消息。约定时间联合破敌！

张　堪　好好好！你立即回去，告知冯原大人，辰时一到，我将率全城军民从西门杀出，我们内外夹击，定能破敌。

张　娇　诺！

第八场　破　敌

时间：东汉建武十五年（公元 39 年）春。

地点：渔阳城外。

【张堪率众将与匈奴兵将战在一起】

【冯原带众将上，与张堪兵一起攻敌】

【张堪刺杀了匈奴左贤王】

【张堪与冯原相见】

张　堪　多谢救援！

冯　原　同为大汉！

张　堪　匈奴兵已溃散，那边为何仍然厮杀不止？

斥　候　报，一股不明来路之敌，从我后方潜入，劫杀夫人所乘车轿！

冯　原　姐丈守住城垣，我去营救家姐！

【转场】

【张娇护夫人上场，后面凉冰带兵卒追上来】

【张娇保护着夫人与凉冰战在一起】

【双方交战，凉冰不支，仓皇逃走，回头向夫人射来一箭，夫人中箭倒下】

张　娇　夫人！

【张娇欲扶夫人下，被凉冰带人马冲散。二人分下】

【凉冰从另一侧跑上场，王荆手持宝剑挡在前面】

凉　冰　小小县令，也敢挡本公子去路，找死。

王　荆　恶贼，你作恶多端，人皆诛之，休想逃走，看剑！

【凉冰招架几招，转身便逃，迎面碰上张娇，张娇一剑斩杀凉冰】

【冯原、张堪赶到】

张　堪　张娇。夫人何在？

张　娇　……

张　堪　夫人何在？

张　娇　夫人被凉冰的暗箭所伤。

张　堪　现在何处？

张　娇　被乱军冲散，不知夫人现在何处。

冯　原　她，她伤势可重？

张　娇　很重！

冯　原　找！

张　堪　贤妻……

【转场】

夫　人　（唱）带箭伤挣扎在茫茫沙场，
　　　　　　　　尸成堆血成河日月无光。
　　　　　　　　渔阳城喊杀声威威壮壮，
　　　　　　　　是夫君和兄弟杀敌保疆。
　　　　　　　　只怕是箭伤重生还无望，
　　　　　　　　千行泪如尖刀流在心房。
　　　　　　　　走啊，走！
　　　　　　　　死也要再见夫君一面。
　　　　　　　　爬啊，爬！
　　　　　　　　爬也要回到挂心的渔阳。
　　　　　　　　力用尽，血流干，难挪寸步，
　　　　　　　　只看见眼前茫茫白一片，
　　　　　　　　黑黑不见一丝光……
　　　　　　　　奄奄气息有下无上，
　　　　　　　　魂魄散散，冥路茫茫……

【夫人倒地……】

第九场 问 罪

时间：东汉建武十五年（公元 39 年）春

地点：夫人灵堂。

张　堪　……这是谁设的灵堂？拆掉，拆掉！

冯　原　是小弟命人设的灵堂。

　　　　（唱）战场失踪无音讯，
　　　　　　　搜寻只得一残裙。
　　　　　　　头七设此衣冠冢，
　　　　　　　烧烧纸钱慰亡灵。

张　堪　不！她没有死，她不能死啊！

　　　　【张堪守灵痛哭】

　　　　【冯原拭泪，下】

张　堪　（唱，"大悲调"）
　　　　　　　叫一声我贤妻难以相见，
　　　　　　　睡梦中也盼你平安归还。
　　　　　　　秉大义搬救兵解民危难，
　　　　　　　诸神明当护佑好人平安。
　　　　　　　二十年结发妻情意难断，
　　　　　　　你仙去我何以孤身度残年？！

张　娇　【上】大人，张娇没有能保护好夫人，张娇愿做义女陪大人身旁。

　　　　【似父女伴残年生死相望】

张　堪　孩子，女儿。

差　役　报，刺史大人到。

凉　刚　【闯入大堂，直接坐在太守坐上。众人将夫人灵堂推下。凉刚一
　　　　拍惊堂木】大胆张堪，竟敢勾结匈奴，率兵谋反，罪当斩首！
　　　　来人，把张堪给我拿下！

张　堪　刺史大人，你是平阳侯，官拜幽州刺史，位极权高，我一个渔
　　　　阳太守，无权查办于你。但凉冰在我渔阳犯有大案，本官依法
　　　　查办，何罪之有？

凉　刚　凉冰所犯何罪？

张　堪　凉冰犯有三大罪，件件都是杀头的罪。

凉　刚　一派胡言。

张　堪　大人！他欺男霸女草菅人命，第一大罪当斩首；私自募兵谋反，
　　　　第二大罪灭满门；勾结匈奴为叛国，第三大罪灭九族！刺史大
　　　　人，凉冰所犯之罪，恐怕你也脱不了干系。

凉　刚　哼哼！【狂笑】难道你一个小小的太守，还要治本刺史之罪吗？

张　堪　无论官职多大，触犯大汉律法，终将罪责难逃。

凉　刚　来人，把张堪给我拿下。

钦　差　圣旨到！张堪接旨！

　　　　【刺史及张堪等人跪地接旨】

钦　差　奉天承运，皇帝诏曰：张堪抗击匈奴，得胜还兵，扬我大汉之
　　　　威，甚喜，且堪勤政爱民，治地有方，甚得朕心，赐尚方宝剑
　　　　一柄，钦此！

　　　　【张堪接过尚方宝剑，钦差退场】

张　堪　凉大人，知道这尚方宝剑有何用途吗？

凉　刚　本官当然知道，审案不必启奏。

张　堪　来呀！将凉刚给我拿下！

众　将　诺！

　　　　【将凉刚锁了】

张　堪　李司马！将凉刚打入囚车，押送洛阳，交朝廷查办！

　　　　【冯原急上】

冯　原　夫丈，你来看！

　　　　【冯原挥手一指】

张　堪　【望，大喜】贤妻！

夫　人　（幕后，白）夫君！
　　　　（幕后，唱）生离死别如梦幻，
　　　　（上，唱）死里逃生得回还。
　　　　　　　　　夫妻终又得相见，
　　　　　　　　　夫君啊！
　　　　　　　　　几日间，
　　　　　　　　　你，你鬓发苍白已粲然。

张　堪　夫人，平安就好，平安就好啊。【带泪的笑……】

差　役　报！太守大人，渔阳百姓求见。

张　堪　请！

【众乡亲上】

老　者　太守大人，你为渔阳百姓除害，渔阳百姓特送来一匾！大人请看！

【两百姓抬上一匾，老人将红布揭开："造福一方"】

张　堪　张堪愧不敢当！

王　荆　大人当得起，当得起啊！

张　堪　（唱）在狐奴种水稻开了新篇，

　　　　　　　百姓家家有余粮人心欢颜，

　　　　　　　住者有其所耕者有其田，

　　　　　　　渔阳郡真可谓国泰民安。

（剧终）

历史评剧《大汉名臣》

老爸快跑

人物表

叶　紫　女，28岁，叶飞劲之女
叶飞劲　（叶总）男，55岁，汽车配件公司总经理
梁　冲　男，30岁，副总经理
佟锡阳　综合执法队队长

时间： 当下，夏。
地点： 一个破旧库房门前。

【公司总经理叶飞劲接到电话，综合执法队已经冲进车间，可能对他进行询问，吓得他急忙向一破旧库房跑去。副总经理梁冲正在焦急地寻找他，两人在门前撞了个满怀】

叶飞劲　哎哟！撞死我了，你急什么？

梁　冲　叶总，你不也急吗？

叶飞劲　我急什么，行了，什么事？先躲进去再说。【两人弯腰进入一个破旧房间】

梁　冲　叶总，客户又来催货，我们已经延期一个月了，再不交货可就违约了。

叶飞劲　你瞧现在这阵势，三天两头来查，这活还有法干嘛。

梁　冲　我们工厂现在正是好时候，效益正旺，可不能关啊！

叶飞劲　你以为我想关啊！不对，一定有人举报，否则，不可能这么准，我刚一开工，执法队立马就来。这样，你马上去车间，检查所有人的手机，一定要查出打举报电话的人，快！

【梁冲又急忙出去，一出门，又和叶紫撞了个满怀】

梁　冲　哎哟！我的个妈呀，今天这是怎么了？

叶　紫　【低声问】情况怎么样？

梁　冲　一切按计划进行！

叶　紫　【向梁冲挑了一下大拇指，然后故意大声喊道】梁总，我爸在
　　　　哪儿？

梁　冲　小心进去，别让人发现了。

【叶紫匆忙进来】

叶　紫　爸，不好了，佟队长非要找你谈话，老爸，快跑吧！

叶飞劲　我上哪儿跑啊？

叶　紫　执法人员正在车间拍照、录像，做查证工作。这后门没有人，
　　　　你可以从后门跑。

叶飞劲　肯定有卧底，这到底是谁？要是让我查出来，我绝饶不了他。

叶　紫　爸，你难道就不能把厂子关了吗？

叶飞劲　什么？关了？傻丫头，你以为办个企业那么容易吗？

　　　　(唱) 张口一个关、闭口一个关，
　　　　　　 你可知办企业究竟有多难？
　　　　　　 前几年大投入把市场拓展，
　　　　　　 到今年才见到回头钱。
　　　　　　 这办工厂岂能没污染，
　　　　　　 谁家烟囱不冒烟。

叶　紫　(唱) 办企业要赚钱理所当然，
　　　　　　 可不能触及法律的底线。
　　　　　　 工厂排污不治理不能生产，
　　　　　　 执法部门也多次找你约谈。
　　　　　　 为什么您不能认真改建，
　　　　　　 为什么您不能践行诺言。

叶飞劲　(唱) 若改建费时间影响订单，
　　　　　　 这政府搞整治坚持不了几天。
　　　　　　 一阵风吹过后风向就得转，
　　　　　　 忍一时风头过我照常生产。

叶　紫　（唱）看起来这就是您的老经验，

　　　　　　　怕只怕这一次您难过关。

梁　冲　叶总，工人的手机我都检查过了，没有问题。现在，只有一个
　　　　人的手机没有查。

叶飞劲　谁的没查？

梁　冲　【为难地看着叶紫】只有叶紫的手机没有查。

叶　紫　梁总，难道您怀疑我是举报人？

梁　冲　我们有规定，所有人的手机都不能带入车间，更衣室专门有存
　　　　放手机的柜子，只有大小姐的手机没有存放。

叶飞劲　把手机拿出来，让我看看。

叶　紫　【拿出手机】甭查了，就是我举报的，三次都是我。

叶飞劲　你！【气得身体一晃，差点摔倒】你这个吃里扒外的东西，
　　　　我……【要找东西准备打叶紫】

梁　冲　你们父女俩，有什么事不能直说啊，干吗要这么整你的亲爹啊，
　　　　他可都是为了你好啊。

叶飞劲　我本来让你进工厂熟悉一下，到明年我就把厂子交给你，可
　　　　你……

叶　紫　爸，您就交给我这样一个工厂吗？

叶飞劲　这个工厂怎么了？资产几千万，今年还在营利，这样的厂子怎
　　　　么了？

叶　紫　一个污染超标、生产体系不规范、打擦边球、和政府软磨硬抗。
　　　　爸，你就把这样一个厂子交给我吗？

叶飞劲　我30岁下海，风风雨雨几十年，就是这样扛过来的，做企业不
　　　　软磨硬抗行吗？

梁　冲　大小姐，做企业难啊。

叶　紫　梁总，我想和父亲单独谈谈，你去照应一下执法队吧。

梁　冲　好，叶总，有话好好说，别发火。

叶飞劲　【咬着牙说】我不发火。

叶　紫　爸，我知道你是为了我，咱们这个家是靠您支撑的。这么多年，
　　　　你能坚持下来，建了这么大一个企业，不容易。可是，爸，遵
　　　　纪守法，合法经营才是正道啊。

叶飞劲　你！唉！真是读书读成个书呆子。

　　　　（唱）想当年辞公职下海经商，
　　　　　　　三百块钱做家底把市场闯荡。
　　　　　　　几年未见回头钱尊颜尽丧，
　　　　　　　为躲债经常是东躲西藏。
　　　　　　　那时候为赚钱亲爹都敢当，
　　　　　　　法纪诚信就显得毫无力量。
　　　　　　　近几年社会环境变了样，
　　　　　　　对企业的治理不断加强。
　　　　　　　一身伤痕拼下了这点家当，
　　　　　　　岂忍心让不孝女将家败光。

叶　紫　（唱）前些年缺监管环境欠了账，
　　　　　　　现如今疏整促政府再加强。
　　　　　　　你不能坐井中只看旧账，
　　　　　　　新时代新思想不可用老眼光。
　　　　　　　软磨硬抗本不是生存仗俩，
　　　　　　　投机钻营也不是经营良方。
　　　　　　　咱家企业要长远诚信就是纲，
　　　　　　　依法经营谋正路方可走得长。

叶飞劲　（唱）唱高调不能当干粮，
　　　　　　　我拼搏大半生才换得这工厂。
　　　　　　　所有情感都浸入这一砖一瓦上，
　　　　　　　要关厂就如同挖了我肝脏。

叶　紫　爸！

　　　　（唱）拆旧厂是为了转型建新厂，
　　　　　　　生产线要提升治污必加强。
　　　　　　　老厂房升级成文化创意坊，
　　　　　　　老企业焕新春再创新辉煌。

叶飞劲　原来你早有打算？

叶　紫　爸，环境治理是大势所趋，我们不能再软磨硬抗了，必须主动
　　　　转型升级，建立起新型企业。

叶飞劲 那新厂搬哪儿去啊？

叶 紫 爸，我考察了沧州工业园，条件很好，生产企业就得进工业产业园，依法经营。

叶飞劲 你早这么说不就得了，干嘛要举报啊。

叶 紫 爸，我几次劝你进行改造，可我一开口，你就来一句：你还年轻，你懂什么？你根本就听不进去，我只好举报，让罚单跟你说话。结果，罚了你两次你还不改。看来，不罚疼你，你不长记性。

叶飞劲 你是我亲生的吗？

梁 冲 叶总，不好了，佟队长要找你面谈，她可是带着罚单来的。

叶飞劲 你怎么把她领这来了？

叶 紫 老爸，快跑！

叶飞劲 这都堵门口了，我上哪儿跑啊？

佟锡明 叶总，见你一面可真难啊！

叶飞劲 佟队长，这次能不能少罚点，这工厂啊，我马上拆。

佟锡明 叶总，车间都已经拆完了，你不知道？

叶飞劲 拆完了？

佟锡明 是啊，是叶紫给我打的电话，说你们今天拆除旧厂房，让我们来现场监督。

叶飞劲 啊！原来这举报电话？

梁 冲 你看，这次综合执法不但没罚我们，还给了奖励！

佟锡明 按政府出台的相关规定，对你们关闭工厂要进行经济补偿，这补偿款明天就到账。

梁 冲 今天根本不是开工生产，而是拆除车间旧设备，是让执法队现场监督。

叶飞劲 嘿，原来你们合伙来蒙我。

叶 紫 执法队来了，老爸，快跑！

叶飞劲 我不跑了，我！

合 哈哈哈！

（剧终）

寸草春晖

人物表

马大娘　50多岁

杨文同　大儿子，22岁

卢启明　十三团参谋长

马文志　小儿子，17岁

马文秀　女儿，19岁，民兵队长

山　野　日军小队长

郑大头　警备队队长

瘸老满

吴　七

士　兵　2人

蒙面甲

蒙面乙

游击甲

游击乙

治安甲

治安乙

第一场

时间： 1941 年夏，午夜。

地点： 顺义焦庄户村口不远处。

　　　　【寂静的夜，蟋蟀低吟，蛙声阵阵，不时传来狗叫声】

　　　　【马文志在高处站岗放哨】

　　　　【远处传来几声枪声。一人因疼痛跌跌撞撞的上】

　　　　【马文志从高处一跃而下，拦住】

马文志　站住！什么人？

卢启明　送货的！

马文志　没有路条不能进村！

卢启明　小兄弟，我是八……有紧急任务……

　　　　【卢启明掏出八路军帽，忽然昏倒】

马文志　哎？你怎么啦?！血？

　　　　【马文志心中焦急，急忙将卢启明扶到隐蔽之处；此时，两名治安军搜索着过场】

卢启明　给我找点水吧。

马文志　好，你等等。

　　　　【马文志去小溪边接水】

马大娘　（唱）星斗移，凉风起，

　　　　　　　匆匆皇皇脚下急。

　　　　　　　仲夏夜月朗星稀云儿密，

　　　　　　　顾不上蛙鸣萤舞蚂蚱踢。

　　　　　　　想我儿忽梦忽醒心空寂，

　　　　　　　枪声响娘的心万分焦急。

　　　　　　　鬼子兵清乡扫荡野兽行迹，

　　　　　　　乡亲们广挖地道战巧兵奇。

　　　　　　　小儿子村口放哨乐此不疲，

　　　　　　　儿的安危当娘的心中挂记。

【马文志取水回来，遇到马大娘】

马文志　娘？您怎么来啦？

马大娘　二小儿，刚才哪响枪啊？

马文志　村外三里多地。娘，你看。

马大娘　【发现】这是谁？

马文志　不，您看，【取出八路军军帽】是八路军。

马大娘　伤得不轻啊！【发现有人过来】有人来了！

马文志　村口那边有地道！

马大娘　来不及了，先躲在这。快，把地上的血迹弄干净。

　　　　【杨文同神色紧张地带人上，四下搜索】

杨文同　你们去那边看看。谁？【见马文志，惊】文志！你怎么在这？！

　　　　【马文志瞪了杨文同一眼】

马文志　呸！汉奸！

杨文同　文志！你！

马文志　别叫我！嫌你嘴脏！

杨文同　【迟疑了一下】娘……娘还好吧？

马文志　咱娘没你这儿子！我也没你这哥！

杨文同　文志，【看四下无人】刚才看见有人跑过来吗？

　　　　【马大娘走了出来】

马大娘　没有！

杨文同　娘？！

马大娘　【悲切地】走！

杨文同　娘！

马大娘　【愤愤地】滚！脱了这身狗皮再跟我说话！

杨文同　（无奈地）好。你们快回家吧，一会日本人和警备队就到！

　　　　【忽然，狗叫声、伪军的喊叫声传来。杨文同急匆匆地下】

马文志　娘！【马大娘怔怔地】娘！怎么办？

马大娘　【回过神儿】哦，儿子，你带伤员回家，我应付他们。

马文志　不！娘，通往村中的地道你熟，你扶伤员回家，我引开他们。

马大娘　那……也好！二小儿，当心呐！

马文志　哎！

【马大娘扶卢启明下】

【马文志脱下衣服掩盖血迹，欲下，被郑大头带人拦住】

郑大头 【用手枪抵住马文志的额头】八路在哪儿？

马文志 什么八路？没见过。

郑大头 我数一二三，不说，我就在你的脑袋上钻个眼儿！一……二……三！

马文志 【伸长脖子用头紧顶枪口】不知道！

郑大头 他妈的嘴挺硬！

【郑大头咬牙要开枪，杨文同抢上一步，抓住郑大头的手朝上一举，枪响了，子弹打到了天上。山野带日本兵上】

杨文同 活的比死有用。

山　野 八嘎！【给了郑大头一个大嘴巴】你的！打草惊蛇！

郑大头 嗨！

山　野 【审视马文志】什么人？

杨文同 太君！我一个远房兄弟，【对马文志佯装不耐烦】不是跟你说了嘛，明天我没空喝酒，你还来找我！不懂事！还不快走！

山　野 等等！【在地上查看】看！【指着地上的血迹】

杨文同 这……

郑大头 【阴阳怪气，话外有话地对杨文同】这……不是【指着马文志】他的血吧？

杨文同 郑大头，你太过分了！

山　野 杨桑！这个不是他的【指马文志】血迹。受伤的那个八路的一定到过这里！

　　　（唱）那个八路，来自延安。

　　　　　　身上藏有，重要密件。

　　　　　　枪伤严重，不会跑远。

　　　（白）不惜代价！抓到他！

　　　（唱）我要把焦庄户村里村外、屋后房前、井下田间，翻它个底朝天！

杨文同 嗨！

山　野 开路！

郑大头　队长！焦庄户的地道、地雷大大的厉害！我们还是等……

山　野　郑桑！你的怕死？

郑大头　太君，我……

　　　　【突然从远处打来一枪，打中了一个鬼子兵，众人戒备】

山　野　哪里打的枪？

郑大头　太君！焦庄户地道四通八达，村内暗堡巧设、村口地雷满坡！
　　　　咱们进去吉少凶多！

山　野　【生气地】嗖嘎！通知峪口、南彩、杨各庄据点的部队向焦庄户
　　　　的集结！天亮进村！

众　人　嗨！

山　野　这个人……【山野阴鸷地打量马文志】

郑大头　毙了吧！

杨文同　【对马文志大喊】还不快滚！

山　野　不！带回去！【对杨文同】你来审问。

杨文同　【掩饰住此时的沉重】嗨！

　　　　【收光】

第二场

时间：第二天清晨。

地点：村内，马家地窖内。

　　　　【马大娘和卢启明藏在地窖内】

　　　　【卢启明伤势严重，昏迷不醒】

马大娘　小伙子，大侄子，同……同志？

　　　　（唱）他伤势重时而昏迷时而醒，

　　　　　　　儿子他未归家我忧心忡忡。

　　　　　　　猛听见枪声急地雷爆炸轰隆隆，

　　　　　　　一定是焦庄户来了鬼子兵。

　　　　　　　新地道未完工四处不通。

　　　　　　　我二人被发觉定会丧生。

【卢启明的手臂微微抬起】

卢启明　大……大娘……

马大娘　大侄子……不……同志你，你醒过来了？

卢启明　我……我怎么什么都看不见啊？

马大娘　这是我家地窖，没有灯亮儿，屋里不安全，就在这儿躲躲吧。

卢启明　你是？

马大娘　哦，我叫马秀英，叫我马大娘吧。你叫啥啊？

卢启明　卢启明。大娘，快！快带我……从通村外的出口出去，我……
　　　　有重要任务要完成。

马大娘　这儿……这儿出不去。

卢启明　啊？为啥？这不是地道吗？

马大娘　挖通了是地道，这还没挖通的是地窖！

卢启明　【挣扎着站了起来】不，就是拼死我也要冲出去。

马大娘　外面都是鬼子兵！

卢启明　【着急地】我有重要的任务要完成啊！

马大娘　就是冲出去，你的伤这么重，能完成任务吗？！

卢启明　大娘！看来我很难完成任务了，事已至此，我只能实话相告了。

　　　　（唱）我是十三团的参谋长，

　　　　　　　奉军令送密件到达村庄。

　　　　　　　村口外遇敌寇只身抵挡，

　　　　　　　错过了接头时间和地方。

　　　　　　　这密件关系到部队存亡，

　　　　　　　求大娘把密件妥当匿藏。

马大娘　我？藏文件？不行不行！

卢启明　大娘！时间紧迫，我只能托付给您了！给！

马大娘　这！

　　　　（唱）手托密件心内慌，

　　　　　　　它好似烫手的山芋没处放来没处装。

　　　　　　　马大娘我没有干过地下党，

　　　　　　　藏密件我……我……我真的是外行。

卢启明　（唱）鬼子狗急必跳墙。

今日定来大扫荡。

迫在眉睫没商量，

情况紧急恳求大娘！

马大娘　这？

卢启明　大娘，鬼子来了就来不及了！

马大娘　好，好，我藏，我这就去藏。

【马大娘悄悄出地道，回到院落房中藏密件，又回到地窖】

马大娘　同志，好了，我把它藏在……

卢启明　【止住大娘的话语】大娘，不用告诉我。

马大娘　那……

卢启明　这份密件是经党中央批准的重要作战计划，这个计划一旦落入
　　　　敌人手中，我们就会处处被动，甚至会全军覆没。

马大娘　噢，我明白。那这密件以后给谁啊？

卢启明　大娘，你记住，接头的人左肩膀上有一块黑色的补丁。

马大娘　哦，黑色补丁。

卢启明　你问：衣服咋破了？他回答：挑担子磨的。

马大娘　噢。

卢启明　你问：挑的什么？他说：铁坨子。

马大娘　铁坨子？

卢启明　对！一旦暗号对上，你就把密件交给他。如果……如果您自己
　　　　不能取出文件，也要想尽一切办法把藏密件的地点告诉他。

马大娘　我记住了！

卢启明　您背记一遍。

马大娘　左肩膀有一块黑补丁。

卢启明　暗号？

马大娘　问：衣服咋破了？回答：挑担子磨的。问：挑的什么？回答：铁
　　　　坨子！

卢启明　大娘！【激动地】拜托了！

【卢启明向马大娘敬了一个军礼】

马大娘　放心吧，这事儿大娘记心上了。

【吴七引山野小队长、伪军、日本兵上】

吴　七	太君，这就是马文志家！
郑大头	围起来！
	【伪军、日本兵包围院落；突然卢启明蹿出地窖】
卢启明	【怒喊着】小日本鬼子，你八路爷爷在这儿呢！
	【卢启明扑向山野，用镐砸向山野，山野躲闪，卢启明扑空，卢启明复用镐把勒住山野，吴七一枪将卢启明打死】
郑大头	搜！【吴七搜遍卢启明身】
山　野	文件？【吴七摇摇头】
山　野	八嘎！
	【一脚踹翻吴七，吴七趴在地下发现地窖里好像有动静】
吴　七	里面还有动静！
马大娘	等等！干啥呀?！里面啥都没有。这是地窖，不是地道！
山　野	你的什么人？在这里面做什么？
马大娘	这是我家。这是我家的地窖，你们打枪开炮烧啊杀的，我能不钻地窖吗?！
	（唱）清早我正要出门把水担，
	忽然间枪声响炮声震天。
	急慌慌钻进地窖躲炸弹，
	忽然间那个人也往里钻。
	他短枪在手摇摇晃晃身上血未干，
	吓得我不敢出声不敢乱动弹。
	以为他开小差逃生避险，
	谁知他是八路的伤病员。
	这地窖空空荡荡无粮也无钱，
	若不信你们就搜它一个底朝天。
山　野	搜，仔细地搜！
郑大头	是！
	【吴七搜查马大娘的身上，郑大头带治安军搜地窖】
二士兵	报告！没有！
吴　七	报告，这个老太太衣服破烂，根本藏不住文件！
郑大头	太君会不会……那个八路和我们遭遇之后，他知道自己逃不掉，

就把文件藏在了什么地方？

山　野　　幺西，你的推理很有道理。那八路为什么要保护这个老太婆？

郑大头　　【思索着】噢！太君是说，八路……把藏文件的地点……告诉了
　　　　　老太婆？

山　野　　老太婆，你和你儿子狡猾狡猾的。

　　　　　【山野示意把马大娘带走】

　　　　　【收光】

第三场

时间：当日。

地点：鬼子据点，刑讯室。

　　　　　【马文志双臂被铁链锁住吊起】

　　　　　【狱兵瘸老满抽着烟袋】

瘸老满　　杨队长，没法子，不动刑恐怕山野回来交代不过去啊！

　　　　　【杨文同来回踱步，走到马文志面前】

杨文同　　八路去哪了？

　　　　　【马文志扭过头不理睬杨文同】

杨文同　　受伤的八路在哪？见没见过文件？

马文志　　狗汉奸！王八蛋！不得好死！

　　　　　【杨文同一巴掌打向马文志，手在空中又停住了】

瘸老满　　没别的法子！

　　　　　【杨文同无奈地挥了挥手，二伪军对马文志动刑】

杨文同　　（唱）皮鞭拷打一奶同胞，

　　　　　　　　鲜血淋淋不忍瞧。

　　　　　　　　亲兄弟本应该同把娘亲孝，

　　　　　　　　却为何同室相煎枪对矛。

　　　　　　　　恨自己眼睁睁看着兄弟遭刑拷，

　　　　　　　　恨自己束手无策难救兄弟出笼牢。

　　　　　　　　恨自己没把弟弟保护好，

恨自己危情之下无计可掉。

他怒目圆睁牙关咬，

我不敢与他对眼瞧。

他身上血印一道道，

我心中万仞一刀刀。

他守口如瓶气节不倒。

小小的年纪好汉一条。

杨文同 住手，【怒喊】住手！把他放下来！

【伪军放下受刑昏厥的文志，把马文志扔在地上】

瘸老满 哥儿几个受累受累！走，外面抽烟去。

【瘸老满与几个打手出去，杨文同上前给弟弟喂水，马文志一口
吐沫啐到他的脸上】

（内喊）山野队长到！【这时山野带日本兵回来了】

【马大娘一见刚刚受过刑的儿子，扑上去抱住儿子】

马大娘 儿子！儿子！【不顾一切地冲向杨文同踢打着】畜生，混蛋！

杨文同 娘?!【马上反应过来】娘的，我毙了你！

山　野 慢！马大娘，对不起！让你的儿子受苦了。我们可以放了他，
但是你要把我们想知道的告诉我们。

郑大头 老娘们儿，放明白点！

山　野 中国有句古诗：老母与子别，呼天野草间。也许这是你们在一
起的最后一个晚上了。你不会不明白这个道理吧?

【山野向日本兵挥手带马大娘、马文志下去】

【日本兵把马大娘、马文志带下去】

杨文同 （唱）亲兄弟交臂历指遭苦难，

老娘亲变生不测到面前。

难道说受伤的八路已遇难，

难道说娘知晓密件藏哪边。

难道说老娘亲勇挑重担不顾危险，

难道说娘就是接头的联络员?

越思越想心越乱，

怎救双亲出牢监?

身在龙潭凭虎胆，
见机而行巧周旋。

【瘸老满急匆匆上，耳语】

杨文同　啊?!【耳语】

【收光】

【暗转】

时间：当日，夜晚。

地点：鬼子据点，牢房。

马大娘　【悲痛地】文志！文志！

（唱）滴滴血，道道伤，

刺碎娘心肝。

文志儿呼千万唤不睁眼，

不叫娘不回答紧咬牙关。

轻轻捧起儿的脸，

面无血色锁眉团。

汗珠如豆淌满脸，

鲜血成片浸衣衫。

毒刑毁得儿身惨，

疼在儿身痛在娘心田。

恨文同手足之情全不念，

恨文同助纣为虐变心肝。

为何他痛下毒手蛇蝎胆，

为何他打得兄弟血涟涟。

同是一母生差之千里远，

同是一娘养别之地与天。

我的心好似撕成了两半，

两半心各执其词，各抒己见，麦芒对针尖。

这一半对我说：他坏了心肝，

鬼蜮同奸好人也会失良善。

　　　　　　　另一半对我说：他不会背叛，

　　　　　　　毕竟你呕心沥血、寸草春晖，

　　　　　　　含辛茹苦抚养他二十多年。

马文志　【挣扎着低声地】娘……娘……你怎么到这儿来了？

马大娘　文志，你醒了！娘被他们抓了。

马文志　那个……八路？

马大娘　牺牲了！【悲痛地】文志，疼吧！这帮畜生。

马文志　【摇摇头】娘，我不怕。

马大娘　娘对不起你！

马文志　娘，动刑的时候，我什么都没说。他们一直问我，见没见到文件？娘，啥文件？那个八路同志交给你了吗？

马大娘　【马大娘微微点头】娘把它藏起来了。

马文志　那就好，娘不说，小鬼子找不到！

马大娘　文志，这文件，可不光是藏好，还得把它送出去。

马文志　那咋办？咱娘俩被关在这儿，咋送啊?!

马大娘　是啊，要是小鬼子对咱们下了毒手，那可就……别急，让娘想想，让娘想想……

　　　　【瘸老满咳嗽一声上来送饭，里面加有纸条】

马文志　闭嘴，睡觉；劫牢，别跑！

马大娘　废话，跑的了吗？

马文志　娘，咱从这儿挖个洞，钻出去！

马大娘　那能挖得开吗？都多大了，还说孩子话！【捧着儿子稚嫩的的脸，潸然泪下】

马文志　娘，您从来不流眼泪的。

马大娘　娘掉眼泪儿了吗？没有，没有！

马文志　娘，把你头上的簪子给我看看吧！

马大娘　【拔下簪子给文志】给。

马文志　这簪子啥做的，真锋利啊！把它给我吧！

马大娘　儿子，这簪子可有来头啊！

马文志　娘，我知道！

　　　　（唱）这簪子是咱家的传家宝，

它本是我爷爷的雁翅镖。

巧工匠纯钢淬火精心造，

防身可敌箭与刀。

爷爷他甩飞镖百发百中无须瞄，

打得那八国联军洋鬼子跪在地上磕头求饶。

我爹他打飞镖百步穿杨镖法好，

吓得那土匪老贼喊爹叫娘鬼哭狼嚎。

马大娘　这些都是谁告诉你的？

马文志　【兴奋转为悲伤】我……我哥。

马大娘　他是听你爹说的文志，你来看！

（唱）这钢簪是咱家的传家宝，

正义二字镌刻在当腰。

文志啊——

雁翅镖虽不敌机枪火炮，

这正义二字咱不可抛。

存正心，走正道，沧桑正道天可照，

秉忠义，怀仁义，尊道秉义铁肩挑。

马文志　娘，我不怕死，就算死我也要保护娘！保住娘的秘密！

马大娘　好儿子！

【马大娘百感交集紧紧地把文志搂在怀里】

【这时两个蒙面人摸了上来（其中一个是吴七），两个蒙面人"干掉了"看守，从看守的身上拿到了钥匙，打开了牢门】

蒙面甲　大娘，我们是八路十三团的。快！跟我们走！

马大娘　文志，快！

【满身刑伤的马文志站立不稳，迈不开步】

蒙面乙　哎呀，能走的先走吧，大娘，快！

马大娘　不，我不能丢下我儿子，我背他一起走。

蒙面甲　不是你背着他走，是我背着你走！来吧，快！

【蒙面甲俯身意欲背起马大娘】

马大娘　不！

【杨文同上，掀翻蒙面甲，抬手一枪击毙蒙面乙；又一枪，击毙

【了蒙面甲】

杨文同　娘！我没当汉奸，娘我是……

马大娘　你没当汉奸？你为什么杀救我们的人?!

杨文同　这俩人根本就不是十三团的人，是鬼子安排的假劫狱！

马大娘　假劫狱?!

　　　　【尖利的警哨响起】

杨文同　娘，快告诉我，文件藏在哪儿?

　　　　【尖利的警哨响声越响越急】

杨文同　娘，快啊！

马大娘　衣服！

杨文同　衣服？啥衣服?!【马大娘不语】

马大娘　哼！

杨文同　【焦急】哎！娘，接头暗号我不知道！情况突变，我有责任接替
　　　　牺牲的同志完成任务。娘，相信我，把文件给我吧！

马文志　我告诉你文件在哪儿。

　　　　【杨文同靠近马文志，马文志一把揪住杨文同，举起钢簪朝杨文
　　　　同的喉咙扎去】

　　　　【杨文同躲避不及被刺中肩部，鲜血涌出。杨文同用手捂住肩
　　　　膀，血顺着手流了下来】

　　　　【日本兵上，山野和郑大头上】

杨文同　报告太君，有人劫狱，被我——击毙！

山　野　杨桑！你的伤……

杨文同　哦，是被劫狱的人刺伤的！

　　　　【山野查看一下杨文同的伤口】

山　野　八嘎！

　　　　【马文志紧握着簪子，山野从马文志的手里夺下了簪子，欲开枪
　　　　射杀马文志，马大娘护住马文志】

马大娘　【哭喊】孩子！

　　　　【山野举着簪子看着】

山　野　杨桑，你的怎么样？

杨文同　有些头晕。队长！我在劫狱的八路身上搜到一把木梳。

山　野　木梳？钢簪？你的，去医院吧。

杨文同　是！

山　野　马大娘，你的东西我替你保管！

　　　　【收光】

第四场

时间：第三日，清晨。

地点：城外，荒郊。

　　　　【杨文同骑洋单车急行在城外荒郊】

杨文同　（唱）晓雾散，曙光初放，

　　　　　　　晨鸟喳喳催人忙。

　　　　　　　跨洋车，换便装，

　　　　　　　假趁治伤出村庄。

　　　　　　　坑洼泥泞崎岖径，

　　　　　　　路陡坡滑土飞扬。

　　　　　　　顾不得大汗淋淋额头淌，

　　　　　　　顾不得荆棘丛丛路蛮荒。

　　　　　　　车轮飞转链条响，

　　　　　　　蜿蜒小道似羊肠。

　　　　　　　霎时胎爆车猛晃，

　　　　　　　飞身下车脚奔忙。

　　　　【杨文同急步行进；进入游击区，被二游击队员暗中跟上，前后
　　　　堵截】

游击甲　不许动！

游击乙　站住！

游击甲　找谁的？

杨文同　找二姐。

游击乙　【打量一番】等着！

　　　　【游击乙吹了一声口哨】

游击甲	二姐！村里有新货到。
	【马文秀抽着烟袋锅子上】
	【看到是大哥，刚要上前相认，又克制住情绪，对着暗语……】
马文秀	什么人呐？
杨文同	庄稼人。
马文秀	从哪来？找谁的？
杨文同	八道岭子来，找包掌柜。
	【游击队会意是自己的人】
马文秀	什么事说吧。
杨文同	家里有人病了，过来稍个信。
马文秀	家里谁病了？
杨文同	咱……
	【杨文同看了旁边的游击队员】
马文秀	哦，兄弟们，加强警戒！
	【众游击队员分散而下】
马文秀	【兴奋地】大哥！一年多没见你啦！咋样，挺好吧？老满怎么没来啊？你怎么空手来啊？人家老满，不是带二斤干肉，就是带几斤高粱面，你倒好，还当哥的呢！唉！对啦，你来可是违反组织纪律啊！哦，是有啥紧急任务吧？
杨文同	妹……
马文秀	咋啦？大哥？
杨文同	咱……
马文秀	说啊！
杨文同	咱们十三团从延安回来的交通员……
马文秀	【沉重地】我知道，没能按时到达指定地点接头，后来……
杨文同	文秀，弟和咱娘都被牵扯到这件事里来了，他们被山野抓了。
马文秀	什么！【火急火燎地】他奶奶的！娘怎么样？都……动刑了吗？弟弟说出什么没有？
杨文同	娘还没有，弟弟动了，【少顷】我下的命令，弟弟很坚强什么都没说。
马文秀	你！你是他大哥！还……动刑！还……

杨文同	我有啥办法！不动刑，就会露出破绽，有暴露的危险。那个吴七，你知道就是在这一带当过土匪的那个汉奸，他好像察觉到了我些什么。
马文秀	那……就快想办法救啊！有办法没有?!
杨文同	【杨文同摇摇头】还没有。
马文秀	没有?! 大哥！

   （唱）鬼子据点似魔窟，

      敌人个个如豺狼。

      你是那里的地下党，

      潜伏在据点时间长。

      敌人动向你了如指掌，

      弟和娘一定在把我的游击队来盼望。

      咱们里应外合打一仗。

      尽早把他们救出牢房。

  【马文秀把烟袋一磕，一绕，腰后一别】

马文秀	来人，集合队伍！

  【游击乙吹了一声口哨】

杨文同	马队长！你以为进鬼子据点是赶大集、逛市场吗?! 那里把守严密，层层设卡，不能去冒这个险！
马文秀	我要救弟弟和娘！
杨文同	轻举妄动去劫牢就是自投罗网！
马文秀	我要救弟弟！救娘！
杨文同	只怕救不出他们还会牺牲掉咱们很多同志！
马文秀	大哥！你也太小看我们游击小队了！我这三十多号人，个个都是一当十的猛将！走！
杨文同	站住！据点里有山野的一个小队，附近有治安军的一个中队，机枪组、掷弹筒、步兵炮，弹药充足、火力完善，你就三十几人，去了就是去送死！
马文秀	你救不了！我救又不行！【急如烈火】那可是咱弟、咱娘！你说咋办！
杨文同	文秀！

（唱）紧要关头"冷静"二字不可丢，

逆水行舟更要我们看清暗流。

我们绝不能做困兽犹斗，

绝不能感情用事昏了头。

我也想把娘和小弟来营救，

我也想把鬼子兵赶出华夏神州。

这件事我们要早向组织来汇报，

请上级组织想对策，筹划计谋。

游击甲　队长，这位同志哥说的在理啊！

马文秀　【思索片刻】哥，怪我！是我不了解情况，我是太性急了，可娘……可咱娘他们每天都有可能牺牲！

杨文同　文秀，据点情况确实很复杂，估计山野他们已经怀疑到我了。如何接头取文件，怎样救弟弟和娘，都不是一件容易的事。

马文秀　那……那我马上向上级汇报，上级会马上派人和老满接头，把接头的方式、暗语传达给他。

杨文同　文秀，上级一定会尽快安排营救咱娘他们的。好！时间紧，我得走了。

马文秀　哥，照顾好弟弟和娘。

杨文同　嗯！走啦！【杨文同欲下】

马文秀　哥！

　　　　【一下跑上前去扑在哥哥怀里】

杨文同　【激动地】行啦！多大啦？你的队员们都看着呢！

马文秀　看什么看，向后转！哥，你小心点！

杨文同　嗯！

　　　　【向马文秀敬了个军礼，然后转身从容地走了……】

　　　　【马文秀还了个军礼，久久的望着哥哥远去的方向……】

　　　　【收光】

第五场

时间：当日，下午。

地点：鬼子据点内，山野办公室。

【郑大头、瘸老满、吴七在听着山野的训斥】

山　野　杨桑怎么还没有回来？

瘸老满　我去找找。

山　野　不用了。各位，我们已经没有多少时间了，将军阁下非常恼火，敦促我们三天内一定要找到密件。

众　人　嗨！

山　野　（唱）冈村将军，亲订方案，

　　　　　　　　清乡扫荡，强化治安。

　　　　　　　　八路要搞"交通破击战"，

　　　　　　　　一旦实现，后果不堪。

　　　　（白）铁道被扒，通信中断，

　　　　　　　　进攻受阻，战事拖延。

　　　　（唱）那份文件，非同一般，

　　　　　　　　三天内必须把它放到我面前！

郑大头　报告！三天内找到文件，恐怕不能实现。

山　野　为什么？

郑大头　有人【环顾左右】不是一条心！

山　野　谁？

【杨文同气冲冲地上】

杨文同　郑大头！布置假劫狱为什么不告诉我？我听见啦，你说不是一条心，既然不是一条心，我请求调离这里。

山　野　杨桑，假劫狱是郑桑安排的，我也不知道。

杨文同　这么说，是你郑大头不信任我了？

郑大头　是又怎么样?!

山　野　杨桑、郑桑你们要团结、要合作！

郑大头　太君，我有证据，证明他是八路的卧底。

山　野　什么？

杨文同　太君！我也有证据，证明他才是八路的卧底！

山　野　纳尼？

杨文同　郑大头！

　　　　（唱）有胆子你就亮证据，

　　　　　　　说说我这"卧底"的实与虚。

　　　　　　　你亮完我，我亮你，

　　　　　　　扒扒你这卧底的皮。

　　　　　　　咱俩看谁该枪毙，

　　　　　　　太君一枪来定局！

　　　　【杨文同把枪拍在山野的桌子上】

杨文同　今天咱俩得有一个从这儿躺着出去！

　　　　【杨文同、郑大头二人对视】

郑大头　先别放狠话。

杨文同　怎么？怕啦？

郑大头　我会怕你！太君，报告！

　　　　（唱）马文同是他的真名号，

　　　　　　　潜伏我方秘密来"卧槽"。

　　　　　　　他长得和老太婆惟妙惟肖，

　　　　　　　马文志就是他的一奶同胞。

杨文同　开玩笑！

　　　　（唱）说我叫马文同你胡说八道。

　　　　　　　凭长相识八路你实在是高。

　　　　　　　假劫狱本是你精心制造，

　　　　　　　目的是帮助他们越狱外逃。

郑大头　你！造谣！我，我有人证！吴七，把你知道的告诉太君。

吴　七　报告太君！

　　　　（念）我曾在焦庄户探听消息，

　　　　　　　姓马的所生有两男一女。

　　　　　　　大儿子马文同人人熟悉，

　　　　　　　五年前投八路离开此地。

　　　　　　　马文志就是他的亲生弟弟，

　　　　　　　还有个姐姐在冀东打游击。

杨文同　郑大头！我也有证据，证明【指吴七】他也是卧底！

郑大头　你放屁！

杨文同　老满你说吧。

瘸老满　太君，我记得是民国二七年，我曾在唐指山一带落草，有个国军里打了败仗逃出来的爷们儿，自称是游击老七，七哥有这么回事儿吧？

吴　七　你！有！

瘸老满　他和我挣盘子我俩干了一仗，还……吃过他一颗子弹，才落得个残腿！后来他把武器卖给了八路……再后来……

吴　七　满瘸子！老子早就投靠皇军了！

杨文同　真投靠假投靠你自己清楚！郑队长更清楚！

郑大头　我？！你！

杨文同　报告太君，郑大头安排的这个吴七不是什么假八路，而是名副其实的真八路！在监狱，我亲眼看见他和老太太用木梳与发簪暗中接头。他背起老太太正要越狱，是我当机立断开枪射击，是他命大，才得以逃离。太君。那钢簪上刻有二字：一"正"一"义"；木梳上刻有八路的五角星，还有四个小字"抗战到底"！这——钢簪、木梳、五角星、接头暗语、"抗战到底"，都是你投鼠忌器、费尽心机、窜端匿迹、掩瑕藏疾指使吴七假劫牢、真越狱，其实奸细卧底不是别人就是郑大头他自己！

郑大头　【暴跳如雷】你放屁！我！我！我他妈毙了你！

　　　　【郑大头从桌上拿枪，杨文同也抄起手枪，吴七、瘸老满也同是拔枪，双方四人僵持在一起】

山　野　八嘎亚路！难道你们中国人就是喜欢自相残杀！就喜欢窝里斗吗？！啊？！支那人复杂！太复杂！太麻烦！【沉思一下】统统的开路！

郑大头　太君去哪儿？

山　野　牢房。

吴　七　太君，去、去牢房干什么？

　　　　【山野瞪着吴七】

郑、吴　嗨！

　　　　【收光】

【暗转】

时间：当日。

地点：鬼子据点，牢房。

马文志　娘，我姐还在山里打游击？

马大娘　【点点头】嗯？【又摇摇头】半年多没见你姐了，谁知道野哪
　　　　去了。

马文志　娘，我姐知道咱被鬼子抓这儿来了吗？

马大娘　【又摇摇头】谁知道啊。

马文志　娘，我姐会来救咱们吗？

马大娘　【摇摇头】这儿的鬼子这么多，她那二十几个人咋来啊，还是不
　　　　来的好！哎？你哥，那天劫狱为啥说刺伤他是别的人呢？你站
　　　　岗那天，你哥他怎么就正好来呢？他不是投八路了吗？

马文志　是啊娘，我哥去投八路咋就成二鬼子了呢？

马大娘　二小儿，你来，过来，【小声的】我把接头暗号告诉你。

马文志　铁坨子！娘！

马大娘　嘘！记住！八路同志托付咱的事儿，咱得给人干好了啊，我干
　　　　不了你干，你干不了……你……不！我二小儿一定能干好！

马文志　娘，我就是死，也得让您从这出去。

马大娘　儿啊，别说傻话啦！娘，恐怕是出不去啦。你哥再来，我就跪
　　　　着求他，让你哥把你放出去，你出去一定把这事儿给人干
　　　　好，啊！

马文志　娘！我知道，您心里不相信大哥是汉奸，想让他救咱娘俩一起
　　　　出去。

马大娘　二小儿啊，还是我们二小最听话，最懂娘的心啊！

　　　　【马大娘将马文志搂在怀里】

　　　　【山野、杨文同、郑大头、瘸老满、吴七等人来到牢房】

山　野　嗖达司乃！舐犊情深，羡慕啊！马大娘想清楚了？

马大娘　放了我儿子，我告诉你们。

山　野　恐怕你弄错了，你告诉我们文件的下落，我们才能释放你的

儿子。

马大娘 那我想想，再想想。

山　野 好，可时间不多了。【对马文志】你呢，小弟弟，为了你的妈妈，把你知道的告诉我们吧！

马文志 我娘她啥都不知道，放了我娘你们想要的我都会说。

山　野 理解你，你爱你的妈妈。我也是个孝顺的儿子，我也很想我的妈妈。昭和八年我的大哥在热河殉国，民国二十六年我的二哥战死在卢沟桥，我踏上中国的土地已经七年了，我的妈妈，她的身旁没有一个孩子，我的妈妈【哭】我已经七年没有见到她了。【哼唱日本歌】

马大娘 你们就不该来！

马文志 活该！谁让你们来的！

山　野 哎，是要经得起折磨和考验的。你们支那人永远不会理解！【厉声】来人！不！杨桑，你去！把文志妈妈的衣服扒下来！

杨文同 什么?!

山　野 把文志妈妈的衣服扒光！

杨文同 太君，我也是中国人，我也有娘！这个我恐怕……做不到。

【山野上去给杨文同一个大嘴巴】

吴　七 太君我来！

山　野 呦西！把她的儿子压过去，让他亲眼看看妈妈的赤裸的身体！

【郑大头押马文志】

郑大头 给我过去！【强行扯拽马文志】

山　野 杨桑，你不去欣赏一下吗？【冷酷的】扒！

马文志 【近乎疯狂地悲号】不！【哭泣着】不！

马大娘 【大呼】儿子！【低声】娘都不怕！【高声大喊】你怕个啥！

（唱）你是娘身上掉下的肉疙瘩，

　　　　娘的身体就是我儿你的家。

　　　　娘的双眼看着儿呱呱坠下，

　　　　娘的嘴亲过儿的额头、儿的面颊，

　　　　亲过儿的小脚丫。

　　　　娘的双手为儿换尿布洗衣袜，

给儿把屎把尿把屁股蛋儿擦。
娘的双乳喂养儿，儿看着娘奶眼睛眨，
小手捧着娘奶口不撒。
娘的双臂搂着儿，天黑儿不怕，
娘的双肩扛着儿，儿能把树爬。
娘的背背着儿下地种庄稼，
娘讲笑话儿在娘背乐开花。
娘的腰也曾任儿骑来任儿跨，
娘学牛当马逗的我儿笑哈哈。
娘的双腿和双脚教会我儿，
立得直、站得稳、行的端、走得正，
做一个善良勇敢的中国娃。
到如今我的儿成人长大，
做娘的舍然大喜心无他。
虽说是此时此地鬼当家，
你娘我从没把他们正眼加。
说什么把娘的衣服扯下，
就算是粉身碎骨娘怕个啥！
粉身碎骨娘把苍龙化，
化苍龙腾九州咆哮而下。
把那些：狂魔恶煞、神奸巨猾，
猛鬼夜叉、邪妖罗刹，
一个一个全吞下，
送儿一个清平世界干净的家。
到那时——
水木清华，
百卉千葩；
娘就该飞走啦，
儿莫把娘牵挂。
娘与儿——
山长水阔、雾暗云深、碧落黄泉、青山一发、海角天涯，娘都是你的亲娘你的妈！

【山野一下一下慢慢的鼓掌】

山　野　很精彩！【走到马文志身边】你的妈妈很伟大吧！可惜你没有机会报答她。

【掏出手枪对准马文志的头】

马文志　不！我说，救八路的是我，文件就在焦庄户。

马大娘　文志！

山　野　呦西！

马文志　你们想要的我都知道，先放了我娘！

山　野　可以。

马文志　给我。

山　野　你要什么？

马文志　簪子，还给我，那是我娘给我的！

【山野拿着簪子走上前去，马文志接过簪子的同时冷不防地扑向山野，疯狂的向山野刺去】

山　野　还等什么，开枪！快开枪！

【郑大头开枪，马文志中弹】

马大娘　儿子！

【马大娘冲到马文志身边】

马文志　娘！下辈子我还给您当儿子，你还当……我娘……好吗……

【马文志死去。马大娘紧紧地把马文志搂在怀里，老泪纵横】

山　野　【拿着簪子走向马大娘】很好！母慈子孝！非常地敬佩你的家族！有骨气、重气节的家族是很难征服的。但是，大日本帝国是你们的朋友，大东亚共荣圈的建立，是为了我们共同的繁荣，【鞠躬】我请求你收起对我们的敌对情绪，拜托啦。

马大娘　拿来！

山　野　什么？

马大娘　拿来！

【山野示意郑大头把簪子给马大娘，郑大头、吴七不敢去，杨文同把簪子递过去】

马大娘　别人的东西，抢走了，迟早要还回来！

【山野示意把马文志的尸体拖走，马大娘护住不放】

马大娘　不！我要跟我儿多待一会儿！

【山野点了点头，鬼子兵下】

【监牢内只剩下马大娘和牺牲了的马文志】

马大娘　志儿……儿子……二小儿……

（唱）黑牢中黑憧憧黑暗阴冷，

　　　悲泪涌悲情痛悲心难平。

　　　叫一声文志儿我的亲生，

　　　你不再答话不再有回声。

　　　怀抱儿身，儿身如霜冻，

　　　手摸儿脸，儿脸似寒冰，

　　　血衣侵身鲜血渐凝，

　　　我儿紧握钢拳手不松。

　　　为什么青梅凋落黄梅剩？

　　　为什么是儿先做了牺牲？

　　　为什么白发偏把黑发送？

　　　为什么留下娘形影伶仃？

　　　娘的心就好似枪戳剑捅，

　　　娘的心就好似钢刀剜了个大窟窿。

　　　娘生养我的儿十七年整，

　　　回想起十七年舐犊之情悲心难平。

　　　儿你曾春暖帮娘荷锄种，

　　　儿你曾夏热为娘扇凉风。

　　　儿你曾秋凉为娘把衣送，

　　　儿你曾冬寒帮娘把火笼地暖烘烘。

　　　你曾说要习文练武长本领，

　　　你曾说要抗战杀敌当英雄。

　　　你曾说要学那霍去病马踏敌营，

　　　你曾说要学那常山猛将赵子龙。

　　　你曾说要学那岳鹏举报国精忠保大宋，

　　　你曾说要学那戚继光抗倭平寇建奇功。

眼见得一个顶天汉就要长成，

儿你却走得这么匆匆这样的绝情。

儿啊，儿啊——

我儿你体貌虽轻筋骨儿硬，

我儿你心虽懵懂却有大心胸。

儿的心，娘最懂，

娘的情，儿心明。

儿茕茕孑立黄泉径，

娘形影相吊赴征程。

儿用丹心书汗青，

娘撒碧血祭英灵。

儿血染敌营满江红，

娘定与儿并肩行啊！

凄冷的牢房死一样的静，

星无光月无影瞎火黑灯。

忽然间——

两只萤火虫飞进了铁窗棂，

它们好似娘与儿飞舞在夜空。

娘在夸奖儿慷慨英勇，

儿在感谢娘哺育之情。

小小的萤火虫，

它不是耀眼的繁星。

小小的萤火虫，

它不是绚丽的彩虹。

它是生命的自省，

它是勇气的升腾；

它是黑暗的抗争，

它在呼唤——黎明！

轻轻地捧起喜悦地流萤，

你们两个莫把我儿吵醒；

他和你一样，一样的聪颖，

他和你一样，一样的机灵。

他和你一样，一样的懵懂，

他和你一样，一样的重情。

【在对萤火虫的臆想中渐渐进入梦境……】

马大娘　（唱）睡吧，我的儿，

　　　　　　　睡在娘怀中……

马文志　（唱）走了，我的娘，

　　　　　　　娘你莫伤情。

马大娘　（唱）睡吧，我的儿，

　　　　　　　睡在娘梦中……

马文志　（唱）走了，我的娘……

　　　　　　　梦中把娘拥。

马大娘　（唱）睡吧，我的儿，

　　　　　　　睡在娘心中……

马文志　（唱）走了！我的娘！【同时唱此句】

马大娘　（唱）睡吧！我的儿！【同时唱此句】

马文志　（唱）娘……你心莫疼！

马大娘　（唱）娘我心不疼！

　　　　（伴唱）心不疼！

　　　　　　　　母子情！

　　　　　　　　心不痛！！

　　　　　　　　母子情！！

　　　　　　　　心不疼！！！

　　　　　　　　母子情！！！

马文志　（唱）走啦！我的娘！

马大娘　（唱）睡在娘怀中！

马文志　（唱）走啦！我的娘！

马大娘　（唱）睡在娘梦中！

马文志　（唱）走啦！我的娘！

马大娘　（唱）睡在娘心中！

【似摇篮曲一般地女生哼鸣……】

（伴唱）嗯……嗯……

【梦境逝去，文志回归天国，马大娘依然守在儿子的英灵旁】

【收光】

第六场

时间： 第四日，下午。

地点： 日军据点外，荒郊。

杨文同　（唱）彤彤残阳红透天，

　　　　　　　萋萋野草露哀颜。

　　　　　　　哑哑归鸦声声惨，

　　　　　　　醇醇烈酒把弟奠。

　　　　　　　头杯酒，愿你黄泉路上莫把亲人念，

　　　　　　　二杯酒，愿你魂归极乐天；

　　　　　　　三杯酒，愿你来生转世生在太平年。

　　　　　　　弟弟你莫把大哥来埋怨，

　　　　　　　哥与你手足情深似海天。

　　　　　　　哥哥我没能救你脱虎险，

　　　　　　　我心中后悔，悲苦难言。

　　　　　　　五年前哥哥参军当八路，

　　　　　　　弟送我依依不舍泪潸潸。

　　　　　　　哥也曾挥刀杀敌把鬼子斩，

　　　　　　　哥也曾单枪匹马把鬼子炮楼端。

　　　　　　　三年前奉军命我回家转，

　　　　　　　潜伏在据点做了地下党员。

　　　　　　　我走在街上遭白眼，

　　　　　　　乡亲们骂我是汉奸。

　　　　　　　弟弟你不把我正眼看，

　　　　　　　老娘见了我无话可言。

　　　　　　　多少日苟延残喘，

多少次举步维艰。

多少天卧薪尝胆，

多少回生死一线。

我从不把亲人恨来亲人怨，

恨只恨战乱把人性摧残。

弟弟你今日离开烽火深渊，

哥与你生死相望心相连。

你走后哥定会赴汤蹈火、披荆斩棘，斗敌顽，

带来日：九州四海无屠戮，河清海晏民泰安；

哥与弟天国见面手相挽，含笑对九泉。

【瘸老满上】

瘸老满　【同情地】老杨。

杨文同　【激动地】老满！

瘸老满　【感慨地】文志兄弟！是条汉子！

杨文同　老满，接上头了？

瘸老满　接上了。文志牺牲的消息也向组织汇报了。这是接头的暗号。

杨文同　这是敌军近期的布防图和扫荡计划，我已经整理好了，给！

瘸老满　好！老杨，你的任务是和马大娘接头，与大娘一起撤离。明天清晨文秀会带人在路口接应你们。

杨文同　那你呢？

瘸老满　我负责调虎离山；我去赌场牵制住吴七，今晚，你到牢房和大娘接头；我伺机干掉吴七，回来拉响警报，引爆弹药库。警报一响你马上带大娘先撤！

杨文同　不！老满，你去接头，我负责调虎离山。

瘸老满　老杨，我在据点时间长，我不容易引起怀疑。

杨文同　我是老党员！应该我去！

瘸老满　你去接头！那是你娘！

杨文同　我娘就是你娘！

瘸老满　好，好！我拗不过你！我去和咱娘接头，你负责调虎离山。

杨文同　这就对了！

瘸老满　来，【举酒杯小声地】为了胜利！

杨文同　为了……胜利！

【老满趁其不备一拳将杨打蒙，把扫荡计划放回他的身上】

瘸老满　对不住了兄弟！还是我去吧！

【老满一瘸一拐坚毅地走了……】

【暗转】

时间：当日，夜晚。

地点：日军据点，牢房。

杨文同　（唱）老满扛重担，

　　　　　　　　同志情意坚。

　　　　　　　　接头在今晚，

　　　　　　　　齐心斗敌顽。

【杨文同手提酒和食物上】

杨文同　两位辛苦啦啊！今天晚上我和吴七当班，这小子不知道又跑哪
　　　　去了？

治安甲　八成又去耍钱了去吧？

杨文同　谁知道呢！你们俩要是累了就回去歇着吧，差不了多会儿，我
　　　　先在这看着就行。

治安乙　这合适吗？

杨文同　有什么不合适的？

治安甲　那就辛苦杨队长啦！

杨文同　别那么客气，走吧。

治安甲　哎！

杨文同　等等，拿着，【递过酒和食物】猪头肉、二锅头，解解乏。

治安甲　哎哟，还得是咱杨队长！老想着咱们。

治安乙　可不，跟着郑大头什么都他妈的吃不上！

杨文同　嘘！注意！嘴！

治安甲　说你多少次了！

治安乙　是是是。

杨文同　去吧，去吧。

治安甲　谢谢队长！

【俩治安军下。马大娘守着马文志的遗体。杨文同进来见娘】

马大娘　出去。

杨文同　娘！我是来……

马大娘　来看你弟弟啊，你不配！

杨文同　他是我弟弟。我没照顾好弟弟，我是有责任。

马大娘　你还知道他是你弟弟！

杨文同　娘……我很后悔！

马大娘　我也后悔！后悔有你这么个不孝之子。咱家四代人上三辈人个个正气凛然、为国尽忠！你祖爷是打过八国联军的英雄；你爷爷是杀土匪惩恶霸的豪杰；你爹跟着邓华参加了冀东大起义，牺牲的时候留下了八个字：为民敢战！为国赴死！可你，走吧，我姓马，你姓杨，就算我用这簪子刺瞎双眼也不愿看你一眼！你走吧。

杨文同　娘！我爹的话我从来没忘！

　　　　【杨文同猛地跪下了】

马大娘　走！【含泪低沉地】滚！

杨文同　娘！您看！

　　　　【马大娘猛然回头，发现杨文同左肩上的黑色补丁，一愣！恍惚与内疚在心中涌动】

马大娘　【思索片刻】衣裳咋破了？

杨文同　担子磨的。

马大娘　挑的什么？

杨文同　铁——坨——子！

　　　　（伴唱）啊……

　　　　【马大娘杨文同激动地抱在一起】

马大娘　（唱）娘见儿百转千肠，

杨文同　（唱）儿想娘隔海隔江。

马大娘　（唱）娘见儿万种惆怅，

杨文同　（唱）儿不怕陨雹飞霜，

马大娘　（唱）悄悄对儿把话讲，
　　　　　　　文件就在那里藏。

杨文同　（唱）儿我牢牢记心上，
　　　　　　　敬佩我的好老娘！

【警报响起——爆炸声传来】

杨文同　娘，时间到了，我背上弟弟咱们快走！

马大娘　好！走，走！

【杨文同刚要去背弟弟……】

马大娘　【忽然响起什么】不！文同，我和你一起跑会拖累你，如果被抓住，文件送不出去就耽误大事啦！那可是上千人的命啊！娘这把老骨头没啥，你走！快走！

杨文同　娘！

马大娘　【着急】文件要紧，快走！走啊！

杨文同　娘！等我！

马大娘　【一把把杨文同推出牢门，激动万分地】走了就别回来！

【杨文同飞奔而下！山野带日本鬼子、伪军等人上】

山　野　是谁的值班？牢门的怎么开着？

治安甲　是杨队长和吴七。

治安乙　【醉语】杨队长还……给我们买的猪猪……

山　野　混蛋！【上前一个嘴巴】人在哪里？

治安丙　太君，在据点外发现吴七的尸体。

郑大头　炸弹药库的人没有死，就是他！

【满身是血的瘸老满已经没有了力气被郑大头拖拽上来】

山　野　是你?!

瘸老满　哈哈，【几乎无力】吴七也是爷爷杀的！爷爷就是地下党！

山　野　说！杨文同是不是你的同伙！文件在哪？

瘸老满　在……这！

【瘸老满从绑腿里拔出匕首，刺胸自尽】

山　野　压上老太婆去找杨文同。

马大娘　好啊！那得带上我儿子！二小儿！日本鬼子给你送葬，有面子！

郑大头　是不是还得让皇军给他披麻戴孝啊?!

山　野　住口！皇军的仁慈友善。一定要去！

郑大头　不行啊太君。马家庄离游击区很近，那边八路的活动猖狂的！而且都是雷区啊！

山　野　你！连夜到马家庄布防！

郑大头　嗨！

山　野　我要让杨……不！让马文同拿文件换老娘！

【切光】

第七场

时间：第五日。

地点：马家庄附近。

【杨文同急上】

马文秀　哥！

杨文同　这是文件，赶快送往十三团团部！

马文秀　好！娘呢？

杨文同　娘……没走！

马文秀　你！【一游击队员跑上】

游击甲　队长！伪军押着大娘，抬着棺材，后面跟着不少鬼子兵，足有
　　　　百十号人！

杨文同　山野到了，我带假文件和他交换。娘一脱险，你就引爆地雷！

马文秀　那你呢？

杨文同　别管我！

马文秀　哥，我也去！

杨文同　听话！【一游击队员跑上】

游击乙　队长！鬼子过来了！

马文秀　马上隐蔽！

【马大娘被绑在前，四个日本兵抬着棺材，众人在其后上】

马大娘　儿子，咱们回家啦！

　　　　（唱）酷暑苦夏雨水大，

　　　　　　　大大枣树开了花。

　　　　　　　我儿爬树把枣打，

　　　　　　　打下甜枣喂给妈。

　　　　　　　儿你莫被刺儿扎，

　　　　　　　夕阳西下快回家。

　　　　（合唱）回家！回家！回家……

马大娘　儿子，咱们到家啦！

山　野　把这里包围起来！

【鬼子兵齐声答应："哈衣"】

杨文同　山野！文件在我这！

【杨文同上】

山　野　哟西，杨桑，我们心有灵犀！

杨文同　少废话，交换吧！

山　野　【对郑大头】放她过去！

【郑大头推了马大娘一把，此时，马大娘身后绑满了炸弹，导火
索就牵在山野的手里】

山　野　哈牙哭！

郑大头　快点！

山　野　莫多！莫多！

郑大头　再快点！

【两人慢慢的向彼此走去，那是心的相通与默契……】

【在两肩相错的一瞬间，杨文同猛地从妈的头上拔下钢簪，一个
急转身割断导火线】

杨文同　娘，快跑！

山　野　呀咩那撒衣！

【山野开枪击中杨文同心口】

【娘跑了两步听到枪声，回头看到儿子中弹，折回】

马大娘　儿子！

杨文秀　【万分焦急地】娘！

【马大娘回去抱住儿子，手拽导火索，马文同倒在娘怀】

马大娘　都别过来！谁过来，我就把文件一起炸了！

马文同　娘……文件是……

马大娘　娘知道！

马文同　娘，儿不……孝……了

【马文同倒在了娘的怀里牺牲了……】

马大娘　【忍住悲泪，怒火中烧】儿啊！娘，和你一起走！

【马大娘，拉响了捆在自己身上的炸药……】

郑大头　文件！

山　野　亚麻嘚呦!

马文秀　娘!

马文秀　给我打!

山　野　射丝个一!

【同时，地雷、土炮、手榴弹，声声炮声响彻天际……战士的喊杀声，鬼子的嚎叫混成一片】

【少顷，弥漫的硝烟，尸横遍野……】

【从天际传来一缕天籁之声……】

（合唱）凯风自南，吹彼棘心。

　　　　棘心夭夭，母氏劬劳。

　　　　凯风自南，吹彼棘薪。

　　　　母氏甚善，我无令人。（注：出自《诗经·邶风·凯风》）

【马文秀提着枪在合唱中走向舞台纵深，从地上慢慢地拾起钢簪插在头上，回头一种傲视一种沉思……】

（剧终）

现代评剧《寸草春晖》

潮 白 人 家

导演　陈胜利

人物表：

田梦舒　18 岁

田程祥　49 岁，田梦舒养父

夏茹红　47 岁，田梦舒养母

韩艳秋　40 岁，田梦舒生母

韩　婶　50 多岁，韩艳秋母亲

陈　贵　村民

蓝云霞　村委，热心大婶

田明柱　村支书，主持公道

程书记　团委书记，青年干部

村民若干

（合唱）世上百善孝为先，
　　　　跪乳反哺成美谈。
　　　　坚守担当传佳话，
　　　　人间至爱谱新篇……

第一场

时间：1987 年夏。

地点：顺义田家洼村外。

【傍晚，阴云密布，风声赫赫。韩艳秋手提旅行箱上，匆匆赶路，不时回首】

【韩婶怀抱婴儿急上，追赶艳秋】

韩　婶　艳秋！你站住！

【韩婶追逐艳秋，忽然一个趔趄】

韩　婶　艳秋！你不能走哇！你可以不要我这个妈，你不能不要这个孩子，她可是你亲生的，你——可是她的亲妈！

【韩艳秋一怔，站定。婴儿啼哭。韩艳秋从韩婶手中接过婴儿，婴儿止啼】

韩艳秋　闺女呀，妈养活不了你，是妈的错，以后和你姥姥，好好过吧！

韩　婶　姥姥再亲，也比不了亲妈！艳秋，没有那个负心男人，日子照样能过，以后咱娘仨抱团儿，没有过不去的坎儿！你就别走了！

韩艳秋　妈！我的心，早就伤透了，早就被扎碎了，早就烧成灰了！这儿的山，这儿的水，这儿的一切，好像都有他的影子。我留下，生不如死；我只有走，才能活呀！

韩　婶　那你打算上哪儿？

韩艳秋　出国！

韩　婶　中国这么大，上人家国家去干吗？

韩艳秋　我就想换个地界儿，换个活法儿！

韩　婶　那你带着孩子一块儿走，有亲妈照顾，她才不遭罪呀！

韩艳秋　妈！这一道儿上，不知道要闯过多少关，经历多少难，受多少委屈，我就是怕她遭罪，才一个人走啊！

韩　婶　【绝望地】走吧……走吧……哎，【看婴儿】妈不要你这个闺女，【对艳秋】闺女不要我这个妈，我上辈子做了什么孽，这辈子让我这样还呐！

韩艳秋　(唱) 听娘的诉苦声心如火烤，

　　　　　　烈焰焚身魂燃魄焦。

　　　　　　悔不该用炽情结下毒果，

　　　　　　无辜祖孙来吞嚼。

　　　　【看婴儿】

　　　　　　女儿呀亲骨肉我的至宝，

求原谅无情娘将你丢抛。

只愿你在未来一切安好，

多自由少羁绊快乐逍遥。

【对韩婶】

从今后不能为娘亲尽孝，

心疼您半生苦晚年操劳。

养育之恩来世报，

求老娘救这棵苦命独根苗！

【跪，将婴儿托在韩婶面前】

【韩婶接过婴儿。雷鸣电闪，大雨倾盆，婴儿啼哭。韩艳秋提旅行箱决然离去，下】

韩　婶　【追】艳秋！【摔，倒地前托起婴儿】快……快来人啊！救命啊！

【田程祥、夏茹红上，二人托住韩婶】

韩　婶　程祥、茹红，别让孩子，让雨淋了……【晕】

田、夏　韩婶！韩婶！快来人啊！韩婶晕倒啦！【夏抱起婴儿，用衣衫为其挡雨，婴儿止啼】

【蓝云霞、陈贵及众村民上】

蓝云霞　韩婶怎么啦？

田程祥　不知怎么晕倒啦。

夏茹红　还托着一个孩子。这是谁家的孩子啊？

陈　贵　难道是韩婶的……

田程祥　胡说！韩婶都奔六十的人啦！怎么可能？

蓝云霞　我知道了，韩婶儿是这孩子的姥姥，这是我表妹韩艳秋的闺女！

陈　贵　这下雨天儿，孩子她妈也不管呐！

蓝云霞　那咱们先管，救人要紧。陈贵，你赶紧带几个人，用程祥的板儿车，拉上韩婶去镇医院。

陈　贵　好嘞！【和部分村民扶韩婶下】

蓝云霞　茹红，我看这孩子挺认你，不哭不闹，你和程祥先带带孩子。

夏茹红　哎。

【夏茹红怀抱婴儿，喜忧参半】

夏茹红 （唱）怀抱婴儿心颤抖，
　　　　　　又是喜来又是忧。
　　　　　　喜的是抱孩子感觉真好受，
　　　　　　忧的是我还不生养直犯愁……
　　　　　　这孩子招人喜欢眉目秀，
　　　　　　小脸儿周正，头发黑油油。
　　　　　　抱在怀里难释手，
　　　　　　浓浓爱意袭心头。
　　　　　　这要是自个儿身上掉下的肉，
　　　　　　夏茹红心满意足无所求！

蓝云霞　艳秋和她丈夫感情破裂，恐怕是很难复合。头一阵还悄悄跟我
　　　　说，她过不下去了，要一个人出国。看这情形，她估计是走啦。
　　　　韩婶身体不好，带个刚出生的孩子，是个大问题呀。

村民一　程祥、茹红，你俩不是一直想要孩子吗？折腾半天也没个动静
　　　　儿，看，这有一现成的，不用你俩费事儿，得来全不费工夫，
　　　　直接抱回去就能养活！

村民二　你说的不对！俗话说得好，种地要深耕，养儿要亲生。这抱回
　　　　去的，能和亲生的比吗？程祥、茹红，养活孩子，还得自己个
　　　　儿折腾，不能怕费事儿！

田程祥 （唱）他们的一番话将心搅乱，
　　　　　　戳中了忧愁事有口难言。
　　　　　　日日想夜夜望田家有后，
　　　　　　无奈是种豆不得豆、种瓜瓜不甜。
　　　　　　病树枯藤将春盼，
　　　　　　谁料新枝生眼前。
　　　　　　真心来把真心换，
　　　　　　抱养亲生同一般。
　　　　　　见茹红抱婴儿爱不释手，
　　　　　　我猜她对这孩子甚是喜欢。
　　　　　　不如将计就计顺水行船，
　　　　　　让我夫妻美梦圆！

田程祥　茹红，我……

夏茹红　程祥，我知道你想说啥。我就问你，你真的不在乎，她不是亲
　　　　生的吗？

田程祥　【摇摇头】她，就是咱亲生的。
　　　　【田、夏共同托抱婴儿，婴儿睡梦中发出微笑声，风雨停，夕阳
　　　　半露，晚霞正红】
　　　　【光渐暗】

第二场

时间：十八年后，初春。
地点：潮白河畔。

　　　　【艳阳、繁花、绿树，景致盎然】
　　　　【田梦舒内唱：万朵花红春潮艳……】

　　　　【田梦舒背书包上】

田梦舒　（唱）三月旭日破晓寒。
　　　　　　　　风送爽杨柳迎春绿两岸，
　　　　　　　　潮白河波光粼粼水潺潺。
　　　　　　　　水潺潺，流不断，
　　　　　　　　似一首美丽的歌谣世代传。
　　　　　　　　每日里上学回家走河岸，
　　　　　　　　感叹这北国水乡胜江南……
　　　　　　　　我爱河心缓缓的水，
　　　　　　　　我爱河边浅浅的滩，
　　　　　　　　我爱飞鸟掠水面，
　　　　　　　　我爱河上游动的船。
　　　　　　　　迷人的景物流连忘返，
　　　　　　　　想身世思绪乱成麻一团。
　　　　　　　　早风闻梦舒是田家抱养，
　　　　　　　　哺育恩深似海来重如山。

倘若是父母认女怎么办？

既盼明真相，又怕那一天……

烦心之事理还乱，

辜负美景应自惭。

风景不转心境转，

世事难料，顺其自然。

【看远处】哎？我妈和云霞姨来河边干吗？我呀，得躲起来吓唬吓唬她俩，开个小玩笑！【躲】

【夏茹红、蓝云霞上】

蓝云霞	茹红啊，咱俩不会碰着梦舒吧？
夏茹红	不会，她得一会才能放学呢。
蓝云霞	那就好，那就好。那我就在这和你说。
夏茹红	啥事神神秘秘的，不能在家说？
蓝云霞	不能！不能在家，万一赶上梦舒回来，就麻烦啦！【拉茹红至一侧，神秘地】程祥呢？
夏茹红	我们想建一个蔬菜大棚，他去县城拉材料去了。【打量】蓝姐，啥事快说吧。
蓝云霞	这……【犹豫】还是等程祥回来再说吧，我先走了。【欲下】
夏茹红	【拦】蓝姐，话说一半，可不能让你走，你得说全喽。
蓝云霞	茹红啊，那我……可就说啦！
夏茹红	说吧。
蓝云霞	【担心地】我可真说啦？
夏茹红	【故作生气】爱说不说！
蓝云霞	好、好、好，我说，我说……

（唱）蓝云霞好歹是个村干部，

　　　邻里间大事小情不疏忽。

　　　不是我卖关子吞吞吐吐……

夏茹红　（唱）再不说我立马回家去喂猪！

蓝云霞　急啥呀？

　　　（唱）韩艳秋——

夏茹红　【一惊】韩艳秋……她要干什么？

蓝云霞	（唱）我和她沾点亲来带点故，
	他二舅是我表姨夫。
	听我姨夫说……

夏茹红　说什么？

蓝云霞　（唱）妹子你千万要挺住，

　　　　　　　韩艳秋要来认梦舒！

夏茹红　【大惊】不会吧！那年韩艳秋回来给韩婶上上坟就走了，可没提女儿的事。

蓝云霞　我的傻妹子，人家当时不提，还能保证现在不提。据说那韩艳秋在外国说着洋文，挣着洋钱，混得不错，有条件认亲生闺女啦，还要带梦舒出国留学。

夏茹红　她想认就认？我和程祥收养梦舒的时候全村人都知道，是支书田明柱做的保，法律文书还留着呐，她韩艳秋和梦舒早就没了关系！

蓝云霞　这我都清楚，可再怎么着，人家毕竟是梦舒的亲妈呀！

夏茹红　【失魂落魄】……亲妈……我就知道，这韩艳秋，就是一颗炸弹，在我头顶上悬着，晃晃悠悠，晃晃悠悠……不知道哪天就掉下来，炸我这个后妈……【抽泣】

蓝云霞　茹红，你别哭啊，即使她来认，也不可能一下子就把梦舒带走不是。我这是跟你透个信儿，让你们两口子有个心理准备。

夏茹红　姐，这事可咋办？

蓝云霞　这事，得你们两口子商量，拿个准主意才行，而且，还得看梦舒是啥意思，对吧？

夏茹红　……【悲戚地】蓝姐，梦舒在这个家十八年了，我和程祥待她如同亲生，如果韩艳秋突然把她领走，这……这不是要我们的命吗？！

　　　　（唱）晴天霹雳将魂震碎，

　　　　　　　天降大祸肝胆摧。

　　　　　　　十八年一家人和和美美，

　　　　　　　一朝离散难挽回。

　　　　　　　蓝姐呀！

　　　　　　我夫妻视梦舒比命珍贵，

　　　　　　怎禁这浓浓的亲情烟灭灰飞……【拭泪】

　　　　【田梦舒暗上，倾听】

夏茹红　（唱）将心比心强忍泪，

　　　　　　　亲妈认女理不亏。

蓝云霞　（唱）好妹子这话说得对。

夏茹红　（唱）人之常情咱不违。

田梦舒　原来，村里的传言是真的……

蓝云霞　【一怔】梦舒，你……

夏茹红　你都听见了？

田梦舒　【点头】都听见了……

夏茹红　梦舒啊，妈一直没告诉你是因为……

田梦舒　妈！你应该早点告诉我呀！

夏茹红　现在知道也不晚。你亲妈叫韩艳秋，现在在外国，条件比咱们
　　　　家好，将来要接你出国留学。你，考虑考虑吧。我和你爸，尊
　　　　重你的选择。

田梦舒　（唱）突遭变故心惊口哑，

　　　　　　　这选择我究竟如何回答？

　　　　　　　熟悉亲人非骨肉，

　　　　　　　陌生名字是亲妈。

　　　　　　　心绪纷纷结密线，

　　　　　　　无有快刀斩乱麻。

　　　　　　　眼前人倍辛苦将我养大，

　　　　　　　父严母慈节俭持家。

　　　　　　　难舍多年父母爱，

　　　　　　　真情实意作回答。

田梦舒　妈，我不去外国，我永远在你身边，你永远是我的亲妈！【跪】

　　　　【夏茹红扶起田梦舒，二人抱着痛哭；陈贵急上】

陈　贵　嫂子，嫂子，不好啦！

蓝云霞　怎么了？

陈　贵　我程祥哥的手扶拖拉机拉着一车货，在村外一下翻到沟里，把

他自己砸倒底下啦！

【夏茹红大惊，顿觉头晕目眩】

田梦舒　（嘶哑地）妈！妈……

【切光】

第三场

时间：仲夏。

地点：医院，病房。

【田程祥坐在轮椅上，愁眉苦脸】

田程祥　（唱）原本是家境兴旺似火炭，

却不料祸从天降化灰烟。

失双腿成残废好不凄惨，

三月来心焦虑度日如年。

茹红梦舒常解劝，

我却知，

她母女暗地泪不干。

孤舟离岸偏遇险，

风急浪高难扬帆……

【夏茹红持饭盒与田梦舒上】

田梦舒　爸，化验单开来了，我们去吧。

夏茹红　去吧，化验回来吃饭，我收拾收拾东西。

【田梦舒推轮椅载田程祥下；夏茹红忽觉头晕，安静俄顷】

夏茹红　（唱）当家人一场车祸险丧命，

落了个依靠轮椅度余生。

连日里常觉眩晕伴头痛，

我只能强打精神装笑容。

梦舒刚刚十八岁，

眼下正在读高中，

倘若是我再有三长两短，

从今后这个家靠谁支撑？

驱不散黑压压心头阴影——

【田梦舒推田程祥上】

田程祥 （唱）摆不脱密麻麻愁云层层……

夏茹红 【打起精神】回来了，检查怎么样？

田梦舒 医生说恢复得不错，可以出院了，但要定期复查。

夏茹红 出院也好，换个环境，先洗洗手，吃点东西，然后回家。

田程祥 我不想吃，现在就走。

夏茹红 【开导】程祥，我知道你在想啥。要我说，你也别总惦记这个，惦记那个的，只要人在，就没有过不去的火焰山。

田程祥 【情绪低落】唉，话是这么说，可咱……大棚没建成，还欠了一大笔债，可怎么还哪！

夏茹红 我不是跟你说过了吗，没事儿，有我呢。

田梦舒 爸，你放心，我也长大了，什么活都能干，能帮我妈一把。

田程祥 你们……能干什么呀？

田梦舒 爸，我可以出去打工啊！

田程祥 【坚决地】你……怎么能辍学打工呐？不行，不行……

田梦舒 爸，道理很简单嘛，上学要花钱，打工却可以挣钱的。

田程祥 你还是个孩子，必须读书！

夏茹红 梦舒，听你爸的，好好念书，别的什么都不用想，家里的事有妈呢——【再次晕厥】

田梦舒 【急搀扶】妈，你怎么了？

夏茹花 【摆手】没事，可能是这些日子累的，歇会就好了……

田程祥 梦舒，你听着，学，必须上；书，必须念；你要是不听话，我就喝药，我就从潮白河上跳下去！

田梦舒 爸，您瞎说什么？我也是从咱家实际情况考虑。

田程祥 我也是从实际情况考虑。梦舒啊，咱们家条件差，从小你跟着我们吃苦受罪，没享着福。爸爸就想供你读书，只有读书，才能有个不一样的未来，才能享福啊！

田梦舒 爸，那是您的想法，在我看来，家人的健康，家庭的和睦，才是最大的幸福！

田程祥　你这孩子！逼着我生气，总之要是不上学，我就不治病，要是不上学，你就找你亲妈去，我没你这不听话的闺女！

【田明柱和蓝云霞、陈贵上】

陈　贵　程祥哥，又生气呐，这闺女多好，疼都来不及，怎么还骂上啦，消消气儿。听说你今天出院，田支书和蓝村委看你来了！【递上手中的果篮】

田程祥　明柱，蓝姐，我都这样了，还有什么好看的？

蓝云霞　程祥，怎么说话呢？大姐我倒没什么，明柱是村支书，那是代表组织呢！

田明柱　【亲切地】程祥大哥，人这一辈子，谁都难免遇上不幸的事，咱可得挺住，不能倒下啊！

田程祥　放心，我站不起来，也倒不下。

蓝云霞　我说你这张嘴——

田明柱　【制止】没事，受了这么大打击，难免心情不好，我理解……【转对夏茹红】嫂子，你怎么了？

夏茹红　最近脑袋老是有点晕。

陈　贵　那赶紧找大夫看看呐！

田梦舒　这段时间光顾着照顾我爸了，还真没在意我妈，改天再来，好好检查一下。

田明柱　【取出一信封】大哥，这是我们几个村委的一点心意，你先收下。【递上】

田程祥　【推辞】明柱，这……

田明柱　程祥大哥！

　　　　（唱）梦舒还要把学上，
　　　　　　　嫂子体弱难顶梁，
　　　　　　　你是家中男子汉，
　　　　　　　千万振作莫悲伤……
　　　　　　　村两委已开会统一思想，
　　　　　　　你家的情况特殊重点帮。
　　　　　　　有什么要求只管讲，
　　　　　　　困难再大众人扛！

蓝云霞 程祥，你好好听听，有点出息行不行？

田程祥 【愧疚地】唉！明柱啊，哥谢谢你，谢谢村干部……

田明柱 大哥，这是我们应该做的。再说，一个村的乡亲，谁也不会眼看着你作难不是？收下吧！

田程祥 【接过信封】茹红，把这钱收好，留着给梦舒上学用。

【夏茹红欲接，突然晕倒】

蓝云霞 【一惊】茹红！你怎么了？

田梦舒 【焦急万分】妈，妈——

田明柱 【果断地】快，找医生去！

【蓝云霞背起夏茹红，与田明柱、陈贵急下】

田程祥 【忙不迭地摇动轮椅，欲追未果，沮丧地挥拳砸下】嘿……

【光渐暗】

第四场

时间：初秋。

地点：田家。

【桌案上摆着夏茹红的遗像，田程祥坐着轮椅，悲戚凝望】

田程祥 （唱）好夫妻生离死别彻骨痛，

长夜里泪湿枕边哭茹红。

这真是，

屋漏偏逢连夜雨，

逆水行船又迎风。

女儿学习负担重，

朝气蓬勃正年轻。

我对女儿是拖累，

家对梦舒是火坑。

爱她就该为她想，

怎忍她陷进这

深不见底泥潭中……

【田程祥艰难驱动轮椅，找出药瓶，拿在手上】

田程祥　（唱）小小药瓶千斤重，

　　　　　　　黄泉路上缓缓行。

　　　　　　　梦舒啊，女儿啊……

　　　　　　　莫怪爸爸离你去，

　　　　　　　莫怪爸爸要轻生。

　　　　　　　你亲妈盼与女儿早团聚，

　　　　　　　但愿你有一个大好前程！

【田程祥打开药瓶，放在嘴边；田梦舒臂戴黑纱、端饭菜上】

田梦舒　爸，饭做好了，吃吧。

田程祥　我——【急将药瓶收起】我不想吃。

田梦舒　是我做的饭不合你的口味？爸，你先将就着吃一点。回头我跟
　　　　云霞姨学做饭，保证——

田程祥　跟你说了，我不想吃。

田梦舒　【好言劝慰】爸，我小时候不想吃饭，你劝我说：人是铁，饭是
　　　　钢，一顿不吃饿得慌……你现在还是个病人，不想吃也得少吃
　　　　一点啊……

田程祥　我说不吃就不吃，拿走！拿走——【挥手打翻饭碗】

田梦舒　【委屈地】爸，你别生气，我再给你重做点儿。【含泪收拾残
　　　　局】

田程祥　我不需要你伺候，你走吧！

田梦舒　【一怔】我去哪？你让我去哪？

田程祥　去找你的亲妈去！

田梦舒　爸，我哪也不去，就在家伺候你一辈子。

田程祥　【发泄地】我不需要！不需要——

田梦舒　爸——【扑进田程祥怀中】你需要，我也需要，你永远是梦舒
　　　　的爸爸！【忽觉异常，警觉地自其衣兜取出药瓶，看文字，大吃
　　　　一惊】爸，你这是什么？

田程祥　【语塞】这……

田梦舒　你是我爸，从来不说谎话，你告诉梦舒，这是什么？

田程祥　【神情慌乱】我……我晚上睡不着。

田梦舒　【声泪俱下】爸，梦舒是你的女儿，惹你生气，任你打，任你骂，我毫无怨言；我哪里做得不好，你说，我改，我改还不行吗？可你……你要真的就这么走了，你让我往后怎么活下去，爸……

田程祥　【呜咽地】梦舒，爸已经这个样子了，我是不想连累你呀！

田梦舒　爸——

　　　　（唱）女儿知你心悲痛，
　　　　　　　梦舒何尝不伤情？
　　　　　　　妈妈她突然离世似噩梦，
　　　　　　　好端端一个家祸不单行。
　　　　　　　往日的欢乐失踪影，
　　　　　　　叹命运对咱太不公！
　　　　　　　这样的打击实沉重，
　　　　　　　这样的灾难太无情。
　　　　　　　爸爸呀，
　　　　　　　你是堂堂男子汉，
　　　　　　　怎能退缩做逃兵？
　　　　　　　身残志坚有榜样，
　　　　　　　逆水行舟向光明。

伴　唱　（唱）身残志坚有榜样，
　　　　　　　逆水行舟向光明……

田梦舒　（唱）爸爸呀！
　　　　　　　家是一辆车，靠你掌方向，
　　　　　　　家是一条船，靠你不迷航，
　　　　　　　家是一团火，靠你烧得旺，
　　　　　　　家是一首歌，靠你才激昂！

伴　唱　（唱）家是一团火，靠你烧得旺，
　　　　　　　家是一首歌，靠你才激昂——

田梦舒　（唱）爸爸呀……
　　　　　　　你活着女儿能快乐成长，
　　　　　　　你活着女儿能沐浴阳光。

走绝路梦舒与你相依傍，

养育恩容我来世再报偿！

【梦舒打开药瓶，递到嘴边】

田程祥　【大惊，急忙制止】梦舒！闺女——不能啊，爸爸错了！爸爸错

　　　　了……【抓住田梦舒，夺下药瓶】

田梦舒　爸——

田程祥　（唱）一席话，噩梦醒，

　　　　　　　日子再难也要撑……

　　　　　　　我怎能意志消沉自认命？

　　　　　　　我怎能胆小怯懦想轻生？

　　　　　　　我怎能灰心丧气不冷静？

　　　　　　　我怎能情急之下头发懵？

　　　　　　　看女儿苦苦相劝热泪涌，

　　　　　　　田程祥想自己无地自容！

　　　　　　　梦舒啊，

　　　　　　　原谅我一时犯浑让你心痛，

　　　　　　　从今后我和你携手前行。

　　　　　　　任他风狂飞雪猛，

　　　　　　　任他雨骤惊雷鸣，

　　　　　　　任他水急浪潮涌，

　　　　　　　任他小路荆棘生。

　　　　　　　摧不垮咱父女意志坚定，

　　　　　　　奔一个好光景锦绣前程！

田梦舒　【激动地】爸，你终于想通了，我太高兴啦！你等着，我去

　　　　做饭。

　　　　【蓝云霞持一饭盒上】

田梦舒　云霞姨……

蓝云霞　梦舒，你怎么没去上学？

田梦舒　我们……还没吃饭呢。

蓝云霞　正好，我刚刚蒸了一锅包子，给你爸送来点，你也吃几个，吃

　　　　完好上学去。

田梦舒　我爸有吃的，我就放心了。我该去学校了，抽空我也跟云霞姨学蒸包子！【拿起书包】

蓝云霞　好啊，蓝姨包教包会，拿上两个再走……

田梦舒　不了，不了，爸爸再见！

　　　　　【田梦舒下】

蓝云霞　【望田梦舒背影，打量田程祥】我说程祥，你是不是跟孩子耍驴脾气了？

田程祥　我……【点头】

蓝云霞　【指点】你呀，你呀，家里连遭不幸，街坊四邻都跟着难受，别说梦舒还是个孩子。她在家要伺候你，还要上学念书，容易吗？

田程祥　蓝姐，我想……求你件事……

蓝云霞　啥求不求的，能帮的我绝不含糊。

　　　　　（唱）往后的日子还得过，

　　　　　　　　该说的话我还得说。

　　　　　　　　这世上残疾人有多少，

　　　　　　　　没见谁像你这样

　　　　　　　　蔫头耷脑带死不活。

　　　　　　　　你先前也是要强人一个，

　　　　　　　　身残志不残不能趴窝！

田程祥　是、是、是，你来之前，我就……唉，不说了。

蓝云霞　咋又不说了？

田程祥　不是，我……

蓝云霞　有话就说，有屁就放，痛快点儿！

田程祥　蓝姐，你能不能找找韩艳秋，让她把梦舒领走？

蓝云霞　【意外】程祥，你现在这个样子，舍得让梦舒走？

田程祥　蓝姐，说心里话，孩子跟着我，太苦了。

蓝云霞　梦舒走了，可是你怎么办，你怎么生活啊？

田程祥　我慢慢适应，应该能够自理。当初我和茹红收养梦舒，就是为了让她活下来，活得好一点。可现在……事与愿违，适得其反……蓝姐，将心比心，我不能再连累她啊！

　　　　　（唱）事不宜迟不容缓，

　　　　　　快刀斩乱麻少纠缠。

蓝云霞　（唱）送走梦舒你咋办?

田程祥　（唱）没有过不去的火焰山!

　　　　　　【蓝云霞默默点头赞许】

　　　　　　【光渐暗】

第五场

时间：几日后。

地点：机场，接机大厅。

　　　　　　【陈贵手举"接韩艳秋"牌子，东张西望】

陈　贵　（唱）一块牌子拿在手，

　　　　　　　　机场来接韩艳秋。

　　　　　　　　程祥哥要送女儿走，

　　　　　　　　往后的日子叫人愁。

　　　　　　　　梦舒是他心头肉，

　　　　　　　　多年的心血算白流……

　　　　　　【韩艳秋拉行李箱上】

韩艳秋　（唱）往事如烟难回首，

　　　　　　　　阔别故里十八秋。

　　　　　　　　想起女儿心愧疚，

　　　　　　　　不该把她家中留。

　　　　　　　　母亲突发病，人寰撒了手，

　　　　　　　　丢下外孙女，去向难探究。

　　　　　　　　多亏了蓝表姐把消息透，

　　　　　　　　韩艳秋马不停蹄越洋跨洲!

　　　　　　【韩艳秋环顾，寻找；陈贵见状举着牌子】

韩艳秋　（唱）表姐说机场有人接我走。

陈　贵　（唱）这女人八成就是韩艳秋。

韩艳秋　（唱）心焦急东张西望四下瞅。

陈　贵	（唱）不甘心田家女儿这样丢！
	【陈贵见韩艳秋看向自己，若无其事地将牌子藏起】
韩艳秋	（唱）这个人一块牌子藏身后，【打量】
	看上去似曾相识好眼熟。
陈　贵	（唱）她目不转睛把我瞅，
	心里发慌冷汗流……【转身欲下】
韩艳秋	【顺势拿下陈贵手中的牌子】（念）接韩艳秋……站住！
陈　贵	【一惊】你……叫我？
韩艳秋	你明明是来机场接我，为什么又要走？
陈　贵	接你，我们认识吗？你搞错了吧，我是来送人的。
韩艳秋	送人……【指牌子】那这是怎么回事？
陈　贵	这——【转念】这是我捡的，捡的……
韩艳秋	捡的……【辨别，确认，淡淡一笑】你是顺义田家洼的，你姓陈！
陈　贵	【慌乱】我不是陈贵！
韩艳秋	【戏谑地】我还没说你叫什么呢，就不打自招了。
陈　贵	【拭汗】合着成了外国人的老娘们，还甩不掉了！
韩艳秋	你说什么？
陈　贵	我是说……【掩饰地】啊，我是跟你开玩笑，嘿嘿，开玩笑……
韩艳秋	哼，你这玩笑，一点儿也不好笑！【将牌子塞给陈贵】
	【蓝云霞急上】
蓝云霞	艳秋……
韩艳秋	【惊喜】表姐！
蓝云霞	陈贵，人接到了，怎么还不走？
韩艳秋	他哪是来接我的，是来耍我的！
蓝云霞	怎么回事？
陈　贵	【语塞】我……
蓝云霞	我就怕你不靠谱，才急急忙忙赶过来。今天你……
韩艳秋	【制止】算了，算了……【迫切地】表姐，我女儿……她还好吗？

蓝云霞	【安慰】好，好，已经长成大姑娘啦！
	（唱）苗条的身材俊俏的脸，
	水灵灵的眼睛眉弯弯。
韩艳秋	她……身体怎么样？
蓝云霞	（唱）亭亭玉立人康健。
陈　贵	（唱）看上去就像运动员。
蓝云霞	（唱）聪明伶俐心良善……
韩艳秋	现在做什么呢？
蓝云霞	看你说的，这么好的孩子，当然是念书啦！
陈　贵	（唱）今年正好读高三。
韩艳秋	学习怎么样啊？
蓝云霞	（唱）老师同学都夸赞。
陈　贵	（唱）考试成绩常领先！
韩艳秋	【兴奋】这……这可太好啦！表姐，我女儿现在在哪儿，我什么时候能见到她？
蓝云霞	你还记得田程祥吗？
韩艳秋	田程祥……是咱村的吗？
陈贵就	是田家洼的。
韩艳秋	那我就对上号了……心眼活泛，手脚勤快，人倒也忠厚、实在……对了，他媳妇叫夏茹红，在镇里读初中的时候，是我上两届的……
陈　贵	一点不错！当年，韩婶发病不省人事，孩子啥也不懂，在一边哇哇直哭，我正好赶上……
蓝云霞	陈贵抱着孩子找到我，我和他还有田程祥忙着送韩婶儿去医院，就把孩子交给了夏茹红。偏偏他们两口子结婚几年也没孩子……
韩艳秋	我女儿就跟了他们，留在了田家？
陈　贵	村里出了证明，在镇上办了领养手续，孩子叫田梦舒。
韩艳秋	田梦舒……名字倒挺好听。表姐，田程祥怎么想起来要把孩子还给我？
蓝云霞	【叹息】唉，这话说起来就长啦！自从田家收养了你女儿……

（唱）夫妻俩心上乌云风吹散，
　　　待孩子就好比亲生一般。
　　　只可惜，
　　　程祥村外遭车祸，
　　　大难不死双腿残。

韩艳秋　【一怔】这……这是啥时候的事儿啊？

陈　贵　大半年了，程祥哥出院那天，茹红嫂子忽然晕倒……【悲伤地】
　　　没抢救过来……

韩艳秋　【震惊】啊——那，这个家不是完了吗？

蓝云霞　谁说不是啊！

　　　（唱）这个家多灾又多难，
　　　　　田程祥不忍梦舒受牵连。
　　　　　几次让我联系你，
　　　　　坚持要把女儿还。

陈　贵　这只是我程祥哥的意思，梦舒愿不愿意还不知道呢。

韩艳秋　（唱）这一家……
　　　　　祸不单行遭大难，
　　　　　雪上加霜人心酸。
　　　　　抚养我儿恩匪浅，
　　　　　滴水也该报涌泉。
　　　　　恨不得与梦舒即刻相见，
　　　　　看女儿怎样闯过这一关？
　　　　　我不忍把他父女强拆散，
　　　　　她未必舍家回到我身边。
　　　　　既担心此番回国无功而返，
　　　　　又盼望女儿莫把贫家嫌。
　　　　　亲情难舍柔肠断，
　　　　　进退两难泪潸然……

【韩艳秋黯然拭泪，蓝云霞、陈贵面面相觑】

【光渐暗】

第六场

时间： 前场翌日。

地点： 田家洼。

【田家。轮椅上的田程祥心烦意乱，焦虑不安】

田程祥　（唱）一夜里翻来覆去心绪乱，

　　　　　　　清晨起茶饭不思更愁烦。

　　　　　　　韩艳秋昨日已回转，

　　　　　　　领女儿离开在今天。

　　　　　　　虽说是，

　　　　　　　为梦舒前途着想我情愿，

　　　　　　　却也是隐隐作痛在心间……【拭泪】

【韩艳秋提着礼物由蓝云霞引上】

蓝云霞　程祥，艳秋来了……

韩艳秋　【上前施礼】程祥大哥，你好！【放下礼物】

田程祥　好，好……啊，坐吧。

蓝云霞　茹红一走，这个家里里外外都靠梦舒了，她上学去了吧？

田程祥　也快回来了。艳秋啊，我的意思……你表姐都跟你说了吧？

韩艳秋　【点头】说了，说了，谢谢程祥大哥！【取出两个厚厚的信封递上】

田程祥　艳秋，你这是干什么？

韩艳秋　程祥大哥，我……就是表示一下我的心意……

田程祥　【正色地】艳秋，你从国外回来一趟，乡里乡亲的，你的东西我可以收下，可这个……我是不会要的！

韩艳秋　大哥，你和茹红嫂子抚养梦舒多年，和你们的付出相比，我这点……微不足道……

田程祥　艳秋啊，我不知你这是多少钱，但你要明白，你就是拿出的再多，也换不来我们对梦舒的付出。因为……因为我们当初收留孩子、抚养孩子，图的不是钱！

韩艳秋	【深受感触，呜咽地】大哥……【跪】
田程祥	【急忙制止】别、别、别……【欲将其扶起，自轮椅上跌落】
蓝云霞	【一惊】哎呀，程祥，你这是何苦啊！
	【蓝云霞、韩艳秋扶田程祥坐回轮椅】
蓝云霞	【安抚】艳秋，程祥就是这么个人，心眼儿直，说话冲，你可别
	往心里去……
韩艳秋	表姐，程祥大哥说的是实话，我理解。
田程祥	蓝姐，艳秋……唉！
	（唱）原谅我因梦舒情绪失控。
韩艳秋	不，不……
	（唱）只怪我忽略了你们父女情。
田程祥	（唱）咬牙关忍受短痛免长痛。
蓝云霞	（唱）担心他事到临头悔意生。
田程祥	（唱）纵然是再不舍也要冷静。
韩艳秋	（唱）看得出程祥大哥有苦衷……
	【思考，决定】表姐，我想了想，程祥大哥现在的日子够难的
	了，如果我再把梦舒领走，他……
蓝云霞	怎么，你改主意了？
田程祥	不行，不行，说好的事不能变！
韩艳秋	程祥大哥！
	（唱）我为领回亲生女，
	只顾自己心平衡。
	当初苦果是我种，
	反倒把你痛苦增。
	这样做，于情于理说不过，
	这样做，对他田家不公平。
	即便是梦舒跟我走，
	韩艳秋此后难安生！
田程祥	艳秋……
	（唱）我坚持要把梦舒往回送，
	正因为这个家困难重重。
	梦舒虽是我抚养，

　　　　　毕竟她是你亲生。

　　　　　情和理都要为她来铺路，

　　　　　公不公都要助她奔前程。

蓝云霞　（唱）这一幕，好感动，

　　　　　　　人在难处见真情。

田程祥　（唱）如果不送梦舒走，

　　　　　　　田程祥此生不安生！

韩艳秋　大哥！

蓝云霞　【望】哎……你们俩也别争了。等会梦舒回来，先听听她咋说，
　　　　就按她是啥意思办吧。

韩艳秋　【忐忑地】表姐，你说这孩子能认我吗？

田程祥　你放心，我一定让她认，让她跟你走！

韩艳秋　可我当初……

田程祥　我想她会原谅你的。

　　　　【田梦舒背书包上】

田梦舒　爸，云霞姨……

田程祥　【小心翼翼】梦舒啊，爸跟你说个事，你要……

田梦舒　爸，有什么话你尽管说嘛！

田程祥　这就好，嗯……【指韩艳秋】她叫韩艳秋，是你的亲生母亲。

韩艳秋　【激动不已】梦、梦舒……

田梦舒　【打量】你是我妈……你真的是我妈？

蓝云霞　孩子，她就是你妈！

田程祥　她今天来，是想……

田梦舒　是想认下我这个女儿，然后把我领走，是吗？

田程祥　对、对、对……梦舒啊，叫妈……

田梦舒　我……

田程祥　【催促】快叫啊！

蓝云霞　【制止】算了，算了，你先歇会儿去吧。

　　　　【蓝云霞推轮椅送田程祥下，稍项复上】

田梦舒　（唱）在田家从小长到大，

　　　　　　　难接受眼前这个妈。

韩艳秋　（唱）蓝表姐昨日所言不虚假，

女儿她果然好似一枝花。

田梦舒　（唱）养父母哺育心血洒，

再生之恩未报答。

【田梦舒看向韩艳秋，欲言又止】

韩艳秋　（唱）她不愿对我说句话，

心中失落好复杂……

蓝云霞　【上前解围】梦舒啊！

（唱）云霞姨知道这里是你牵挂，

韩艳秋确确实实是你亲妈。

韩艳秋　（唱）接你到身边，只是我想法。

蓝云霞　（唱）是去还是留，主意你自己拿。

田梦舒　（唱）当初为何把我丢下？

韩艳秋　（唱）往事难回首，不忍揭伤疤……

【悲戚地】孩子，妈对不起你！

田梦舒　如果一句对不起就能换取原谅，那我也说一句，对不起……

（唱）大半年经历了风吹雨打，

一连串不幸遭遇似天塌。

梦舒不想跟你走，

我要留在这个家！

【韩艳秋呆愣片刻，掩泪跑下】

蓝云霞　艳秋！艳秋……

【蓝云霞追下；田梦舒百般纠结，矛盾至极】

田梦舒　（唱）连日里心神不定果应验，

生身母不期而至到面前。

当年她为出国把我舍弃，

如今又来接我回到身边。

她身在异国翘首盼，

盼望母女早团圆。

养父诚心诚意劝，

要把母亲来成全。

他不忍我再受羁绊，

他不忍我再受牵连。

伴　唱　大爱无疆天可鉴。

田梦舒　（唱）梦舒我又怎忍
　　　　　　　丢下他一人孤孤单单？
　　　　　　　见母亲含泪而去凄惨惨，
　　　　　　　田梦舒想留难留、想喊难喊。

伴　唱　举棋不定左右为难……
　　　　【陈贵急上】

陈　贵　梦舒，你妈让我告诉你，她走了。

田梦舒　【急切地】陈叔，我妈去哪了？

陈　贵　去机场了，要回去。我看她眼睛哭得通红，还让我把这个……
　　　　【递上一个信封】
　　　　【田梦舒急切地接过，取出信纸，展开】

韩艳秋　【画外音，深情地】女儿，当初把你留在老家的无奈之举，就像
　　　　一个噩梦挥之不去，深深的愧疚始终让我无法原谅自己……你
　　　　要留下陪伴养父，回报田家，妈妈尊重你的意见，为有你这样
　　　　善良、感恩的女儿而骄傲，衷心祝你能健康、快乐、幸福……
　　　　【抽泣】我这次回来，本不奢望你的原谅……我最大心愿就是、
　　　　就是你能认下我这个母亲，叫我一声妈妈……
　　　　【一声霹雳，震耳欲聋】

田梦舒　【深受触动】妈妈，妈妈……
　　　　【切光】

第七场

时间：紧接前场。

地点：田家洼村外。

　　　　【阴云滚滚，大雨将至，风中的那株槐树，枝叶剧烈摇摆】
　　　　【树下，韩艳秋守着行李箱，向内张望；蓝云霞拿着雨伞，焦急
　　　　等待】

韩艳秋　（唱）留给女儿一封信，
　　　　　　　一封信带走我的心。

满腔热望风吹尽，

谁怜异乡漂泊人？

蓝云霞　【催促似】艳秋，别看了，错过了公交车，赶不上航班啦！

韩艳秋　（唱）自酿苦酒自己饮，

一步一回头，两眼泪涔涔……

【韩艳秋依依不舍地下，蓝云霞摇头叹息，随下】

【电闪雷鸣，风疾雨骤】

【田梦舒撑伞奔上】

田梦舒　（唱）乌云翻滚惊雷响，

离家门，泪水淌，

追母亲，倍感伤。

步履匆匆出村庄，

顾不得雨猛风狂！

【田梦舒顶风冒雨，疾步追赶】

田梦舒　（唱）一封信字里行间皆渴望，

似看到母亲戚戚诉衷肠。

她渴望得到梦舒的原谅，

她渴望接回梦舒在身旁。

她渴望能和梦舒相依傍，

她渴望把梦舒

残缺的母爱来补偿……

【雨越下越大，风越刮越猛。田梦舒焦急万分，艰难行进】

田梦舒　（唱）纵然她当初千般错，

毕竟是梦舒亲生娘。

即便我不能遂她愿，

也不该冷落若冰霜。

【惊雷炸响，田梦舒猛一哆嗦，继而振作】

田梦舒　（唱）风雨雷电难阻挡，

怎让她空留遗憾走离乡。

【眺望，呼喊】妈妈！妈妈……

【田梦舒疾步奔下】

【场景转至潮白河畔，公交候车亭下】

【蓝云霞、韩艳秋向不同的方向张望】

韩艳秋　【抓住蓝云霞，惊喜】表姐，她在喊我，喊我妈妈！

蓝云霞　【苦笑】艳秋啊，雨这么大，雷这么响，你怎么就听见梦舒喊你了？

韩艳秋　真的，表姐，她真的喊我啦！

蓝云霞　你呀……

【效果：行驶中的公交车由远及近】

蓝云霞　哎，公交车来啦！

韩艳秋　【依依不舍】表姐，要不……再等等吧……

蓝云霞　艳秋，再不走真的赶不上航班了！

韩艳秋　赶不上就赶不上，大不了机票作废。

蓝云霞　【劝阻】艳秋，不是表姐说你，你这……【挥手示意停车，提起行李箱】

【公交车刹车、开门的效果】

韩艳秋　【抱住行李箱，呜咽地央求】表姐！表姐……让我再等一会儿吧，求你啦，表姐……

蓝云霞　【安慰】好，好，别哭了，表姐陪你等！

【蓝云霞无奈地长叹，韩艳秋伏在其肩上抽泣】

【公交车关门、启动、渐渐远去的效果】

蓝云霞　（唱）看表妹哭得可怜乱心绪，

梦舒啊，

这份母爱当珍惜……

【田梦舒跑上，望着远去的"公交车"，痛悔不已】

田梦舒　（唱）眼望着公交车渐渐远去，

只恨我来迟一步追悔莫及！

【失魂落魄，发现蓝云霞和韩艳秋，轻声】妈妈……

韩艳秋　【发现，不敢相信】梦舒……表姐，表姐，我不是做梦吧？

蓝云霞　不是做梦，是梦舒来了。

田梦舒　妈妈……【缓缓走近】

韩艳秋　【激动地】女儿！

田梦舒　妈妈……【扑入其怀中】

韩艳秋　【紧紧拥抱】孩子，我的女儿！

田梦舒　【喃喃地】妈妈……

韩艳秋　（唱）这一声，心中颤抖；

　　　　　　　这一拥，无比温柔；

　　　　　　　这一刻，盼望许久；

　　　　　　　这一幕，梦寐以求……

　　　　　　　每逢那同龄女孩面前走，

　　　　　　　多少回呆立在异国街头；

　　　　　　　每逢你出生日倍思骨肉，

　　　　　　　多少回遥想女儿泪水流……

　　　　　　　梦舒啊，

　　　　　　　妈妈不勉强，要你跟我走，

　　　　　　　田家也是家，任你去与留。

　　　　　　　你来相送已足够，

　　　　　　　感激不尽无奢求！

田梦舒　（唱）妈妈呀，

　　　　　　　你赐我身之发肤无人比，

　　　　　　　我本当与妈妈相伴相依。

　　　　　　　怎奈是，

　　　　　　　忘不了在田家无忧无虑，

　　　　　　　忘不了养父母疼爱珍惜，

　　　　　　　忘不了蹒跚学步牙牙学语，

　　　　　　　忘不了从小到大朝朝夕夕。

　　　　　　　羊有跪乳恩，鸦知反哺义，

　　　　　　　梦舒也该报答

　　　　　　　他们抚养我呕心沥血点点滴滴……

　　　　　　　现如今，

　　　　　　　这个家遭遇了凄风苦雨，

　　　　　　　我若走势必要破碎支离。

　　　　　　　梦舒是你的亲生女，

　　　　　　　我知你怕我受委屈。

伴　　唱　只要能为家出力，

　　　　　　万千委屈不委屈。

田梦舒　（唱）儿希望妈妈能给我鼓励，
　　　　　　　儿希望妈妈能给我支持，
　　　　　　　儿希望妈妈能给我勇气，
　　　　　　　儿希望妈妈能给我时机。
　　　　　　　良知不泯在心底，
　　　　　　　贵在行动志不移，
　　　　　　　艰难险阻何所惧？
　　　　　　　踏平坎坷和崎岖。
　　　　　　　儿要在逆境中自强自立，
　　　　　　　一双手为这个家
　　　　　　　撑起蓝天绘虹霓！

伴　唱　撑起蓝天绘虹霓……

蓝云霞　【附和地】艳秋，这几个月，梦舒学会了煮饭、做菜，缝被子、补衣服，学会了给程祥理发，还在院子种蔬菜哪……她说到做到，是个有出息的好孩子啊！

韩艳秋　梦舒，妈妈理解你的心情，也支持你的决定……【担忧地】可你正在读高三，明年就要高考，这样下去会不会……
　　　　　【雨势减弱。陈贵推田程祥和田明柱上】

陈贵蓝　姐、艳秋！你们看谁来了？

蓝云霞　【介绍】艳秋啊，田明柱现在是咱村的支书啦！

韩艳秋　田支书好！

田明柱　乡里乡亲的，别客气。咱们梦舒是学校高三的尖子生，非常有希望考上重点大学，校领导向上级反映了她的情况，镇领导带头捐款，团委组织了一支三十多人的志愿者队伍，做出承诺，一定解决梦舒备战高考和入学以后的后顾之忧。
　　　　　【韩艳秋、蓝云霞等面露欣喜】

田梦舒　妈妈，这回你放心了吧？

韩艳秋　放心了，放心了！

田明柱　还有呐，梦舒承担家务，报答养父的事迹，得到了社会各界的高度赞誉，"顺义好人"的评选刚刚揭晓，梦舒高票当选啦！

田程祥　艳秋啊，你养了个好女儿啊！

韩艳秋　程祥大哥，是你教育的好……

田程祥　【感慨地】唉……

　　　　（唱）想当初家庭遭不幸，
蓝云霞　（唱）你还寻死要轻生。
陈　贵　（唱）梦舒挑起千斤担，
韩艳秋　（唱）孝老爱亲，人之常情。
田梦舒　（唱）父爱如山，母爱如水，

　　　　　　　山山水水皆有情。

　　　　　　　感恩之心靠行动，
田明柱　（唱）传统美德靠传承。
田、陈　（唱）世上还是好人多，
蓝、韩　（唱）人间处处有真情。
田明柱　（唱）拥抱生活创美景，
田梦舒　（唱）风雨过后见彩虹！
合　唱　　　拥抱生活创美景，

　　　　　　风雨过后见彩虹……

　　　　【雨过天晴，碧空如洗，一道七色彩虹映照天际】

（剧终）

《潮白人家》获奖

考 官 儿

人物表

支　书　张大诚，男，小生，40多岁，庄重、正义

媳　妇　慕　雪，女，花旦，40多岁，性格开朗，心直口快

小舅子　慕　雨，男，丑，30多岁，滑稽幽默，耿直率真

父　亲　张振雄，男，老生，70多岁，老者、智者

时间：2016年春。

地点：张大诚家客厅里。

【张大诚的老婆慕雪拿着手机在屋里焦急地打着电话】

慕　雪　什么，大诚当支书了？不可能，他在公司上班呢。什么？一出村委会就被上访户给围住了，你赶紧把他拉出来呀！他不走？和村民谈判，哎呀我的妈呀，这都乱套了。【挂掉电话，焦虑地在屋里转了几圈】张大诚啊张大诚，你在公司上班上得好好的，回来当什么支书啊？你这真是猪八戒敲门——傻到家了，这明明是个坑，非要向里跳，我看你再怎么上来？

（唱）村里现在乱成了一锅粥，

　　　上访告状的人天天都有。

　　　村里的"两委"成了冤大头，

　　　这时候选支书谁还敢出手。

　　　傻大诚莫不是让驴踢了头，

等回家我让他细说缘由。

张大诚　（唱）初当选心沉重万绪千头，

我知道前方路坎坷难走。

老父亲三十年心力绞透，

我接下这千斤担心也犯愁。

【回家敲门，慕雪开门】

慕　雪　八戒回来了。

大　诚　谁是八戒啊？

慕　雪　噢！不是八戒，是傻——到家了。

大　诚　怎么了？阴阳怪气的。

慕　雪　听说你当上大支书了！

大　诚　大伙选我，我就得干。

慕　雪　你干？咱爸都当了三十几年的支书了，他都镇不住，你干？你行吗？我看你是猪八戒骑白马——愣充唐生。

大　诚　爸爸年龄大了，他不得不退下来，这副担子现在交到我手上，我得接啊！

慕　雪　因为土地流转的事全村都乱了套，你不怕吗？

大　诚　不怕！

慕　雪　可我怕呀！我怕上访的人把咱家门给堵了，把咱家给砸了，我和孩子可受不起呀。

大　诚　我就是要解决这上访的问题，现在有三十多户，七十多人拿不到地，他们能不上访吗。

慕　雪　可这地在承包户手里，现在虽然到期了，可承包土地的人赖着不退，你总不能强行收地吧？要能解决，咱爸早就解决了，这都一年多了，双方的矛盾越弄越大，眼看没法收场了，你却来接这烫手的山芋。

大　诚　再烫手我也得接，只要党员和村民代表信得过我，选我当这个支书，我就义不容辞。

慕　雪　我看你是猪八戒……

大　诚　行了，我看你就认识一个猪八戒，有什么话，直说。

慕　雪　这承包到期的地你怎么收回来啊？

考官儿·　131

大　诚　我想好了，走法律程序，我要依法强制执行。

慕　雪　那得得罪多少人啊？你让我在村里抬不起头！

大　诚　得罪几个不讲信用的承包户就抬不起头了？如果得罪了全村老
　　　　百姓那才抬不起头！慕雪：

　　　　（唱）承包到期不还地，

　　　　　　　违反合同不占理。

　　　　　　　只因损害的是集体，

　　　　　　　相互推诿乱扯皮。

　　　　　　　咱爸也是独木难支，

　　　　　　　再不坚决处置要出大问题。

　　　　　　　依法收地我有据有理，

　　　　　　　若违抗不配合后果自取。

慕　雪　（唱）这都是几代相处的老邻居，

　　　　　　　你岂能拉下脸不讲情谊？

大　诚　（唱）我尽力做工作讲清道理，

　　　　　　　依法强制那也是迫不得已。

慕　雪　（唱）你有正式工作待遇也不低，

　　　　　　　难道为了这支书全都抛弃？

大　诚　（唱）咱爸他留下了收地难题，

　　　　　　　三十年的威望也受到质疑。

　　　　　　　日益复杂的局面他难驾驭，

　　　　　　　身为党员身为儿子我岂能回避。

慕　雪　唉！以后咱家这日子可怎么过啊？

慕　雨　【提着两瓶酒上】姐！这好日子刚开始，怎么就不过了？

慕　雪　你来干什么？

慕　雨　我听说姐夫当官了，下官前来拜贺。

慕　雪　行了，别添乱了。

大　诚　哎哟，大经理来了，快请坐。

慕　雨　别！姐夫，真人面前不敢充大，做个小生意，挣个小钱。我拿
　　　　了两瓶好酒，今天咱俩喝点。

慕　雪　这大白天的，喝什么酒啊？

慕　雨　　姐，我和姐夫说正事，你别掺和。

慕　雪　　你有正事吗?

大　诚　　你这酒瓶里到底装得什么药? 明说吧。

慕　雨　　哈哈! 聪明，当然是良药啊。姐夫，你初当支书，我这当弟弟
　　　　　的怎么也得帮你一把啊，我帮你度过眼前的难关。

大　诚　　怎么帮?

慕　雨　　姐夫;

　　　　　（唱）你们村这点事我了如指掌，
　　　　　　　　承包地收不回你才心慌。

大　诚　　（唱）难道你能有妙方?

慕　雨　　（唱）你刚上任就碰上群众上访，
　　　　　　　　天天堵住你家门你如何开张?

慕　雪　　（唱）你有什么好主意快对姐夫讲，
　　　　　　　　别在这装什么大尾巴狼。

大　诚　　（唱）当务之急得解决群众上访，
　　　　　　　　最关键还是要土地回账。

慕　雨　　（唱）地上物得需要资金补偿，
　　　　　　　　这笔钱你村里支付无望。
　　　　　　　　老爷子在村里何等威望，
　　　　　　　　只因为缺资金才没了主张。

大　诚　　（唱）地上物是需要一定补偿，
　　　　　　　　难道说你愿意出资帮忙?

慕　雨　　什么，帮忙? 姐夫，现在还有拿大笔资金白帮忙的事吗?

大　诚　　我知道你不是省油的灯，明说吧，想要啥?

慕　雨　　战略投资!

大　诚　　战略投资? 向哪投资啊?

慕　雨　　承包户的地上物补偿金可由我出。

慕　雪　　你没发烧吧?

慕　雨　　我说的可是真的。

大　诚　　这可是大几十万啊?

慕　雨　　我知道，我算过了，大约百八十万吧。

大 诚	条件呢？	

大　诚　条件呢？

慕　雨　这块地你们收回去以后肯定要搞农业招商，整体转让。我想承包这块地，我提供的补偿金作为第一年的承包费，怎么样？

慕　雪　这倒是个主意，至少能解决当前的燃眉之急啊。把地收回来，这上访的问题也就解决了，只要把今年扛过去，明年就好办了。

大　诚　终于露出奸商的嘴脸，这补偿金一亩地最多也就三百块钱，可承包费至少也要一千块钱以上，这可是两千多亩地啊。

慕　雨　【把一个包放在桌子上】你是我亲哥，有福同享，有难同当，这五万是我给你的贺礼，而且以后每年都有。

大　诚　这承包费肯定也得最低价呗！

慕　雨　你是我亲哥，你还能不照顾我吗？

大　诚　村里人要是知道承包地的人是我的小舅子，那……

慕　雨　这你放心，法人肯定不是我，前面收地的是公司的人，我只是背后的那个老板。

大　诚　白日做梦！如果我们不是亲戚，你公开竞标去承包土地没问题。可你是我小舅子，就是高价承包也不行。

慕　雨　你傻啊？你一上任，就能收回承包地，解决群众上访问题，这是多大的成绩啊。镇里领导高兴，群众也佩服，你的威信也就树起来了，这里面我们搞点暗箱操作，别人又不知道，集体受点损失那也是正常的，要不你哪弄这么多钱去啊。

慕　雪　【打开包看着里边一叠叠的钱】这事倒还真可以考虑。

大　诚　我当支书，小舅子承包咱村的地，这里边没事也有事，你趁早死了这个心，我村的地你一亩也不能碰。

慕　雪　大诚，你再考虑一下弟弟的建议。

大　诚　不用考虑。

慕　雪　大诚，你难道还走咱爸的老路？

大　诚　咱爸走的路怎么了？

慕　雪　咱爸当了一辈子的支书，咱家却是全村最穷的，有好事咱们家得排在最后，有坏事咱家得第一个往上冲，你这么年轻不会也这么死脑筋吧？

大　诚　全村党员选我当村支书，不是让我张家搞世袭，那是对我张家人的信任，是看我张家人实诚、忠厚，能让全村人放心。我家三代当支书，有一条家训，不能让群众杵我们脊梁骨。

（唱）我爷爷是咱村第一个党员，

　　　他当支书四十年，

　　　从解放到改革深受群众赞。

　　　我爸爸是群众投票当选，

　　　大公无私为集体呕心沥胆，

　　　苦奋斗三十年村庄面貌变。

　　　现如今轮到我来挑重担，

　　　我岂能给张家人丢了这个脸！

慕　雨　姐夫，姐夫，你真生气了？你再想想。

大　诚　不用想，把你的钱拿走，如果不拿走，明天到镇纪委去领。

慕　雨　姐，你看，姐夫还翻脸了，都不认我这吕洞宾了。

慕　雪　【把包还给弟弟】你就是猪八戒玩单杠，上下不是人。

大　诚　想做人得走正路。

慕　雨　切，事还弄大了，姐夫，你别怪我啊，我是受人所托，来当考官的。

大　诚　当考官？当什么考官啊？

慕　雨　说叫支书任职考核委员会，我是考官，这主考官可不是我，老爷子，该您出场了，您来公布考试成绩吧。

张振雄　【父亲上场】

大　诚
慕　雪　爸！

张振雄　今天这场考核我很满意！看到你今天的表现，你这个支书我放心了。

慕　雪　这怎么还出了考官了，你们这是猪八戒上戏台，唱得哪一出啊？

大　诚　爸，这是怎么回事啊？

张振雄　儿子，爹老了，干不动了，可把这担子交给别人又不放心，孩子！

（唱）你这支书本是我亲自推荐，

　　　我本意也是想父债子还。

又担心你小子滋生贪念，

才导演这一出把你考验。

这支书本不算多大的官，

可他与群众心心相连。

你必须行得正来走得端，

以自己的品行赢得称赞。

大　诚　（唱）父亲就是儿标杆，

一身正气后人赞。

不管路能走多远，

初心永远记心间。

（合唱）不管路能走多远，初心永远记心间。

（剧终）

从前有条河

人物表

叶观潮　男，58 岁，皮革厂经理

于静萍　女，56 岁，食品厂总经理

于少钏　男，33 岁，于静萍之子

叶　紫　女，31 岁，叶观潮之女，副镇长

李听舒　女，53 岁，叶观潮前妻，叶紫亲妈

贾书林　男，56 岁，李听舒情人，于少钏父

高梁宏　男，40 多岁，卖画人

梁　冲　男，32 岁，叶观潮公司副总经理

小　周　女，30 岁，于静萍助理

八　爷　男，90 多岁，村中老人

九　爷　男，90 多岁，村中老人

职工甲

公司职员

民村若干

第一场

时间：早春。

地点：村口古树下。

【大幕开启，背景是一幅《农耕图》（可特制），万亩稻田、江南水乡，一条清澈的小河静静流淌，绿柳、鲜花、蝴蝶】

【舞台右则（偏下台口）有一棵千年古槐树，左侧是一座古庙的遗迹，古树下的石墩上坐着两位老者，晒着太阳，闭目养神】

【灯光从舞台后面打过来，显出老者的轮廓】

【古庙的遗址，有古庙的地基和一些残墙破壁，但整体应美观】

【乐起，灯光仍暗】

九　爷　【苍老、悠长的声音】

　　　　（唱）桑树昌茂无附枝，

　　　　　　　麦黍盛旺开两歧。

　　　　　　　张君渔阳施惠政，

　　　　　　　百姓安康乐支支。

【这个曲调特殊制作，类似戏歌，评剧调与顺义民歌结合，优美、沧桑，成为整台戏的主旋律】

【古树下，不时有村民从树下走过，有的拿着手机，边打电话便匆匆走过。小周上，戴着眼镜，眼神不太好，先是仔细查看古庙遗址，查来查去，看到了八爷和九爷，仔细瞧了一会儿，用手去摸九爷的脸，九爷动了一下，小周吓得一下蹦了起来】

小　周　妈呀，活的！吓死宝宝了。

九　爷　老东西，听到没，这孩子拿咱当标本了。

八　爷　这也怪您，坐这儿半天，一动不动。

小　周　对不起，老人家，是我误会了。

九　爷　【站起来】您在这儿东瞅西瞧地找啥呢？

小　周　老人家，这里原来是不是有一座庙啊？

九　爷　是有一座庙。

小　周　您知道这是什么庙吗？

八　爷　叫张相公庙。

九　爷　也叫张堪庙。

小　周　【突然兴奋地大叫一声】太好了！【把九爷吓了一跳】

九　爷　孩子，您没事吧，这一惊一乍的！

小　周　您老不知道，我们于总让我找张堪庙的遗址，我一下就找到了。

八　爷　你们于总找张堪庙干什么？

小　周　【摇头】不知道。

九　爷　这不瞎耽误工夫吗。【说完，九爷坐回原地儿，二位老者又闭目打起坐来】

于静萍　【内唱】（唱）乍暖还寒二月风，【上场】

　　　　　　　　　吹开冰河春意生。

　　　　　　　　　探访古迹寻名胜，

　　　　　　　　　千年薪火代代承。

小　周　于总，找到了，找到了，就在这儿！

于静萍　你找到什么了？

小　周　张堪庙啊，这里就是当年的张堪庙。

于静萍　这还用你找。【于静萍还是认真查看张堪庙遗址，摇着头、无奈地】

　　　　（接唱）一座庙消失在茫茫岁月中，

　　　　　　　　　空留下老槐树寄托神明。

　　　　　　　　　千年稻田难寻踪影，

　　　　　　　　　这优美田园成为梦中景。

小　周　于总，您想修庙啊？

于静萍　瞎说，这庙能重修吗？

小　周　那您找它干吗？

于静萍　我就是想看看，想回忆一下从前的那条河。

九　爷　想看庙啊还是想看人啊？

于静萍　老爷子，您什么意思？

九　爷　想当年，您和那个叶什么潮没少来这个破庙里约会吧？

于静萍　老爷子，晒您的太阳养您的神，不说话没人拿您当哑巴。

八　爷　得，让这丫头欺负一辈子了，没事还惹她，该！

于静萍　唉，八爷，这座庙倒了以后，那些破砖破瓦的都哪去了？

八　爷　都垫了地基、盖了房了，您找它干什么呀？

于静萍　这食品厂我想把它关了，改建成汉代文化园。

九　爷　汉代文化园是什么东西啊？

于静萍　咱这不是当年张堪种水稻的地方吗？我想把这块地改成稻田，

展示汉代农耕文化。

九　爷　难怪踅摸张堪庙呢。

叶　紫　【叶紫带着一男一女两名测量人员，拿着测量仪和标尺上，做测量动作】于阿姨好，两位老爷爷好。

于静萍　叶紫，您这是忙什么呢？

叶　紫　于阿姨，这可是一件大好事。

　　　　（唱）箭杆河要修复已经立项，

　　　　　　　这一次要让它恢复旧模样。

　　　　　　　河水清树成荫溪水流淌，

　　　　　　　"胭脂米"御水稻再造鱼米乡。

于静萍　修复箭杆河？怎么个修复法？

叶　紫　要恢复箭杆河的原貌，能恢复成稻田啊！还有重奖呢。

小　周　于总，这不正合了您的心意吗？

叶　紫　于阿姨走到我们前面了？

于静萍　这么说，我这食品厂必须得拆？

叶　紫　您这厂子在我们的规划范围内，肯定得拆。【两位测量员进行测量，在测量中退场】

小　周　于总，机会来了。

叶　紫　这河流治理目的是恢复原貌，您这片厂区占地上百亩，您这工厂必须迁走，但老厂区可以做绿化改造，只要恢复箭杆河的原貌，您仍然可以经营，这可是一举两得的事。

于静萍　仔细说说！

叶　紫　于阿姨：

　　　　（唱）将工厂迁园区重建升级，

　　　　　　　旧厂区改稻田政府补贴您。

　　　　　　　治理河道要竞标您占先机，

　　　　　　　旧企业换新颜共赢互利。

于静萍　（唱）借时机改旧厂确实有利，

　　　　　　　食品厂年年亏早想关闭。

　　　　　　　建新厂换设备与世界看齐，

　　　　　　　小工厂求发展天赐良机。

旧厂区改稻田正合我意，

做汉代文化园恰逢天时。

叶　紫　于阿姨，这次治理箭杆河叫修复，恢复箭杆河原貌，图纸设计越接近过去老样子越有胜算。

于静萍　箭杆河的老样子只能凭小时候的记忆，再早我就不知道了。

小　周　唉，于总，这有两位"老化石"啊，他们肯定知道。

九　爷　不知道。

八　爷　我也不知道。

于静萍　得，小周，口无遮拦的，还得罪两位老爷子了。

叶　紫　于阿姨，对这两位老人家啊，我们可是毕恭毕敬，不敢开半句玩笑啊。

于静萍　还不是因为我是咱村的老姑娘，从小在他们膝下长大，没大没小惯了。行了，九爷，说说吧。

九　爷　我是化石，化石能说话吗？

小　周　老爷子，您肯定不知道。

九　爷　小崽子，还想激我。

八　爷　他呀，是打着不走，拉着倒退，甭答理他。你们想知道什么啊？

九　爷　您又出卖我。

于静萍　想知道这箭杆河过去是什么样啊！

八　爷　您知道咱们村为什么有这棵大树吗？

叶　紫　我只知道这是棵老槐树。

九　爷　您知道这棵树有多少年了吗？

叶　紫　这我不知道，难道比八爷爷年龄还大？

八　爷　我小时候，听我爷爷说，他爷爷小的时候，听他爷爷说这棵树就这么大了。

小　周　我的妈呀，这一杆子得出去二百多年了！

九　爷　何止二百年！

小　周　我查查，【拿手机查百度】有了，我的天啊，您看，河东村老槐树，辽代，约 1060 年。1060，2060，妈呀，九百多年，快一千年了！

叶　紫　我们村怎么会有这么一棵树？

九　爷　是因为有庙，才会有树。

于静萍　噢！就是这张堪庙的树？

九　爷　过去咱们村有好几个庙，最大的一个庙就在这儿，叫白云观。白云观东边是张堪庙，前边是钟楼，旁边是戏台，这棵树就在白云观的院子里。

小　周　张堪庙，张堪庙，可这张堪是谁呀？

八　爷　你上过学，知道张衡是谁吧？

小　周　当然知道，汉代发明地动仪的科学家。

八　爷　张堪，就是张衡的爷爷，东汉时期的渔阳太守。

小　周　啊！真的？

八　爷　在狐奴山下开垦稻田八千顷，书上有记载。

九　爷　他就在咱们村这开垦稻田，被后人称作北方种稻第一人。咱们种的水稻那叫"三伸腰"，大清朝的贡米，金贵着呢。

于静萍　这和箭杆河有什么关系啊？

九　爷　傻丫头，知道箭杆河这名字怎么来的吗？

叶　紫　这还真不知道，快说说。

九　爷　据说，当年张堪在这开垦稻田，到处都是泉水，需要开一条河把水排出去。可当时这河不知道向哪挖。张太守拿起弓箭，向南射出一箭，然后对人们说，你们就从这向前挖，什么时候挖到那只箭杆，就不用挖了。结果，张太守这一箭射出四十里，到了香河县才挖到这只箭杆。后来，人们就把这条河叫成箭杆河了。

小　周　妈呀，这是火箭啊。

于静萍　【对小周说】多美的一个故事传说，全让你给毁了。

叶　紫　光知道这箭杆河怎么来的不行啊，得知道她过去是什么样。

于静萍　对啊，这条河有没有水系图啊？

小　周　要有箭杆河过去的照片、图画就好了。

八　爷　照片才几年啊，古时候有照相机吗？

九　爷　要说这古画，还真有。

于静萍　什么古画？

九　爷　就是这箭杆河的古画，还真有一个人知道。

于静萍　谁？

叶　紫　谁知道？

九　爷　当年这庙里有一幅壁画，这壁画画的就是这箭杆河边的实景。

于静萍　天啊，有这么巧的事，壁画画窗外实景，这可不多见啊。

九　爷　没错！

（唱）想当年张堪庙竣工如期，

　　　　按惯例作壁画神话传奇。

　　　　大画师站庙堂顿感惊异，

　　　　看窗外农正忙满野稻畦。

　　　　拜张堪劝农耕开荒百里，

　　　　才有这小桥炊烟牧童笛。

　　　　窗外实景作壁画张公传艺，

　　　　好一幅农耕图名扬千里。

于静萍　您是说，这壁画画的是《农耕图》？

九　爷　正是古代农耕的实景图。

于静萍　我的天啊，这太珍贵了，如果这幅图现在还有，我宁可花千金也要买下来，建我的文化园这就是蓝图啊。

叶　紫　这也是修复箭杆河的蓝图。可庙已经毁了，这壁画去哪儿找啊？

八　爷　据我所知，高粱宏他爷爷是个画家，当年他怕这壁画被毁，就在庙里住了半个月，把这壁画给画下来了。

于静萍　您是说咱村那个疯疯癫癫的高粱宏？

九　爷　对，就是他，他爹当年卖过那幅画，卖没卖出去就不知道了，后来那幅画就没消息了。

于静萍　【和叶紫同时】去找高粱宏！

第二场

时间：初春。

地点：叶观潮办公室。

【一个中等规模企业老总的办公室，叶观潮接着电话上】

叶观潮　什么会？环境治理动员会？让副经理去开，回来把会议精神跟
　　　　我汇报一下就行了。【挂断电话】又是环境治理。

梁　冲　叶总。

叶观潮　回来了？情况怎么样？

梁　冲　情况好啊，叶总。

　　　　（唱）这次甲方虽也难缠，

　　　　　　　最终还是签了大单。

　　　　　　　价格合理期限放宽，

　　　　　　　这一下足够我们忙上一年。

叶观潮　（唱）看今年这效益好过往年，

　　　　　　　要求工人们得加班加点。

　　　　　　　挤时间尽快完成这订单，

　　　　　　　这工厂说不定哪天就得关。

梁　冲　（唱）现在咱手里有了订单，

　　　　　　　天大的困难也得咬紧牙关。

叶观潮　（唱）三天两头来抽检，

　　　　　　　已收两张大罚单。

　　　　　　　一张就是好几万，

　　　　　　　挣得再多也白干。

　　　　【有人进来找叶总签字】

梁　冲　那要是关了，这订单怎么办？

叶观潮　整治箭杆河，这是大势所趋，我们也没办法啊。

　　　　【职工甲匆忙进来】

职工甲　叶总，不好了，综合执法队进厂了。

叶观潮　【拿起对讲机】立即启动一号应急方案，污水处理系统开机，关
　　　　闭车间，工人从后门回宿舍。

职工甲　晚了，执法人员已经进了车间，正在进行取证。

叶观潮　怎么搞的，怎么能让他们直接进车间？

职工甲　是叶镇长带队来的，谁敢拦啊？

叶观潮　什么？叶紫，这当闺女的来查办他爹？

梁　冲　她是副镇长，主抓这一块，她也没办法。

叶观潮	连自己的亲闺女都跟我作对，这厂子还怎么搞，你说，还怎么搞？【气得将文件重重地摔到桌子上】
梁　冲	我们污水处理不超标，还怕她检查吗？
叶观潮	污水处理多费钱啊，我这不给关了嘛。

　　　　　　（唱）这些年重生产只图效益，

　　　　　　　　　忽视了工厂的综合治理。

　　　　　　　　　小企业治污染谈何容易，

　　　　　　　　　有时也会搞点小投机。

梁　冲	【拉着职工甲】我们先去应付一下，有什么事再来找您。
梁　冲	【转身下，出门碰到高粱宏】您来干什么？
高粱宏	卖画。
梁　冲	卖画？
高粱宏	【高粱宏探头探脑地摸进来】叶总，我想把这幅画卖给您，您开个价。
叶观潮	得得得，您先等着，我现在哪有心思看您的画。
高粱宏	您这闲着也是闲着嘛，看一眼，就一眼。
叶观潮	不看。
高粱宏	不看您会后悔的。
叶观潮	我见了您才后悔呢，谁让您进来的，保安呢？
高粱宏	叶总，我跟您明说了吧，这幅画肯定有问题。【高粱宏打开画】
叶观潮	【先是一愣，立即稳定情绪】怎么了？雍正《耕织图》！耕图23幅、织图23幅，这是其中的一幅，多好啊！
高粱宏	您真以为我什么都不知道啊，雍正《耕织图》那是国宝，怎么可能到我手里。
叶观潮	等会儿，看上去怎么还真像是古画啊？
高粱宏	说明您仿的水平高呗。
叶观潮	什么意思？
高粱宏	【指着画】叶总，您看这儿，这箭杆河根本不是这么走的，我顺箭杆河走过很多遍了，这河的走向根本不对！
叶观潮	这是《农耕图》，和箭杆河有什么关系？
高粱宏	不对，我听我爸说过，当年我家那幅画是我爷爷临摹张堪庙里

的壁画，那张堪庙的壁画就是画的箭杆河。

叶观潮 高梁宏，您什么意思，您怀疑我们家把您家的画给换了不成？

高梁宏 我知道，我爹他嗜酒如命，我家值钱的东西都让他拿去换酒喝了。您们是好心，怕给了他，他又拿去换酒喝，所以，给了他一幅假的。

叶观潮 我听我岳父说，我家就这一幅画，绝对没有第二幅，这幅画没有真假，就一幅，明白吗？

高梁宏 可我感觉这幅画不像真的。

叶观潮 您要是怀疑这幅画不是真的，可就不值钱了，您想卖也卖不出去，明白吗？

高梁宏 可为什么这画和箭杆河实际走向不一样呢？这一段画的是向东走，可实际是从村口向西走，方向完全是相反的。

叶观潮 高梁宏，知道什么叫艺术创作吗？来源于生活，要高于生活，从构图上看，这边太空，就得向这边补一下，怎么能和实际一样呢？

梁　冲 【急匆匆地上】挡不住，叶镇长非要见您不可。

叶观潮 【抬头见叶紫，气得找东西要砸叶紫】她还敢见我？叶大镇长，您不得了啊，查起亲爹来了，您是女中豪杰，您是女包公，您要大义灭亲啊。【通过和叶紫的发怒，也有摆脱高梁宏的纠缠之意】

叶　紫 打住，叶总，您别激动，我们这是综合执法，必须公事公办。

叶观潮 公事公办，你怎么办啊？抓你爹进监狱？

叶　紫 那倒不用。叶总，今天检查，你们污水处理不彻底，有明显排放痕迹，必须进行处罚，这是处罚通知单，请您签字。

叶观潮 你还真罚啊？

叶　紫 那当然。另外给您一个建议，早点把这个厂子关了，这个厂子排放治理不彻底，有明显超标现象，再干下去，会出事的！

叶观潮 我的大小姐！

　　（唱）你张口一个关，闭口一个关，

　　　　　你可知办企业究竟有多难？

　　　　　前几年大投入把市场拓展，

到今年刚见到一点回头钱。

坚持着不赔本勉强生产，

求镇长能不能网开一面？

叶　紫　（唱）办企业要赚钱理所当然，

可治污不达标就得停产。

叶观潮　（唱）我的污水处理早已过关，

污水处理合格证就在眼前。

叶　紫　（唱）您不该只学会胡搅蛮缠，

您的污水处理暗藏机关。

叶观潮　（唱）小企业要治污实在难承担。

叶　紫　（唱）再难也不能触及法律底线。

（白）这箭杆河修复项目已经批复，您这个厂子必须得关！

高梁宏　听你这意思，这箭杆河要全面治理？

叶　紫　治理箭杆河已经立项，要全面恢复箭杆河原貌。

高梁宏　叶紫，这古画画的就是箭杆河原貌，有了这幅画，镇里就会知道过去的箭杆河是什么样，治理才能达到效果，对不对。

叶　紫　当然是啊，我正想找这幅古画呢。

叶观潮　他拿的就是这幅画，你可以买去用。

叶　紫　怎么？高叔，您这画想卖呀？

高梁宏　想啊，只要价格合适，我当然想卖。就是啊，【假装大哭】我的古画唉！

叶观潮　您不想卖画了是吧？

高梁宏　卖！这幅画镇里要不？

叶　紫　我们不要。这画，于总想要。

高梁宏　我找于总去！【退场】

叶　紫　梁总，我想和爸单独谈谈。【梁总下】

叶观潮　你还想再教训教训你老子是吧？

叶　紫　这幅画是怎么回事？怎么和您还有关系？

叶观潮　别听高梁宏的，他就是个疯子，疯疯癫癫的，他的话你也信？

叶　紫　可现在这幅画对我们来说非常重要。

叶观潮　先说别的，你想说的肯定不是这幅画。

叶　紫　镇上修复箭杆河项目已经批下来了，下一步就要铺开，您这个厂子必须拆。

叶观潮　什么？拆？打死我都不拆，谁说也不行。

叶　紫　为什么啊？政府征收土地价钱是很高的，您不吃亏。

叶观潮　这不是吃不吃亏的事，这里边的事复杂着呢，跟你说也说不清楚。反正，我这厂子说什么也不拆。

叶　紫　爸，您这是何苦呢？

叶观潮　我内心苦着呢！

叶　紫　爸，我知道您不容易。

叶观潮　这厂一拆，会牵扯出好多事儿来，往事不堪回首啊。

叶　紫　是和我妈有关系吗？

叶观潮　也不全是。

叶　紫　爸，昨天我去看我妈了，她前几天刚做完化疗，身体状况很不好。

叶观潮　你有时间去多陪陪她，我这边不用操心。

叶　紫　爸，你们真的就不能复婚吗？让妈走的时候能有一个完整的家。

叶观潮　离婚都二十年了，还怎么走回去？

叶　紫　我妈癌症晚期，活不了多久了。

叶观潮　我也难过，但我回不去了。

叶　紫　你们离了，就一点感情都没有了吗？

叶观潮　离了是一种解脱。

叶　紫　你们当年究竟发生了什么事？为什么不能告诉我？

叶观潮　去问她吧，我说不出口。

第三场

时间：春。

地点：高梁宏家客厅。

【一个单身汉的农民家庭，家里很穷，室内凌乱，一张简单八仙桌，几碟小菜，一人独饮】

高梁宏　（唱）不生闲气心自静，

　　　　　　　　不贪横财气自平。

　　　　　　　　一把方桌天下景，

　　　　　　　　三杯淡酒品人生。

于少钏　高叔在家吗？

高梁宏　少钏，您可是贵客，我这正喝着，来两口？

于少钏　来巧了，我来陪两口。

高梁宏　您不是在国外上学了吗，回来了？

于少钏　高叔，我给您倒上，来，走一个。

高梁宏　您是贵人，能来我这寒舍，我三生有幸，来，走一个。

于少钏　高叔，是这么回事，我不是从国外刚回来吗，现在也没什么事
　　　　干，就在我妈的厂子里帮她干点事。我妈这厂子里有一个大姐，
　　　　今年四十出头，前两年丈夫出车祸死了。

高梁宏　唉哟，您瞧这事闹的。

于少钏　这大姐一直单身，也没个孩子，就一人，而且这人长得可真不
　　　　错，心眼还特别好。

高梁宏　【十分渴望的样子，身子前探，身体快要站起来了】您瞧瞧。

于少钏　【却停下了，喝了一口酒】

高梁宏　快说呀，都快急死我了。

于少钏　我听我妈说，您现在还单身着呢，是吧？

高梁宏　对对对，单身，单身。

于少钏　您看要不要我从中间给你们搭个桥？

高梁宏　要，太要了，大侄子，我这就给您磕一个！【做起身要磕头的样
　　　　子】

于少钏　别，您是我叔，我受不起。

高梁宏　您最疼叔，知道叔缺什么。侄子，事成之后，我一定重谢。

于少钏　得了，我就知道您喜欢，这事包我身上，怎么样？

高梁宏　您明天能带她来我家看看吗？

于少钏　【向四周看了看】您让人家来您家看什么呀？看看您这个家，穷
　　　　得叮当响，耗子进来都得哭，不看还好，看了肯定吹！

高梁宏　我这不穷嘛，有点钱，都喝酒了。

于少钏　嗜酒如命，这是祖传吧？

高梁宏　嘿嘿！我爸也好这口儿，开始我还不理解，现在我知道了，酒
　　　　这东西，好！

于少钏　就喝这酒，这也叫酒？明儿个我给您拿两瓶"黄龙"来，牛山
　　　　酒厂顶级版，绝对正宗。

高梁宏　我哪能和您比啊。

于少钏　您别光喝酒，得把房子好好收拾收拾。

高梁宏　收拾房不得需要钱嘛，我，嘿嘿嘿，钱不太方便。

于少钏　高叔，您说我家有没有钱？

高梁宏　您家，别说咱河东村，就是箭杆河镇，那也是数一数二的大户，
　　　　也就是叶观潮能和您家比。

于少钏　我要是出点钱帮您收拾收拾这房子这叫事嘛。

高梁宏　您出钱给我收拾房子？您说叫我说什么好呢！

　　　　（唱）喜鹊登枝叫晨辉，

　　　　　　　久旱乌云送惊雷。

　　　　　　　朝思暮想求佳配，

　　　　　　　告别单身无限美。

于少钏　叔，先别美。侄子还有一件小事求您，您看方便吗？

高梁宏　方便！方便！绝对方便，说。

于少钏　我妈说，您有一幅古画，让我来瞧瞧。

高梁宏　古画！我明白了，我说这好事也不能白来嘛。不过，值！等着，
　　　　我给您拿去。【高梁宏进屋去取画】

于少钏　（唱）突听得箭杆河修复原貌，

　　　　　　　这可是大工程机会难找。

　　　　　　　先下手把水系图及时拿到，

　　　　　　　为谋取大计划留下法宝。

　　　　　　　本不想与妈她分道扬镳，

　　　　　　　却发觉妈妈她思想太老。

　　　　　　　建新厂是良机把权掌牢，

　　　　　　　建大业展宏图不枉才高。

高梁宏　【拿出那幅图】您看，这就是我爷爷画的《农耕图》。

于少钏 太漂亮了，高叔，您打算多少钱出手啊？

高梁宏 大侄子，您不是外人，不瞒您说，前段时间，没说修箭杆河的时候，这画其实也值不了几个钱，现在可就不一样了，价格得翻倍。

于少钏 嗯，高叔，您这幅画也只有在咱河东村才有人知道，到河西都没人要，如果不趁这个机会卖出去，等箭杆河修完了，您这画就一文不值了。

高梁宏 也是啊，这画谁想要？叶观潮肯定不要，是他给我的，叶紫是他闺女，肯定也不要，只有您妈于总才有可能要。

于少钏 我们可不要！这样，高叔，我妈只是让我来看看，我看了，谢谢您。

高梁宏 您不买呀？

于少钏 我不买，我不懂画，也不喜欢画，我买它干嘛。

高梁宏 唉，那，这，您妈看没看过这幅画？

于少钏 我妈肯定没看过，她想看看有可能，但想不想买我还真不知道，反正我不买。

高梁宏 要不这样，您拿着，回去让于总看看。

于少钏 那可不行，这么贵重的画，我怎么敢拿啊。

高梁宏 就凭你们家，能买不起我一幅画吗？先拿回去让叶总看看，想要，咱再说钱的事。

于少钏 这太不好意思了，我拿走这幅画您放心吗？

高梁宏 我放心，我绝对放心。

于少钏 高叔，我回去就跟那个单身大姐说，您这人豪爽，靠谱。

高梁宏 太好了，我等着。

于少钏 那我就把画先拿走了，回家让我妈瞧瞧。

高梁宏 我送您！

第四场

时间：初夏。

地点：食品厂厂长办公室。

【企业老总办公室，桌后挂着一幅山水画】

于静萍　（唱）几天来相约重走箭杆河，

未曾想遍地泉水成传说。

想过去，箭杆河，

孩童戏冰寒冬乐。

柳绿两岸映春波，

雨后蛙声伴夏火。

千顷稻田忙秋割，

现如今啊现如今，

昔日风景无处寻下落。

再难见夕阳下牧童唱秋歌，

再难见夜晚孩童数星河。

优美的画面随风飘过，

再难寻找从前那条河。

于少钏　妈，我回来了。

于静萍　你干什么去了？

于少钏　我去寻宝去了。

于静萍　寻宝？

于少钏　对呀，这箭杆河不是要修复治理吗，我们得抓紧规划蓝图啊。

于静萍　是，我们应该好好规划。

于少钏　所以，我去找了高梁宏，三言两语，就把他的古画骗到了手。

我们拍摄、复制，完了，把这幅破画再还给他，这箭杆河的水

系图不就到手了嘛。

于静萍　钏儿，你是怎么把古画骗到手的？

于少钏　妈，他就一个傻瓜，天天想着婆媳妇，我说帮他介绍一个对象，

他就什么都答应了。

于静萍　你真给他介绍对象？

于少钏　怎么可能啊，我哪去给他找媳妇去。

于静萍　那你这样做就不亏心吗？

于少钏　一个傻子，不骗白不骗。

于静萍　于少钏!

（唱）我劝你走正路莫学奸诈，

　　　经商者靠人品方可赢天下。

　　　耍计谋使阴招难把事做大，

　　　快回头改前非勒马悬崖。

于少钏　妈!

（唱）这经商本就是尔虞我诈，

　　　在西方讲的是丛林之法。

　　　弱小必遭强人打，

　　　心善定遇恶人踏。

　　　您老思想太僵化，

　　　建新厂的决定权让我拿。

于静萍　于少钏，我送你出国留学，学了几年，你就学了这个?

于少钏　妈，您看咱这食品厂，让您经营得连年亏损，都快经营不下去了，您怎么还不放手啊?

于静萍　于少钏，这厂子是我的，与你无关。

于少钏　您是我妈啊，怎么能和我无关?

于静萍　这个厂子是我创建的，有我在，你别想插手。真要想创业，自己去创。

于少钏　妈，我既然是您的儿子，这资产就得有我的一份，咱家就咱们两个人，这股份应该是各占50%，您把一半家产给我，我可以自己出去创业。

于静萍　于少钏，你说的是真心话?

于少钏　我是为咱家的企业着想。

于静萍（唱）一句话扎心痛令人心凉，

　　　三十多年血和泪养了一匹狼。

　　　牺牲幸福与爱情将他寄希望，

　　　到头来却换得恶语相伤。

　　　怪只怪心太善不该把他养，

　　　怪只怪太溺爱管教失良方。

　　　孤独一人到如今苦水对谁讲，

一生单影伴孤灯心可照上苍。

于少钏　（唱）一句话妈因何如此悲伤，

　　　　　　这些年妈对我虽亲且防。

　　　　　　难道说传言中确有文章，

　　　　　　难道我真的是被妈收养？

　　　　　　妈为何从不把父亲讲，

　　　　　　一生孤苦却又要内心藏。

　　　　　　借此机我定要把实情访，

　　　　　　拨去那重重迷雾见真相。

叶　紫　【敲门】

于静萍　请进。

叶　紫　你们母子在研究什么大事呢？

于少钏　叶紫，听说修复箭杆河项目已经定了，我们厂是不是必须得拆迁啊？

叶　紫　是，项目马上就要铺开。

于少钏　这拆迁款能有多少？

叶　紫　这我不清楚，这得由核算组通过计算才能知道。

于少钏　您估计一下，大约能有多少？

于静萍　于少钏！

叶　紫　我真的不知道。不过，于阿姨，我今天来有一件非常重要的事。您这租地合同是和谁签的？

于静萍　当然是贾书林啊，这地是他的呀！

叶　紫　于阿姨，不对呀，镇里的土地登记中，这块土地的承包人却是我爸，叶观潮。

于少钏　怎么回事？叶紫，您不能凭手中权强占我家的地吧？

于静萍　这不可能啊！当年我租地的时候，这地明明是贾书林的啊，他还养了两年鱼呢。

叶　紫　可我查到的，却是我爸和河东村委会签订的承包合同，有效期三十年，所以，才来查访。

于静萍　难道贾书林和你爸之间还有一份合同？

于少钏　妈，要是那样，可就把您害惨了，这拆迁款，您一分也拿不到，

154

全是他叶观潮的。要是这样，我和姓叶的没完！

于静萍　走，叶紫，我跟你去镇政府，这事得好好查查，我本来想把厂区改建成农耕文化园，别让这土地的事把我的计划打乱了。

于少钏　我去找姓叶的，得问个清楚。

于静萍　于少钏，你别胡来！

第五场

时间：夏。

地点：皮革厂经理办公室。

叶观潮　【坐在办公桌后面，看着文件，但是忧心忡忡】

梁　冲　【手里拿着文件上】叶总，这是镇里下发的停工通知，要求我们马上停工。

叶观潮　为什么要停工啊？

梁　冲　说是箭杆河修复工程已经启动，规划区域内所有企业限期停工。

叶观潮　急什么？我们的订单催得紧，多干一天是一天吧。

梁　冲　是啊，客户又来催货，我们已经延期一个月，再不交货可就违约了。

叶观潮　你以为我想关啊！箭杆河要整体修复，所有的企业都得撤，我们很难顶下去了。

梁　冲　那我们就真的停工？

叶观潮　先干着，来人查时再说。

叶　紫　【叶紫上】不用等了，现在就来查了。

叶观潮　你可真是我的克星啊，我上辈子欠你的，不是冤家不聚头。你说，我为什么要停工？

叶　紫　不是已经发给您文件了吗？

叶观潮　现在你们又没有补偿，又没有动工，我为什么要停工啊？

梁　冲　就是，等你们开工了，我们再停也不迟啊。

叶　紫　修复箭杆河是一项综合工程，不仅要恢复原貌，更要绿色环保。你们的工厂多次排放超标，所以必须先停工。

叶观潮　我就是停工了，也不拆迁。

叶　紫　难道您要当钉子户？

叶观潮　这个钉子户，我还当定了。

梁　冲　有事慢慢说，千万别着急，你父女俩先聊，我出去看一看。

叶　紫　这停工、拆迁是大势所趋，您挡是挡不住的。

叶观潮　我心疼啊。

叶　紫　您心疼什么？

叶观潮　这工厂寄托着我一生的心血，拆了，那是拆的我的魂！懂吗？

　　　　（唱）想当年辞公职下海经商，

　　　　　　　如同那单枪匹马闯战场。

　　　　　　　三百块钱做家底合伙办蜡厂，

　　　　　　　几年未见回头钱羞愧难当。

　　　　　　　为逃债整日里东躲西藏，

　　　　　　　窝头咸菜伴泪水当作干粮。

　　　　　　　相爱的女人未结婚有了儿郎，

　　　　　　　轰轰烈烈一场爱却成了黄粱。

　　　　　　　天不应地无门被逼绝路上，

　　　　　　　在这时我有了办厂的希望，

　　　　　　　前提是我需要把灵魂押上。

　　　　　　　几十年拼下来一笔辛酸账，

　　　　　　　我的命融进了这间间厂房，

　　　　　　　拆了它就如同将我埋葬。

叶　紫　爸！

　　　　（唱）几十年您一人下海闯荡，

　　　　　　　大半生的心血才换得这工厂。

　　　　　　　辛酸苦辣融进了一砖一瓦上，

　　　　　　　这个工厂也是您成功的奖赏。

　　　　　　　可这里有很多秘密在隐藏，

　　　　　　　于阿姨和我妈与您有旧账。

　　　　　　　您能不能打开天窗把实情讲，

　　　　　　　你们过去为什么不能见阳光？

叶观潮 （唱）我不想回头再去翻旧账，
　　　　　　失去的永远无法弥补上。
　　　　　　年轻时谁能不为情所伤？
　　　　　　破碎的三颗心鲜血直淌。
　　　　　　我们的伤痛我们自己当，
　　　　　　又何必将痛苦加在你身上。
叶　紫 （唱）什么样的苦痛不能讲？
　　　　　　您和妈离婚究竟为哪桩？
叶观潮 （唱）说过去也令我羞愧难当，
　　　　　　你妈她做事也太荒唐。
　　　　　　想当年我正是穷困绝望，
　　　　　　做生意赔得我血本俱伤。
　　　　　　于静萍她竟然把儿收养，
　　　　　　她忘了自己是未婚姑娘。
　　　　　　我们俩相恋多年情意长，
　　　　　　也不想因为孩子把情伤。
　　　　　　可孩子进家我父母不让，
　　　　　　弄得我情绪低迷很绝望。
　　　　　　在这时，你妈她，
　　　　　　她父女出资帮我建工厂。
　　　　　　开工时因兴奋饮酒过量，
　　　　　　那一夜李听舒她上了我床。
　　　　　　一夜间她竟然将您怀上，
　　　　　　生米做成熟饭我只能担当。
　　　　　　婚后无感情大脑空荡荡，
　　　　　　静萍她带孤儿独守空房。
　　　　　　从此后我们俩意冷心凉，
　　　　　　一段情随日月一起消亡。
叶　紫 什么？于少钏不是于阿姨亲生的？您和我妈是因为于阿姨才离
　　　的婚吗？
叶观潮 我和你妈离婚与于静萍没有关系，是因为……算了，还是给她留点尊严吧。

叶　紫　爸！于阿姨的土地是怎么回事？

叶观潮　土地怎么了？

叶　紫　于阿姨食品厂的土地是您租的，是您和村委会签订的租赁合同？

叶观潮　没错，开始是我租的。可后来我又把它租给了贾书林，贾书林
　　　　后来又租给了于静萍，他和于静萍之间签了什么合同，我就不
　　　　知道了。

叶　紫　您和贾叔叔是怎么签的合同？

叶观潮　当时这块地，村委会要求一次性承包，我承包以后，用不了这
　　　　么多地，而且当时建工厂也缺少资金，所以我就把多余的土地
　　　　转包给了贾书林，承包期是 30 年，他分三次付给我承包费。

叶　紫　可贾叔叔转包给于阿姨，他是分文不要，25 年免费使用。

叶观潮　贾书林的为人我太清楚，他自私得连亲爹都不养，怎么可能干
　　　　出这么高尚的事。现在租地多贵啊，这可不是小数目。

叶　紫　所以这拆迁补偿款是应该给贾叔叔，还是给您，这得看你们之
　　　　间的合同和协议是怎么签的？

叶观潮　等等，你妈李听舒和贾书林有旧情，被我发现后我们才离的婚。
　　　　难道于少钏跟他们有关？啊……这！李听舒！你好狠！

叶　紫　爸，到底怎么了？

叶观潮　【极其愤怒地】你去问你的妈！

第六场

时间：初秋。

地点：皮革厂厂区内。

【于少钏拿着手机，鬼鬼祟祟地在拍照，梁冲发现后，出来制
止】

梁　冲　站住，你是谁呀？

于少钏　你管我是谁呢。

梁　冲　你是干什么的？把工作证拿出来看看。

于少钏　我没有工作证！

梁　冲　如果没有证件，请您离开厂区，这里闲人免进。

于少钏　我是闲人吗？

梁　冲　我警告您，马上离开！

于少钏　我来找你们叶总，不想和你多废话。

叶观潮　【从屋里出来，看到于少钏，怒不可遏】你来干什么？

于少钏　姓叶的，我来找您算账。

叶观潮　你个狼崽子，你害了于静萍一辈子，你知道吗？

于少钏　什么是我害的，分明是你害的！

叶观潮　【愤怒地】怎么是我害的？

于少钏　我妈承包的这块地怎么成你的了？这次拆迁，我们本来可以得
　　　　到一笔补偿款，结果地是你租的，补偿款得给您，这公平吗？

叶观潮　我是气糊涂了，你是说这事啊，这是我和你妈的事，与你没有
　　　　关系。

于少钏　我是我妈的儿子，怎么没关系？

叶观潮　你妈是你妈，你是你。

于少钏　叶观潮，你老糊涂了吧？

叶观潮　你去找贾书林说去。

于少钏　我已经找他说过了，他说地是你给他的，我要是拿不到拆迁款，
　　　　我和你没完。

梁　冲　叶总，这小子是谁呀？我怎么不认识。

叶观潮　他是个狼崽子。

于少钏　叶观潮，明天在村口古树下，咱们当面锣对面鼓，把这事说清
　　　　楚，你要是心中有鬼，您就别去！

叶观潮　好，我去。我还真想问问贾书林这东西到底是怎么回事。
　　　　【叶紫推着李听舒上，李听舒坐在轮椅上，看到正出门的于少
　　　　钏，全身一震】

李听舒　他是不是于静萍的儿子于少钏？

叶　紫　是。

叶观潮　你怎么来了？
　　　　【李听舒深情地望着于少钏的背影，半天无语】

叶　紫　妈的身体一天不如一天了，她说还有一个心愿没有了结，所以
　　　　　我把她带来了。

梁　冲　阿姨是什么病？

叶　紫　癌症晚期。

李听舒　听说这厂子要拆迁了，我想拿走属于我的东西。

叶观潮　离婚的时候，我们已经把所有的财产都分了，这怎么还有您的？

李听舒　是啊，离婚协议上，我们的共有财产都分了，但还有一样东西
　　　　　您没有分。

叶观潮　还有什么？

叶　紫　妈，都这个时候了，您还要什么？

李听舒　我要那幅古画。

叶观潮　瞎说什么，那幅古画在高梁宏手里，我怎么会有？

李听舒　还需要我给你提醒吗？

叶观潮　你现在要那幅古画还有什么用？

李听舒　这不用你管。

叶观潮　那幅画是我画的，不是我们的共同财产，你没有权利要。

李听舒　我说的不是你画的那幅，是你藏的那幅！

叶观潮　那幅画现在不能拿出来，岳父临走时说过，高家人什么时候不
　　　　　喝酒了再还给他们。

李听舒　这是我父亲留下的，当然由我保管。

叶观潮　你父亲遗嘱中写得很清楚，画由我保存。

李听舒　那时我们没有离婚，既然离婚了，你和我李家还有什么关系？

叶观潮　我并不想要这幅画，我是想成全老爷子的遗愿。

李听舒　那就让我完成吧！

叶观潮　好，我给您！【回屋取画】

叶　紫　什么古画？不是高梁宏手里有古画吗？我爸怎么会有？

李听舒　高梁宏手里的画是假的，你爸手里的画才是真的。

叶　紫　这怎么可能？我怎么没听说过。

李听舒　这高家当年与我家是世交，可从高梁宏他爹开始就败了。

　　　　　（唱）想当年他父亲嗜酒如命，
　　　　　　　　那时候生活苦家家都很穷。

他爸用画去换酒没人敢动，

我爸爸正碰上将画买定。

叶　紫　不对呀，高粱宏手里现在还有画呀。

李听舒　那是叶观潮仿的。当时我爸买下那幅画，本来要送回高家，高老爷子知道这画回去，早晚还得让不争气的儿子给卖了，就让我爸替高家保存。高老爷子死了以后，高粱宏他爸就天天喝酒，没钱了就来我家闹，一次拿着菜刀，不拿回古画，就在我家门前自杀。叶观潮实在没办法，找人仿画了一幅画给了高粱宏他爹，这事才算完。等高粱宏他爸死了，没想到高粱宏也一样，还是爱喝酒，这真画也就没给他。如果给了，高粱宏肯定转手就给卖了。

叶观潮　【手里拿着一幅古画出来】这幅画给您。

李听舒　【在轮椅上接过画】人之将死，其言也善。叶观潮，你是个好人，我对不起你，我只能下辈子再还你了。

叶观潮　（唱）一句话触动了往日辛酸，

看今日病入膏肓其状惨。

掐指算离别了已经二十年，

忆往事不堪回首的一段缘。

今生今世本不该彼此相见，

但愿来世我们俩天各一边。

李听舒　（唱）来世一遭五十年，

争名争利争情感。

一旦撒手离人寰，

争的一切变云烟。

第七场

时间：中秋。

地点：村口。

【古树下，八爷、九爷坐在树下，高粱宏坐一边，叶观潮上】

叶观潮　两位老爷子身体可好？

高梁宏　叶总，我那幅画于总想买，您说我卖不卖？

叶观潮　卖不卖是您的事。

高梁宏　【小声地】我若是坑了于总，您也不管？

叶观潮　您卖您的画，她愿买就买，这不存在谁坑谁呀！

高梁宏　好，有您这句话，我心里可就踏实了。

九　爷　叶观潮，这几年只顾着挣钱，这人都少见了。

叶观潮　九爷，我这不也忙嘛。

九　爷　你小子这么多年也不见长劲啊！

叶观潮　嘿嘿！九爷，你老逗我，这话咋说？

九　爷　你把人家孤儿寡母的扔了这么多年，你就不够爷们儿！

叶观潮　唉唉唉！老爷子，咱别提这茬儿好不好！

九　爷　这么多年了，该提了。

叶观潮　九爷，这事比您想的复杂。

八　爷　他就是爱管闲事，不管闲事儿，能把他憋死。

九　爷　我还真不知道这里有什么复杂的。

叶观潮　一会儿您就知道。

贾书林　【手里拿着合同，匆匆地上】二位老爷子好。叶总，您早到了，
　　　　我有点事，来晚了。

叶观潮　不晚，主角还没到呢。

贾书林　你们为什么不去厂里说，非要到这来说呢？

叶观潮　怎么，您怕了？

贾书林　我有什么好怕的，都有合同。

九　爷　怕的是这合同后面那点事儿。

叶观潮　老爷子，您圣明！

贾书林　老爷子，当年这事太复杂，咱不扯过去行吧？
　　　　【于少钏跟着于静萍上，叶观潮很尴尬，于静萍也不好意思地低
　　　　下头，一时谁也没说话】

于少钏　叶总，现在人都齐了，您当着大家的面说说吧，这块地到底是
　　　　怎么回事儿？

叶观潮　还是让贾书林说吧，他为什么一分钱不要，舍得把地白白地送

给你们？

于静萍　因为当时土地不值钱，他没要租金！

叶观潮　这是他说的。

于静萍　当时签合同的时候，这块地什么都没种，因为是烂河滩，每年还要交农业税，所以他和我签合同的时候，并没有提租金的事儿。

叶观潮　可是他和我签合同是有租金的，租金还不低呢，在当时也是一大笔钱呢。

于静萍　贾书林，这是为什么？

于少钏　我不管有没有租金，我想知道这拆迁费到底给谁？

于静萍　于少钏，您给我住嘴。

贾书林　我把土地租过来以后，我不知道干啥好，扔了两年什么也没做。于静萍当时正想办厂子，到处找地，所以我就把这块地转包给了静萍。当时她一个人带着孩子很不容易，我怎么好意思要钱啊。

于静萍　但这不是您的风格呀。

叶观潮　我也说，这种好事您是做不出来的。

于少钏　贾叔不要租金，这与你有什么关系？

叶观潮　这恐怕与你有关系。【在场的所有人都吃了一惊，都紧张地看着叶观潮，大家都似乎猜到了，叶少钏与贾书林有关系】

于静萍　【突然大怒】叶观潮，你不得胡说。

叶少钏　【一脸茫然的】怎么了？到底发生了什么事？

于静萍　没什么事儿，少钏，拆迁款不要了，我们回家。

李听舒　【李听舒坐在轮椅上，叶紫推着她上】戏还没开场呢，怎么就走啊？

　　　　【于静萍、贾书林都大吃一惊，都没想到她会出现】

于静萍　您怎么来了？

李听舒　我来看看我的儿子。

于静萍　您儿子？

贾书林　李听舒，你疯了！

李听舒　贾书林，你个狼心狗肺的东西，我整整等了你三十年，到今天你还在骗我！

（唱）我瞎眼竟然和你苦苦相恋，

　　　十八岁的青春让你独占。

　　　你承诺马上离婚如我心愿，

　　　我却等了一年又一年。

贾书林　（唱）那时候我正接了父亲班，

　　　　　成了食品公司正式职员。

　　　　　我怎能离婚丢饭碗，

　　　　　当时你表示理解没埋怨。

李听舒　（唱）只怪我天真心地善，

　　　　　正这时不幸怀孕把子产，

　　　　　我本想将生米做成熟饭，

　　　　　没承想贾书林心比石坚。

叶观潮　李听舒？您和我结婚前就和贾书林有染，而且还生了孩子？

李听舒　傻瓜，没生过孩子，我怎么会趁你喝醉酒上您的床。

叶观潮　（唱）没想到你竟如此不要脸，

　　　　　（白）哎呀，我好糊涂啊。【懊恼地拍打头】

　　　　　（接唱）一生的幸福被你摧残。

　　　　　　　　我与你究竟有何深冤？

李听舒　（唱）贾书林抛弃我只能把你选，

　　　　　只因为你是我喜欢的儿男。

　　　　　你和静萍相亲相爱令人赞，

　　　　　我用孩子把你们生生拆散。

　　　　　我知道将儿子放她窗前，

　　　　　凭静萍的为人不会不管。

　　　　　她收了孩子与观潮定会闹翻，

　　　　　我借机和观潮再做一锅饭。

　　　　　（白）哈哈哈！我一个将死之人，没有必要再隐瞒什么了。

叶　紫　妈！您别说了。

于少钏　这究竟是怎么回事？谁是我妈？【一脸茫然，不知所措】

李听舒　你不应该姓于，你应该姓贾，我就是你妈，这个人就是你爸！

于少钏　这，这，这不可能！

贾书林　于静萍，他已经成人了，没必要再隐瞒。少钏，这是真的，我
　　　　对不起你。

于少钏　你们，我，我没有你们这样的父母，我只有一个母亲，一个亲
　　　　妈！【一下跪在于静萍面前，失声痛哭】妈，我永远姓于，您是
　　　　我的亲妈！

于静萍　孩子，起来！你永远都是我的儿子。

叶观潮　李听舒，你好有心机呀，你将我们玩于股掌之中，你于心何
　　　　忍啊？

李听舒　当时，我就想得到你，你正义、硬气，像个男人，我喜欢。

于静萍　可是，你毁了我一生啊！

于少钏　妈，这到底是怎么回事，您能告诉我吗？

于静萍　少钏啊，

　　　　（唱）三十三年前的一个夜晚，
　　　　　　　婴儿的哭声飘在我窗前。
　　　　　　　吓得我跑出来定神观看，
　　　　　　　窗台上一婴儿放声哭喊。
　　　　　　　我将孩儿抱屋里等人来还，
　　　　　　　却不见有人来接小可怜。
　　　　　　　那一年我才二十三，
　　　　　　　未婚姑娘却把孩儿揽。
　　　　　　　那时候我与观潮已相恋，
　　　　　　　却因为这孩子吵翻了天。
　　　　　　　我本想冷静之后再相劝，
　　　　　　　未曾想他们结婚如闪电，
　　　　　　　急得我肝胆滴血泪流干。

叶观潮　（唱）我结婚是因为被她欺骗，
　　　　　　　一失足酿成终身遗憾。

李听舒　（唱）说什么我使计将您欺骗，
　　　　　　　难道说没和我同床共眠？

叶观潮　（唱）所以我再无颜面把您见，

只得用一生的幸福为后果买单。

于静萍　（唱）你们结婚喜笑欢颜，

我却无辜受牵连。

你们相亲相爱把家建，

我却是孤灯相随泪相伴。

叶观潮　（唱）您可知貌合神离装笑颜。

李听舒　（唱）有道是心隔千里人贴面。

于静萍　（唱）古人云少做恶事多行善。

叶观潮　（接唱）多行善，

留得清白面苍天。

于静萍　（接唱）面苍天。

李听舒　对也好，错也罢，我已经走到了人生的尽头，没有机会改了。我知道我对不起于少钏，最后，我只想把这交给你【从叶观潮手中要来的那幅古画送给了于少钏，于少钏慢慢接过画（画是封死的，打不开）】不管有没有用，就算我的一点心意吧。我今天来，就想认下我的儿子，不管你认不认我，我走了，也就没有遗憾了。叶紫，走！

于少钏　【叶紫推着李听舒慢慢离开，就在即将离开的时候，于少钏突然大喊一声】妈！

【李听舒全身一颤，叶紫将轮椅慢慢地转了过来，李听舒不敢相信地望着于少钏。于少钏走到李听舒的轮椅前，跪下身来，深情地】妈！您走好！

李听舒　【李听舒用颤抖的手抚摸着于少钏的头】知足了，没有遗憾了！

第八场

时间：深秋。

地点：箭杆河边。

【月光下，于少钏坐在一块石头上沉思】

于少钏　（唱）一缕秋风带寒意，

半轮残月云中泣。

蝉鸣焉知临死期，

叶落方懂树难弃。

亲生母病难愈痛在心底，

她纵有千万错可血脉相依。

怨只怨亲生母竟能将儿弃，

若不是遇上妈早已命归西。

早觉到妈妈她爱得有顾忌，

心与心之间隔着一张皮。

现如今弄明了真实身世，

倒叫我一团乱麻难有绪。

想亲娘患癌症已到晚期，

想千方设百计回天无力。

看养母用真情亲妈难比，

说不幸也有幸难分情理。

箭杆河你来说我当何去？

我如何去面对混乱的结局？

小　周　【手里拿着一个手电来寻于少钏，她发现于少钏一人在河边愣神儿，以为他要跳河。关了手电筒，慢慢地向他接近，于少钏陷入深思中，并没有发现小周。小周慢慢靠近后，突然从身后抱住于少钏，大喊一声】您不能跳河！【于少钏着实被吓了一跳】

于少钏　啊，我的妈呀，你吓死了。放手！

小　周　我不放，您不能想不开。

于少钏　我为什么想不开啊？

小　周　【放开于少钏，见他没有想跳河的意思，反而不好意思了】您不想跳河啊？

于少钏　你瞧瞧这河，河水不到一米深，我就是跳下去，能淹死人吗？

小　周　我要是跳下去，搞不好就能淹死。唉！如果我跳下去，你救不救我？

于少钏　你跳下去试试不就知道了？

小　周　如果我和你妈掉河里，你先救谁？

于少钏　【于少钏被她气乐了】我当然先救我妈，然后我把你摁水里
　　　　淹死。

小　周　【假装伤心】好狠的心啊！

于少钏　行了，别闹了，您来干吗？

小　周　噢！对了，是于总让我来找您，让您回家吃饭。

于少钏　那走吧。

高梁宏　【刚要走，正巧碰上高梁宏】于少钏，您手里的画是我的。

于少钏　我拿你的那幅画一会儿就还给您。

高梁宏　你知道我说的不是那幅画。

于少钏　那是哪幅画？

高梁宏　是你手里的那幅画。

于少钏　那幅画是我妈给的，与您有什么关系？

高梁宏　那你说，我家的画怎么会到你妈手里呢？

于少钏　您凭什么说这画是您的？

高梁宏　那就是我家的画！

小　周　据我分析，这幅画肯定不是自己跑他妈那去的。

高梁宏　那您说，怎么去的？

小　周　是被买去的。

高梁宏　我没卖，那怎么可能？

小　周　你没卖不等于别人不卖呀。

高梁宏　我爹早就不在了，难道是他卖的？

小　周　您去问问您爸呀！

高梁宏　我爸不在了！

小　周　那发个微信啊！

于少钏　您打开导航，能一直导去。

高梁宏　行了，这大晚上的，想吓死我啊。

于少钏　是您的，我一定会还给您。

叶　紫　【叶紫找于少钏，也找到这】于少钏，我正找您呢，现在修复箭
　　　　杆河项目马上就要上会了，你到底怎么想的？

于少钏　我对竞标没兴趣。

叶　紫　可两幅画都在您手里啊。

于少钏　那幅破画有那么重要吗？拿到这幅画又能怎么样？

叶　紫　有了这幅画，做规划就有了依据，它当然重要。

于少钏　那我明确告诉您，我不去竞标。画，我也不会拿出来。

叶　紫　为什么？

于少钏　为咱妈！

叶　紫　【身子一震】那您能不能拿出来让我看一看，过去的箭杆河到底是个什么样子？

于少钏　我不想给！

叶　紫　于少钏！

于少钏　你应该叫我哥！【然后扭身带小周走了，高梁宏愣了一下，也追下去了】

　　　　【叶紫尴尬地愣在那】

第九场

时间： 初冬。

地点： 于静萍经理办公室。

　　　　【第三方设计公司一名职员正在向于静萍汇报设计方案】

公司职员　于总，这是我们设计的效果图。

于静萍　【看着设计图】这怎么不像从前那条河呢？

叶　紫　【来找于静萍，敲门】于阿姨。

于静萍　叶紫，你来得正好，这效果图怎么没有从前那条河的味道呢？

公司职员　味道？这河还有味道？

于静萍　您先回吧，我们再研究一下这个效果图，然后给您修改意见。

公司职员　好的。

叶　紫　于阿姨，看不到古画，我们很难找回从前的那条河了。

于静萍　可这画于少钏不想拿出来，我也没法啊。

叶　紫　土地补偿款下来了，打入您账户上。

于静萍　这地是你爸的，与我没有关系。

叶　紫　可我爸说地是您的，他也不要啊。

于静萍　这又何必呢!

叶　紫　您和我爸还要这样分下去吗?

于静萍　我已经习惯了。

叶　紫　其实我也同情我妈,可已经走到这一步了,谁也无法让时间回去,让你们再重新走一遭。这一生很短,你们都错过这么多年了,剩下的时光还要浪费吗?

于静萍　你还真是一个通情达理的孩子。可我不想再回去了。干点事,心里不寂寞,我把所有时间都花在箭杆河上,其实也是一种寄托。

叶　紫　我知道您和我爸心里都苦,我爸苦了二十年了,我知道他是为了我,所以,我不想让你们再苦下去了。

于静萍　你没意见,还得看于少钏的意见,这事,难啊。

叶观潮　【拿着授权书上】于总在吗?

于静萍　唉哟,来都来了,还扭捏啥?进来吧!

叶观潮　叶紫也在,我就是来和您商量拆迁的事,土地谁使用就补偿谁。

于静萍　要补也应该补给贾书林。

叶观潮　他说了,他不要。

于静萍　您找过他?

叶观潮　这是他的授权书。

叶　紫　你们两不管谁去竞标,可古画不在你们手上,这修复蓝图怎么做啊?爸,您看这效果图,是从前的箭杆河吗?

叶观潮　太现代了,没有从前那条河的味道。

叶　紫　爸,过去箭杆河是什么味道?

叶观潮　【略带深思状】那条河呀,幽静、柔和、安详、优美,那是一生的记忆。

于静萍　那条河是童年的玩伴、青年的朋友、中年的依靠、晚年的回忆。

叶　紫　我明白了,现在就是百分之百修复了这条河,和原来的味道也不一样了。

叶观潮　已经失去了,就算找回来,也不是从前的了。

高梁宏　【拿着两幅画上】我的这幅画就是从前的。

叶观潮　怎么两幅画?

高粱宏	于总不是需要这幅古画吗？
叶　紫	画怎么会在你这儿？
高粱宏	于少钏昨天晚上将两幅画都送给了我，说是物归原主。
于静萍	于少钏他人呢？
高粱宏	他带着小周一起去南方了，说是出去闯荡闯荡。
于静萍	啊！少钏他！
叶观潮	【拉住了于静萍】孩子大了，都三十多了，又出过国，没事的，出去闯一闯也好，大家都缓一口气。
高粱宏	这两幅画你们是不是需要啊？
叶观潮	您打算要多少钱？
高粱宏	要什么钱，我是给你们用的。
叶观潮	您不要钱？
高粱宏	为修箭杆河，我怎么能要钱呢。你们用完了，就还给少钏吧，我没有后代，保不住这幅画。
叶　紫	那我可把画打开了？
高粱宏	打吧，我也想看看，我爷爷画的到底是什么！
于静萍	【叶紫打开了那幅真的古画，挂在墙上，大家一惊，一幅优美的古画，令人震撼。于静萍看了一会儿】
	（唱）望古画不由得心潮澎湃，
	箭杆河如处女娇美光彩。
	绿柳上黄莺鸟报得春来，
	稻田中劳作者喜笑颜开。
	夕阳下小桥边顽童搞怪，
	好一幅农耕图传承千载。
叶观潮	那，我们共同竞标，一定修复箭杆河。
众	好！

第十场

时间：早春。

地点：村口老槐树下。

【八爷和九爷仍然坐在树下】

八　爷　天天在这坐坐，和这棵古树说说话，这心里就啥都明白了。这人啊，来世上走上一回，不管您是轰轰烈烈，还是默默无闻，到头来，都得走，一个都留不下。这棵老古树啊，不知送走了多少人，连它自己都显得苍老了。

九　爷　这棵树本来是为庙而种，现在庙都没了，可它还在这兢兢业业的。

八　爷　树有灵性，树在，庙的神灵就在。

九　爷　照您这意思，我每天还得给它老人家磕一个？

八　爷　没毛病！

【这时，梁冲和叶紫领着众人抬着雕像上，把张堪雕像放在庙基上，雕像用红丝绸盖着】

【叶观潮和于静萍身着汉服上】

【众人列队完成】

九　爷　你们这是唱得哪一出啊？

叶观潮　今天是立春，我们想祭典一下张太守！

九　爷　好事啊，这事得我来啊！

于静萍　好！您来！

八　爷　还有我，我也得参加。

九　爷　为张太守揭彩！

【叶观潮、于静萍共同为张堪揭彩】

【然后，于静萍、叶观潮站第一排；叶紫、梁冲站第二排，高梁宏、村民等站后边】

九　爷　向张太守跪拜！一叩首！再叩首！三叩首！

【然后，开耕仪式，八爷扶犁，前面有两人拉着犁，八爷拿着鞭子】

叶观潮　【长声高喊】开犁！

九　爷　开犁了！

八　爷　【举鞭】一打春牛首！

九　爷　【沙哑苍老的声音】风调雨顺。

八　爷　二打春牛腰！

九　爷　五谷丰登。

八　爷　三打春牛尾。

九　爷　国泰民安！

九　爷　张太守，张爷，您看见了吧，两千年了，您播下的种子又生芽了！

【众演员突然在舞台上停住，灯光变暗，此时突出背景古画，与开场时的画面一样，寓意一切回归自然】

【画外音】（唱）

桑树昌茂无附枝，

麦黍盛旺开两歧。

张君渔阳施惠政，

百姓安康乐支支。

【切光，谢幕】

（剧终）

九 品 官

人物

姜文兰　女，45 岁，支书妻

赵丙坤　男，47 岁，村支书

乔贵元　男，25 岁，镇信访办职员，大学刚毕业，参加工作时间不长

梁　嫂　女，45 岁，村民

背景：某村街景。

时间：当下时节。

地点：某村农家小院。

【乔贵元上场】

乔贵元　赵家庄一街 78 号，就是这里。【敲门】

姜文兰　【姜文兰从里屋出来端起脸盆泼水，正好泼到乔贵元头上】

乔贵元　呦呵，这是怎么回事？

姜文兰　哎呀，妈呀，对，对不起啊。这事儿整的。

乔贵元　嗨呀，没事儿，请问这是姜文兰家吗？

姜文兰　对呀，你是？

乔贵元　我是镇政府信访办的，我叫乔贵元。上午是你打的 12345 吧？

姜文兰　对！是我，你们来的可够快的，这刚打了没一会儿，就上门来了，这 12345 可真管事儿。

乔贵元 这是市民服务热线，接诉即办。唉，这不是赵支书的家吗？你是？

姜文兰 赵丙坤他就没有家。

乔贵元 我说嫂子，你怎么投诉起自己的丈夫来了？这可新鲜，这投诉恐怕我们没法接。

姜文兰 我可是有正当理由的，政府凭什么不管？

乔贵元 你们两口子的事，不能自己解决吗？

姜文兰 要能解决，我还投什么诉啊？

乔贵元 那您说，什么情况？

姜文兰 我生气！

乔贵元 别生气，慢慢说。

姜文兰 今年镇里有一个帮扶政策，对种大棚有困难的提供小额无息贷款。

乔贵元 这我知道。

姜文兰 这个赵丙坤把全村的都给办完了，我家的他就是不给办，再不办，我就来不及了。

乔贵元 别急，我找他谈谈。

姜文兰 这事，你们得管管，我一说，他就忙，忙，忙，没时间。

乔贵元 好，我问问赵书记是怎么回事？【赵丙坤和梁嫂上】

赵丙坤 哟！小乔！你怎么来了？

乔贵元 我来找姜文兰同志了解点情况。

赵丙坤 啥？她反映什么情况了？

姜文兰 我反映的是实际情况。

赵丙坤 姜文兰，你还有完没完呐啊？

姜文兰 没完，怎么了，今天有镇领导在场，你得把事情给我说清楚！

乔贵元 好吧，赵书记，你既然来了，那就把事情说清楚吧！

姜文兰 乔同志，我先说。

（唱）赵丙坤做事太无情，
　　　他的心就没有在家中。
　　　好事我从来不能碰，
　　　吃亏的事我却次次当先锋。
　　　政府扶持的农机先要让群众，
　　　上级发的农具先让别人领。

别人家建大棚他件件挂心中，

我为了建大棚四处求亲朋。

七凑八凑好容易把大棚盖好，

就等着能贷款把蔬菜来种。

他却是忙完西啊又忙东，

大棚空着我却无钱来播种。

你让我一弱女子如何把家撑？

乔贵元 赵书记，你看把嫂子给累的。

梁　嫂 大妹子，这是怎么了？

姜文兰 梁嫂，你来得正好，你给评评这个理，全村谁家的事他都管，可我自家的事他就是不管，这季节不等人啊，我都急得不行了。

【焦急】

赵丙坤 文兰！

（唱）梁嫂一家日子过得难，

村委会有责任帮她渡难关。

建大棚是一条致富的路，

我身为领头人岂能旁观。

乔贵元 你帮大家这没错，可自家的事也得管啊，人家都打了 12345 了，这事你说怎么回复吧？

梁　嫂 这谁还把赵书记给告了？乔同志！

（唱）赵支书是俺全村的贴心人，

你挨家挨户地问一问，

富裕的哪家不是他帮衬，

贫困的谁家没受过他的恩。

俺儿子上大学丈夫病缠身，

要不是支书来帮衬，

俺家何年能翻身？

这样的干部和群众一条心，

全村人都把他当成自家人。

乔贵元 可这群众举报我得回复，老赵同志，您得表个态啊。

梁　嫂 谁告的，谁这么没良心啊？

姜文兰 是我，我告的！

赵丙坤 【垂头】唉！我无话可说。

姜文兰 乔同志呀！他当支书这些年，一门心思地只知道村里的事，大家的事，群众的事，对我们家自己的事几乎是不闻不问。孩子考学报志愿的时候他在给村里跑项目，老人生病的时候他在给李大伯办五保，有一次我发高烧，难受的直说胡话，可他却在给张大嫂家小麦浇封冻水……我真过够了这样无靠无依的日子了，我打举报电话告他，只想叫他踏踏实实做我家的顶梁柱啊……

赵丙坤 文兰，我……

（唱）一席话激起我心中波澜，

对贤妻真让我羞愧难言。

村支书官虽小担的是重担，

对百姓对全村我心坦然。

我身为一名共产党员，

群众有困难我岂能不管？

文兰呐贤妻呀只能委屈你，

为建美好家园再苦再累咱夫妻也要情愿心甘……

姜文兰 丙坤，我……

乔贵元 姜文兰志同，让你受委屈了。丙坤同志，以后你在顾大家的同时可不能忘了小家啊。

赵丙坤 好，接受领导批评，我郑重向姜文兰同志道歉。

乔贵元 这就对了。

姜文兰 其实我也知道你不容易，行了，我原谅你了。

众 真的？这可太好了……

（伴唱）这举报啼笑皆非不一般，

夸赞了只为百姓的"九品官"。

他处处为大家谋福利，

他公而忘私一腔热血谱新篇。

梦 回 洋 桥

人物表

唐玉昌　顺义县知事（儒雅）

熊希龄　顺直水利委员会会长（刚直、正义）

朱其慧　熊希龄夫人（美丽、聪慧）

英世会　顺义水文站技师

魏振铭　县佐，劳工督办（憨厚、善良）

曹　锐　直隶省省长，曹锟四弟（保定口音，贪婪、狡诈、强势）

曹少珊　曹锐儿子（慎昌洋行中国买办，后为民国政府北京法庭庭长）

曹二姑　曹锐六妹（天津口音，泼辣、强悍）

张副官　奉系军少校（军阀土匪）

阎团长　直系军团长（兵痞）

北洋军士兵　4人

奉系士兵　4人

直系士兵　4人

民国警察　4人

（以上兵士可重复使用，服装不同）

群众演员若干

第一场 洪 灾

时间：1919 年夏末。
地点：李遂新堤前。

魏振铭 （内唱）潮白河发大水势不可挡。

【天降大雨，洪水成灾，民众纷纷逃命，魏振铭在大雨中疏散难民】

魏振铭 乡亲们，快走。老天爷，这雨下个没完啊。

（唱）潮白河水势猛堤坝难挡，

李遂镇多水患今又遭殃。

修神塔镇河妖又拜龙王，

这洪水似猛兽依然疯狂。

看下游万亩田成了汪洋，

众百姓成难民四处逃荒。

（白）潮白河，潮白河，您能给我们一条活路吗？

【唐玉昌头戴草帽，身披蓑衣上，急急走来，看到老魏】

唐玉昌 老魏！情况怎么样，有没有伤亡？

魏振铭 唐知事，这么大雨，有我在就行了，您怎么还来了？

唐玉昌 这么大雨，我能不来吗？情况怎么样？

魏振铭 今天早上一起炕，我就感觉不对劲儿，这雨下得邪性，我起来就向这堤坝跑。到这一看，我的老天爷啊，这坝保不住啊。我赶紧儿地敲锣，让乡亲们走啊！还好，还没有伤亡。

唐玉昌 这就好，这就好啊！

魏振铭 我说唐知事，这潮白河必须得治，得让它归位，不能占了箭杆河的道啊。

唐玉昌 我岂能不知啊。这苏庄堤坝，修了开，开了修，这都成了顺义县最大的顽疾了。

魏振铭 劳民伤财，咱穷苦人担不起了啊。

唐玉昌 谁说不是呢！唉！

（唱）　一心想做功德事，

　　　　只怨此生不逢时。

　　　　天下混战为争势，

　　　　外强侵华任蚕食。

　　　　时局混乱无宁日，

　　　　民间疾苦谁人知。

　　　　万亩农田被洪水吞噬，

　　　　这寒冬庄户人如何度日。

魏振铭　唉！没办法，碰上这样的年景，只能拉棍子要饭去，穷苦人，就这命。

唐玉昌　您看这大坝，咱能不能叫点人再堵一堵啊？

魏振铭　您瞧这水，就是把牛栏山推下去，也堵不住啊。

唐玉昌　那就让它这么流，那三河、香河、宝坻怎么办？

魏振铭　我的县太爷，先想想我们怎么办吧！

唐玉昌　这雨还越下越大了，唉，这老天啊！

魏振铭　走吧，到前边测候所待会吧。

唐玉昌　这测候所还是熊会长给立的，关键时候也能起点作用啊。

魏振铭　是啊，前两天水位涨得快，测候所的小英就找过我。

唐玉昌　关着门呢，您叫一下门吧。

魏振铭　【拍门】小英子，开门，让唐知事避一下雨吧。

英世会　来了，唐知事，您来得正好，我们会长正想找您呢。

熊希龄　【熊希龄及夫人朱其慧从内屋出来，手里拿着一张地图】唐知事。

唐玉昌　熊会长，您什么时候来的？下官有失远迎啊。

熊希龄　行了，这些客套话留给别人吧。这是我夫人，朱其慧。

唐玉昌　"宝山才女"，如雷贯耳，以联择亲，天下美谈。

魏振铭　这是怎么回事？

唐玉昌　老魏啊，相当年，沅洲府朱太守出一上联，为"宝山才女"朱小姐择亲，这上联是："养数盘花，操春秋消息。"征联以出，全府震动。熊会长写出下联："凿一池水，窥天地盈虚。"朱太守见罢拍案叫绝，便成就了这段旷世姻缘啊。

朱其慧 都是笑谈，唐知事为人刚正，心系黎民，小女也有耳闻。

唐玉昌 夫人夸奖了，您与熊会长一来，我顺义可就有救了。

熊希龄 您来看，【边说边打开地图】今年雨量大，永定河、大清河、子牙河、南北运河五大水系都有险情，洪水漫溢，已有多处决口。

唐玉昌 我潮白河灾情最重，您看，苏庄新堤又被冲开，这大坝是去年刚修的，可洪水一来啊，唉。

（唱）修堤坝挖河道年年操劳，

听打雷见下雨我胆战心焦。

要说顺义风土人情样样好，

可民众的收成并不高。

就因为这堤坝把财力损耗，

不治好潮白河我无脸见父老。

熊希龄 （唱）潮白河源塞外古老河道，

水量大山谷深气势如潮。

苏庄以下是平原河槽窄小，

若治洪在此处必设闸桥。

朱其慧 （唱）此处地势如咽喉建闸最妙，

就好似拦住了潮白河的腰。

熊希龄 （唱）修水渠引河水重回旧道，

潮白河汇入北运河方可百年牢。

唐玉昌 （唱）修闸桥保下游当然是好，

上游百姓也担心水位增高。

熊希龄 唉！（唱）这上游是山区地势本就高，

在密云建水库来把上游保。

魏振铭 熊大人，这修水库那钱可海了去了，您能有那么多钱？

熊希龄 （唱）顺直水利衙门小，

赈灾全凭四处讨。

所余资金非常少，

无力支持建闸桥。

唐玉昌 我们顺义知事公署也没有钱啊，凑几万可能还行，这得几百万啊。

熊希龄　咱们得一步一步地来，修水库先放一边，先说这闸桥，小英啊，您测算一下，建这样一个闸桥，得需要多少钱？

英世会　我测量过，我们应该先在东北方向修一个泄水闸，在西北方向再建一个引水闸，然后由苏庄至平家疃挖一条引河，把潮白河水引入通州北运河，这样下来，至少得需要二百万元。

魏振铭　我的个亲妈啊，二百万啊！

熊希龄　我们顺直水利委员会最多只能拿出五十万。

唐玉昌　这可怎么办？

熊希龄　没有别的办法，您只能去找直隶省长曹锐。

唐玉昌　我是县长，他是省长，差得太远，我进不了他的门啊！

熊希龄　您不去找他，恐怕这桥是修不成的，得有他的批文啊。

朱其慧　我认识曹二姑，曹锐的亲妹妹，如果能打通她这一关，就能带您见到曹锐。不过，此女可是个贪财的主儿。

熊希龄　曹锐此人更贪财，这完全是段其瑞想拉拢曹锟，才推荐曹锐当了直隶省的省长，在这之前，他在一个小店铺学徒。

唐玉昌　让您这么一说，我找还是不找啊？我可没这么多钱去铺路啊。

熊希龄　这尊神您绕不过去啊！

唐玉昌　他要是狮子大开口，我们怎么办？

熊希龄　反正我们现在没钱，不找他肯定建不了闸桥。找了他，有可能建起一座大闸桥。他贪钱，他得先给你钱啊，我们怕什么？

唐玉昌　这倒也是，光脚的不怕穿鞋的。为了让顺义百姓不再受水灾之祸，能让老百姓过上安生的日子，我就是把命押上，又待如何？

魏振铭　还有我，我这条命也一起押上！

熊希龄　我毕竟和曹锟还有些交情，曹家人对我还不敢太过分，应该没事。

朱其慧　唐知事，我领您去见曹二姑，让她引路，您先会一会曹省长再说。

唐玉昌　好！为了顺义黎民，他就是阎王殿，我也要走上一遭。

第二场　拜二姑

时间：1919 年秋。
地点：曹二姑府上。

【朱其慧带唐玉昌上】

唐玉昌　夫人，我听说这曹二姑是袁大总统的姨太太，又是曹锟的六妹，这个女人不好惹吧。

朱其慧　她只是袁世凯的妾，不在九大姨太之列。

（唱）说起这曹二姑可是人物，
　　　　嫁给了袁世凯成了名流。
　　　　想当年曹锟是新军一小卒，
　　　　将六妹硬送给袁世凯为奴。
　　　　曹锟他才有了高官厚禄，
　　　　曹二姑性彪悍威震袁府。
　　　　姨太太见了她都退避让路，
　　　　直气得袁总统时常动粗。
　　　　袁总统想称帝只怨命苦，
　　　　八十三天丢江山一命呜呼。
　　　　大树倒猴狲散她逃出袁府，
　　　　隐居在曹府旁成了二姑。

唐玉昌　（唱）此女人走偏锋名震江湖，
　　　　　　我一大男人怎么和女人斗。
　　　　　　此女人不自重我难出手，
　　　　　　我只好硬着头皮进曹府。

【进了曹府】
【朱其慧在前，曹二姑夸张地迎出来】

曹二姑　哎呀呀，我的个天呐，这不是女臣官吗？没有远迎，可失了大礼了，您快坐，快上坐。这是谁呀？

朱其慧　什么女臣官，袁总统有任命，我可没去任。以后不得瞎说。

曹二姑 这不跟您逗着玩嘛。

朱其慧 二姑您坐，我来引见，这位是顺义县知事唐玉昌。

曹二姑 嘛玩意儿？县知事，那不就是县太爷嘛，官不小啊，空着手来的？

唐玉昌 【忙从衣袖里抽出一张银票递上】

曹二姑 哈哈，您瞧我这张嘴哎，当年袁世凯就骂我嘴上没把门的，我就这么一说，【低头看银票】哎呀，才一百块钱哎，您也拿得出手啊。

朱其慧 行了，二姑，人家刚进您家，您这么闹着玩儿人家吃不消。

曹二姑 我就这脾气，不是都说贼不走空嘛。嘛贼不走空，又说错话了，让您见笑了，您坐。你们这是为嘛事来的呢？

朱其慧 这位唐知事，想见见四哥。

曹二姑 我四哥？那可是个大人物，人家是省长，忙，忙得很啊。

（唱）我四哥坐省长八面威风，

　　　　掌管着直隶省大事小情。

　　　　从早晨忙到晚没个消停，

　　　　要想见他一面实在难定。

朱其慧 知道不好见，这不才来求二姑您嘛。

曹二姑 求我，就一百块钱，这不逗我玩嘛。

唐玉昌 在下实在寒酸，我见曹省长有大事，事成之后，必有重谢。

曹二姑 嘛大事啊，求见他的人都是为了买官的，一个县知事一万块呀。唉，您不都当上县知事了嘛，还买嘛官？想换个肥缺儿呀？天津知事得五万块，还得要现大洋。

唐玉昌 二姑误会了，我是为修桥的事求省长。

曹二姑 修桥？公事呀？

唐玉昌 我们顺义要建一座闸桥，想请曹省长批准。

曹二姑 建桥啊，建多大的桥啊，是小河沟的桥还是大河上的桥？

朱其慧 他们只是建个小桥。【朱其慧暗用手势制止，没制止住】

唐玉昌 是潮白河上的一座闸桥。

曹二姑 我说朱臣官，您当我真傻哎，这潮白河可不是小河沟。这要在潮白河上建闸桥，这活儿可不小啊，不得几百万的钱啊？

（唱）潮白河修大桥心气挺高，

　　　　这是要拿银子去打水漂儿。

　　　　您就是把国库翻个底儿掉，

　　　　怕也难搜罗着仨瓜两枣。

　　　　现时局民国政府乱糟糟，

　　　　抢地盘争权力谁管您修桥。

　　　　这多钱除了我您没地去找，

　　　　我们家那可是天下第一曹。

唐玉昌　是，是，是。除非曹家出面，这事根本就办不成。

曹二姑　这样吧，咱明人不说暗话，这事难度挺大呀，我不能白忙乎。

唐玉昌　不知二姑怎么说？

曹二姑　一口价，这个数。【一伸手】

唐玉昌　一万？

曹二姑　你妈的一万，十万！少一分我也不管。

唐玉昌　【吓得一个趔趄，差点坐地上】十万？

曹二姑　小家子气，没见过钱吧，在我二姑手里过的钱都他妈上亿，十万算个屁呀！行不行，说话，二姑我还等着打麻将去呢。

唐玉昌　【擦着满头汗】行。

曹二姑　哈哈哈，这小白脸，还挺招人喜欢，想不想纳个小啊？不行了，我他妈过岁数了，行了，送客。

第三场　巡　察

时间： 1920 年春。

地点： 顺义县知事公署。

【四名北洋士兵持枪出场，曹少珊出场，曹锐上场。以讽刺、搞笑为主，丑化以上人物】

曹　锐　（唱）六妹说这顺义要建闸桥，

　　　　这项目可不小我得瞧瞧。

　　　　咱不能让肥水往那别家田里跑，

到顺义刮地皮走上一遭。

（白）哼！顺义知事公署，这衙门够气派。

曹少珊　一看就有钱。

曹　锐　哼！这儿咋没人呢？这牛栏山你考察过了？

曹少珊　（唱）您的吩咐哪敢拖，

我已经认认真真、仔仔细细去看过。

牛栏山，风景妙，

婀娜多姿烟硝缥缈。

山顶上，松柏深处有古庙，

山背后，条石开采便是宝。

牛山古镇好热闹，

天下商贾都聚到。

商铺如云街显小，

烧锅老酒数得着。

若把此山咱占了，

风水宝地头一号，头一号。

曹　锐　嘿嘿！那慎昌洋行什么态度？

曹少珊　他们开发，五五分成。

曹　锐　这笔买卖干得漂亮！

曹少珊　不过，得先让唐玉昌在文书上签字，只要他签了字，这事就算
妥了！

曹　锐　先开山采石，等把本钱赚回来再说。

曹少珊　牛栏山上有座娘娘庙，山下有元圣宫，都是香火鼎盛，远近闻
名，这庙动不得。

曹　锐　那就先从后山开挖。

曹少珊　我已经带慎昌洋行的技术人员看过了，牛栏山上的石头非常珍
贵，要是运到日本价格很高，据他们估算，如果能开采上一年，
五百万贷款就能翻倍赚回来。

曹　锐　太好了，只要把牛栏山抵押到我们手里，外国洋行，哼哼！我
早晚把他们挤跑。外国人一走，这牛栏山就是我曹家的了。

曹少珊　父亲高明！

曹　锐	将来在牛栏山建一个庄园，再建一个酒厂，那将是财源不断，我曹家子孙后代何愁不发达。
曹少珊	让唐知事签字画押恐怕还得费一番周折。
曹　锐	哈哈，我一个省长，对付一个小县长，还用得着费力吗？
曹少珊	正说着，他来了。
曹　锐	好，让他进来。
曹少珊	宣！唐知事晋见呐！
唐玉昌	【急急上】

　　　　（唱）闻听说曹省长亲临我县，

　　　　　　　不知道这魔王要发何难。

　　　　　　　我必须多谨慎细来查颜，

　　　　　　　掌时机沉住气智斗罗阁。

　　　　（白）卑职唐玉昌，拜见省长大人。

曹少珊	什么省长大人，叫省长阁下。
唐玉昌	【故装慌张】阁下拜见卑职。
曹　锐	这是让我拜见您啊？
唐玉昌	卑职拜见阁阁阁下。
曹　锐	唐知事，本官来顺义巡察，见顺义河堤决口，灾情严重，很多灾民出逃尚未回来，你作为县知事，是否救灾不利啊？
唐玉昌	卑职正在四处求援，想办法解决灾民的生活问题，可顺义财力有限，实在无力回天。
曹　锐	洪水冲开河堤都快一个月了，你为何还没堵上？
唐玉昌	卑职正在修复土坝，听说省长阁下驾到，特从工地上赶回来迎接阁下。
曹　锐	又是修坝，去年修的坝今年冲了，今年修的坝明年又冲了，你这不是劳民伤财吗？
唐玉昌	这潮白河连年决堤，苏庄以下河段灾情不断，灾民生活艰难，顺义县贫困力薄，没有能力修建闸桥，还请省长阁下明鉴。
曹　锐	哈哈哈，唐知事，你这才说到点子上，修闸桥，才是防洪治灾的根本。可修闸桥可不是一件小事啊，这钱从何而来？
唐玉昌	还望省府支持。

曹少珊　唐知事，别说省府，就是国库现在能拿出这么多钱来吗？

唐玉昌　这！

曹　锐　我是直隶省长，本省发生这么大的洪灾，我不能不管，钱的事我来想办法，你们修这座桥，得需要多少钱啊？

唐玉昌　至少得二百万现大洋。

曹　锐　你觉得这么多钱，这省府能拿得出来吗？

唐玉昌　卑职认为，确实很难。

曹　锐　那你到底想不想修这座闸桥呢？

唐玉昌　如果有钱，当然想修。

曹　锐　钱我倒是可以帮你去借，能给你筹到这笔钱，不过，你顺义也得承担一部分，不能让我省府全部承担。

唐玉昌　不知我顺义如何承担？

曹　锐　唐知事，虽说现在是共和了，可时局动荡，此时去借这么大一笔钱，没有抵押谁也不会借你！

唐玉昌　抵押？顺义拿什么抵押？我这公署衙门也值不了这么多钱啊？

　　　　（唱）一听押抵心发毛，

　　　　　　　其中是否有圈套。

曹少珊　（唱）此时慎言将计抛，

　　　　　　　不可大意露马脚。

曹　锐　（唱）此人缜密且胆小，

　　　　　　　要想拿住得有高招。

曹少珊　（唱）计策孩儿已备好，

　　　　　　　看我如何将他套。

　　　　（白）唐知事，你来看，美国慎昌洋行是做国际大贸易的，在北京的业务发展很快，他们看中了你牛栏山，想在这建一个工厂，他们可以出资三百万。

唐玉昌　他们要买下牛栏山？

曹少珊　不是买，是租，租下你牛栏山后边这个小山，在这里建一个工厂，租期三十年，人家一次付给你租金三百万，你就可以建闸桥了。

唐玉昌　此事听上去倒也可行。

曹　锐　　如果不可行我能出面担保吗？

唐玉昌　是否有租用文书？

曹少珊　文书当然有，你看！

唐玉昌　这文书为何是洋文？

曹少珊　这和洋人签文书当然得是洋文啊。

唐玉昌　这文书我看不懂啊，这字我怎么签啊。

曹少珊　难道你怀疑省长会骗你？我们已经做了很多工作，能把这个合同拿来已经费了很多周折，这字你必须得签！

唐玉昌　这！这！我不敢签啊！

曹　锐　　这是对我不信任啊？

唐玉昌　我签了字，这钱真能给我？

曹少珊　那当然，钱我们都带来了，只要你签了字，闸桥即可动工。

唐玉昌　（唱）为潮白河不再决口，

　　　　　　　　为乡亲不再受洪灾苦。

　　　　　　　　这就算是生死文书，

　　　　　　　　我唐玉昌也愿把命赌。

　　　　【唐玉昌签了字，曹少珊将一袋子钱送给唐玉昌】

唐玉昌　不是说三百万吗，怎么就这么少？

曹　锐　　唐知事，民国五年，给了您三十万，让你修大坝，结果，民国六年就被冲毁了，对不对？

唐玉昌　是！

曹　锐　　今年给您三百万，你建一个闸桥，明年再被冲毁，怎么办？

唐玉昌　这！

曹少珊　唐知事：

　　　　（唱）建闸桥与筑坝可不一样，

　　　　　　　　可不是找些劳工垒土墙。

　　　　　　　　得需要钢砖铁瓦铸金刚，

　　　　　　　　顺义县可没有这样的工匠。

　　　　　　　　这工程得需要外国洋行，

　　　　　　　　先画图做设计再制试样。

　　　　　　　　早为你安排好慎昌洋行，

买材料招劳工钱已到账。

（白）听懂了吗？

唐玉昌 没听懂，这钱去哪了？

曹少珊 （唱）这位洋人叫罗斯，

慎昌洋行的总经理。

苏庄闸桥他设计，

包工包料一手齐。

二百万定金付一期，

后面资金你凑齐。

唐玉昌 后面还要资金啊？

曹少珊 （唱）修完一期有二期，

引水闸修完还有泄水堤。

唐玉昌 那这些钱做什么使？

曹少珊 （唱）雇劳工运材料事情都归你，

车马费劳工费全在这里。

唐玉昌 啊，这点钱怎么够？

曹少珊 （唱）从洋行贷巨款为民出利，

但这钱你得要还款付息。

牛栏山做抵押三十年为期，

洋行要建工厂你不可干预。

唐玉昌 也只好如此。

曹　锐 唐知事，这闸桥你要用心修建，若是听我的话，把活干好，你
的前途不可限量。

唐玉昌 卑职感谢阁下抬举。

第四场　问　计

时间： 1920 年冬。

地点： 顺直水利委员会公署。

【熊希龄在办公桌前看着地图，夫人朱其慧上】

朱其慧 段祺瑞下台后，这曹锟可不得了，被徐世昌任命为直鲁豫三省巡阅使，他手下有吴佩孚、冯玉祥这样的干将，下一步恐怕要掌控北京的时局了。

熊希龄 这样一来，这曹家的势力可就更大了。对时局我不感兴趣，可眼下这座苏庄闸桥怎么办？

朱其慧 其实曹锟得势，对咱们修这座大桥是有利的，如果曹锟败了，那曹锐也必然跟着完蛋，弄不好这修桥的事就泡汤了。

熊希龄 我担心曹家势力做大，我们就更无法控制他们了。

朱其慧 苏庄闸桥工程不是已经定了吗，听说慎昌洋行正在设计图纸呢。

熊希龄 可这设计图纸我们没有拿到，不知道他们如何设计啊。

（唱）潮白河水量大洪灾常发，

　　　　过苏庄是平原堤坝难架。

　　　　同治年李鸿章建过防洪闸，

　　　　民国元年箭杆河清淤修坝，

　　　　民国五年又架坝，

　　　　可到头来全部被冲垮。

　　　　治理潮白河成了神话，

　　　　这一次再失败何脸面天下。

朱其慧（唱）你本已隐退政界解了甲，

　　　　发誓不再把政界门槛踏。

　　　　去年京畿五条大河洪水发，

　　　　百万民众四处逃荒无了家。

　　　　为灾民敢和大总统去吵架，

　　　　冯国章逼你出山把赈灾抓。

　　　　三十万救灾款总理亲发，

　　　　几百万大缺口需你想办法。

　　　　你变卖资产带头把款搭，

　　　　靠威望找政府再把名流拉。

　　　　灾民过冬有棉衣流民回了家，

　　　　灾情过后你还要治河建坝。

　　　　修闸桥几百万事比天大，

我担心为此事别把你压垮。

熊希龄 夫人，

（唱）我本是对政界痛恨到家，

相当年任总理被逼无法。

袁世凯玩诡计将我当筹码，

心意冷离官场隐居四海家。

见不得受灾区民众苦大，

这才又为赈灾重把政界踏。

朱其慧 我知道你的难处，既然兴办水利，就离不了和官场打交道，好在你也在官场混迹多年，对付他们还是有实力的。

熊希龄 修这样的闸桥确实需要天大的资金，光靠我们的力量是不够的，只能是四方求援，能凑多少算多少。至于唐知事能不能从曹锐那争取到钱，还真不好说。

朱其慧 这么混乱的时局，要建成一座闸桥可真不容易啊。

熊希龄 顺直水利委员会已经对潮白河进行过全面勘测，要想彻底治理潮白河，从牛栏山交汇处开始，分五级建五座闸桥，在上游的密云、怀柔以及唐指山修建三座大型水库，这样就可以完全驯服潮白河，可从今天看，这只能是一个梦，永远实现不了的梦啊。

朱其慧 要完成这样的工程得需要巨额的资金，恐怕把民国卖了都不够呀！

熊希龄 什么时候能完成这样的伟大工程，我中华就真正到了复兴的时候，中华才真的有希望，这不知要过多少代啊。唉！只可惜我泱泱大中华啊！

唐玉昌 【拿着图纸上】熊会长。

熊希龄 怎么样？

唐玉昌 【打开图纸】您看，这是他们设计的图纸。设计师跟我说，得按这个图纸建闸桥，可按这个方案建闸桥，至少得要五百万现大洋。可曹省长只给贷了三百万，他还扣了五十万，这不要我的命嘛。把牛栏山都押上了，这要建不成这座桥，我怎么对得起顺义老百姓啊。

熊希龄 其慧，你把英世会找来，他是专家，这怎么还把牛栏山押上了？

唐玉昌 （唱）开始我不知是曹锐做局，

　　　　　　还以为曹省长深明大义。

　　　　　　他说洋行建工厂需要土地，

　　　　　　租借牛栏山三十年为期。

　　　　　　没承想牛栏山石料珍奇，

　　　　　　建工厂卖山石一本万利。

　　　　　　曹锐他与洋行对半分利，

　　　　　　我愚蠢未识破他的诡计。

熊希龄 （唱）这曹锐向来是见财起意，

　　　　　　仗权势横征暴敛花样离奇。

　　　　　　将县缺标明价卖官谋利，

　　　　　　曹锟家族势力大你我难抵御。

唐玉昌 我知道，我位卑言轻，这个黑锅我背也得背，不背也得背呀。这个闸桥要是修不好，我恐怕还得当那个替罪羊。

【英世会与朱其慧上】

熊希龄 别急。世会，来，我们一起先看看这图纸。

英世会 他这是在左侧建一拦河闸，也叫泄水闸，为三十孔；在西侧建一进水闸十孔；由苏庄至平家疃挖一条引河，南流通县大运河，这样就减轻了箭杆河的压力。从技术上讲，这和我们原来设想的基本一致，不过，这个设计对建造技术要求更高，要采用钢筋混凝土架构，这可是我们以前从没做过的，是当今世界最先进的筑桥技术，保证一百年不成问题。

唐玉昌 难怪需要五百万呢。

英世会 按这个要求，我们可建造不了，这闸桥只能由慎昌洋行来造，他们就连砖瓦都能从美国进口，这钢筋混凝土，也得从美国运来。

熊希龄 若真能建成这样一座桥，对顺义、对直隶倒还真是一件好事。

英世会 这是我梦想的一座闸桥，可我不敢这样设计，我们根本建不了。

熊希龄 既然设计上没有问题，剩下的，就是钱的问题了。

朱其慧 可是，钱太多啊！

唐玉昌　我可不敢再找曹省长了，他能把顺义给卖了。

熊希龄　先干起来，走一步说一步，这样乱的时局，谁知道后面是什么。英世会，您还得回顺义苏庄测候所，您要帮着唐知事盯着这个工程。

英世会　好，我跟唐知事一起回去。

唐玉昌　他们要开采牛栏山可怎么办？

熊希龄　你已经签了文书，恐怕不好阻挡了。

朱其慧　找曹锐讲条件，他们开采牛栏山，必须在闸桥动工之后，闸桥不动工，他们也不能动。

唐玉昌　可他们要是不听呢？

朱其慧　你不要出面，召集民众，到总统府告他去。民众一闹，他就不敢硬来，拖上几年，说不定他曹锟也会垮台。

唐玉昌　此计甚妙。

第五场　讨　债

时间：1922 年春。

地点：顺义县知事公署。

唐玉昌　（唱）几天来运材料累弯老腰，
　　　　　　　招劳工搭窝棚日夜操劳。
　　　　　　　看万事都具备明日开槽，
　　　　　　　怕只怕节外生枝出邪招。

魏振铭　唐知事，劳工都已经齐了，这个月的粮饷您得赶紧给呀，我明天得派人买粮去。

唐玉昌　那要多少钱啊？

魏振铭　先拉一个月的，一万八。

唐玉昌　啊，这么多？

魏振铭　唐知事，什么意思？怀疑我骑驴啊？

唐玉昌　不不不，您误会了。我是想啊，一个月要一万八，一年就得二十多万啊，这么多钱我可怎么办啊？

魏振铭　找钱是您的事，找人是我的事，我只管招募劳工，这吃饭的事和工钱可是您的。

唐玉昌　我知道，这一万八您先拿去，明天买粮。

【曹二姑大模大样地上】

曹二姑　嘿！我就说啊，这工程一开，金银全来，唐知事这是发大财了。

唐玉昌　老魏您先退下。二姑，您怎么来了？

曹二姑　这话说的我就不爱听了，找我的时候您跑到天津，这你妈工程下来了，就不理我了，我大老远的来了，还问我干吗来了，您还是不是人啊？

唐玉昌　二姑，是我不对，我这一忙就没顾得上。

曹二姑　找我的时候您顾得上，这完事了就顾不上了，我来干吗您不知道吗？

唐玉昌　知道，知道，可我手头上实在没钱啊。

曹二姑　您个大老爷们，说完的话还能缩回去，您可亲口说的，完事给我这个数。【伸了三个手指头】。

唐玉昌　不对，是十万。

曹二姑　这可是您说的，赶紧拿钱吧。

唐玉昌　那您这是什么意思？

曹二姑　就您这脑袋还当知事呢，动心眼您差远了。我伸三个指头，可我没说话，您自己就喊十万了，我要是伸一个指头，还不知您给我砍下多少呢。

唐玉昌　【一拍脑袋】哎呀！

曹二姑　跟我斗，当年袁世凯就是让我气死的。要是不把我弄高兴了，一会我也把您气死，您信吗？

唐玉昌　我今天真拿不出钱来。

曹二姑　赖账是吧，您以为一说没钱我就没治了是吧。

　　　　　（唱）明日开工我今天来，

　　　　　　　　二姑我不怕你耍赖。

　　　　　　　　钱不到手你休想把工开，

　　　　　　　　拿不住你个小知事我妄称二姑奶。

唐玉昌　您这是何意啊？二姑！

曹二姑	好！【拍了一下手，曹少珊进来了】侄儿，您说的没错，这唐知事没钱，他这还没准备好呢，你再等几个月开工。
曹少珊	好嘞！
唐玉昌	慢，这工千万停不得，二姑您高抬贵手。
曹二姑	看了没？他拿我跟他逗着玩呢，以为我是吓唬他。
曹少珊	那行，我再和罗斯计算一下，这开工还真不能急。
唐玉昌	别，曹公子，我错了，我只是手头上没这么多钱，宽限我两天。
曹少珊	唐知事您可想好了，是想留我姑姑在您这多住两天是吗？这一天的开销您算了吗？要是我姑姑住得不舒服了，小心把您顺义闹翻了天。
唐玉昌	唉！我这怎么和民众交代啊！【转身进屋拿钱】
曹少珊	姑姑说什么时候开工，我听您一句话。
曹二姑	这是四哥的事，我不敢掺和，只要钱到手，你们就按你们的做吧。
唐玉昌	【唐玉昌手捧着十万块钱送给曹二姑】二姑收好。
曹二姑	我这大老远的来了，连顿饭都不管，以后有事别他妈地找我了。
唐玉昌	下官失礼！
曹二姑	行了，不跟您废话了，我走了。
唐玉昌	恭送曹二姑。【曹二姑下，曹少珊拉住唐玉昌】
曹少珊	唐知事，明天可就开槽了，这么一大伙子人，您怎么没个喜钱啊？
唐玉昌	怎么还有喜钱？
曹少珊	这可是惯例，大工程开槽，可都是这个规矩，洋人那里，大小主事的，您都不给，这以后工地上要是出点什么事，别怪我没提醒您。
唐玉昌	那又得要多少钱啊？
曹少珊	我算了一下，洋行那边也就十来个人，中方主事的也有十来个人，二十个人，一个一千块钱喜钱，不多，先给我两万吧。不够的我给您垫上，我知道您手头上不宽裕，处处得给您省着。
唐玉昌	【满脸的苦相，无奈地又拿出两万块钱给了曹少珊】
曹少珊	唉！唐知事，牛栏山那边这两天我可就开工了。

唐玉昌　别！牛栏山你可动不得，那是龙脉，你动了要出大事的。

曹少珊　你少来这一套，本来我什么时候动工根本不需要跟你说，我才不管他什么龙脉不龙脉呢。

唐玉昌　少公子，我可是认真的。牛栏山，那是顺义的龙脉，谁敢动，谁就会有大麻烦，不信你就试试。

曹少珊　嘿嘿，唐知事，我曹家从来就不怕麻烦！

　　　　【曹少珊走，唐玉昌垂头坐在椅子上发呆，英世会上，大声地喊】

英世会　唐知事！

　　　　【唐玉昌吓了一跳，一下从椅子上跌落到地上，大声喊道】

唐玉昌　又怎么了！

英世会　【一脸茫然地】唐知事，您这是怎么了？

唐玉昌　是世会啊，我走神了。什么事？

英世会　工地上打起来了，一个洋监工用鞭子打了一个劳工，劳工们不干了，要打那个洋人。

唐玉昌　这还了得，快，去看看。

第六场　罢　工

时间：1925 年春。

地点：顺义县知事公署。

　　　　【唐知事在桌前焦虑万分】

　　　　（唱）耗时四年建闸桥，

　　　　　　　　千难万险谁人晓。

　　　　　　　　曹家心狠将钱捞，

　　　　　　　　民工每天难吃饱。

　　　　　　　　饥饿引起罢工潮，

　　　　　　　　工地一片乱糟糟。

魏振铭　唐知事，不好了，曹少珊带着警察来了。

唐玉昌　他要干什么？

魏振铭　看样子他要动武了。

唐玉昌　这可怎么办啊？

魏振铭　这劳工罢工已经三天了，再这么下去，工地非出乱子不可啊。

唐玉昌　这劳工的粮饷曹少珊扣着不给，却逼我出，我实在找不到钱了呀！

魏振铭　再没钱，这劳工得吃饭啊，饿着肚子干活，而且是这么重的活，劳工怎么受得了啊？再说，你们挖引渠，强征民众的土地，一分钱都不给，开始说好的，迁坟给一百块大洋，迁完了却一块大洋都不给了，民众能不反吗？

唐玉昌　土地征用费也在曹少珊那里，他们早把钱扣走了。

魏振铭　可劳工们都说是被你克扣了，劳工本来是要找你算账的。

唐玉昌　老魏，难道你也相信？

魏振铭　这几年，我都是找你要粮饷，可今年你却突然说没钱了，你说我信谁？

唐玉昌　老魏，这么多年，我是什么人你难道看不到吗？

魏振铭　可我多次要钱你不给，曹少珊却说，钱，早就转给你了，你说让我信谁？工地上几千民工罢工了，我看你们怎么办？

唐玉昌　我们？老魏，民众罢工，不会是你教唆的吧？

魏振铭　我不能眼睁睁地看着民工饿死，我是替他们讨口饭吃！

唐玉昌　魏振铭，你！

　　　　（唱）这闸桥开工整四年，

　　　　　　　我天天都过鬼门关。

　　　　　　　钱粮不够我卖了家产，

　　　　　　　舍下老脸我四处借钱。

　　　　　　　三年未曾把家探，

　　　　　　　不知老母身可安。

　　　　　　　妻儿多年没谋面，

　　　　　　　身家性命做赌盘。

　　　　　　　盼只盼闸桥按期河上现，

　　　　　　　我就是死在这里也心甘。

　　　　　　　老魏你不该对我有成见，

　　　　　　　更不该情况不明乱放箭。

怕的是民众罢工引骚乱，

这天大的责任你如何承担？

魏振铭 （唱）民众挨饿你却不出钱，

谁知你与曹家是否有牵连。

百姓有难没人去管，

罢工的后果我一人担。

唐玉昌 老魏，你好糊涂啊！

（唱）眼看着直奉两军要交战，

怕的是工程未完天下乱。

到头来前功尽弃闸桥断，

我就是以身谢罪也难安。

英世会 【慌张地跑入】不好了，开枪了，真的开枪了。

唐玉昌 谁开枪了？

英世会 警察开枪，曹少珊下的令。劳工不复工，警察去了，双方对峙
起来，后来有劳工晕倒，劳工开始情绪失控，冲向警察，警察
就开枪了，有十几个人倒下了。

唐玉昌 快走，我去看看。

英世会 【拉住唐】您不能去，您现在去工地，劳工能把您吃了。

唐玉昌 这！

英世会 有人在工地上散布流言，说您贪污了劳工的粮饷，他们想找您
算账，曹少珊派警察堵着，双方才打起来的，要不然，您现在
就完了。

魏振铭 是我散布的流言。

唐玉昌 难道，您真的怀疑是我贪污了吗？

魏振铭 【情绪激动】我不知道，但是我知道，劳工没饭吃！

唐玉昌 你们看看，我把能值点钱的东西都卖了，我把个人所有的钱都
搭进去了，我还贪污？

魏振铭 这工地上出了人命，我看您到底怎么办？

唐玉昌 老魏！

（唱）几年来我与你亲密无间，

我一直将你当成兄弟看。

我与你从来是无话不谈，

我同你都可以相照肝胆。

不承想你背后突矢冷箭，

不承想需你时你却发难。

都道是人心难测我瞎眼，

被朋友出卖叫人心寒。

老魏呀，

前面就是万道关，

为民众我披肝沥胆敢战天。

既然敢把闸桥建，

天大的责任我一人承担。

英世会 老魏，县佐当时间长了，是想往上升一升了吧？我看你这段时间和曹少珊打得火热，恐怕是攀上高枝了吧？

魏振铭 我是为民工说话。

【曹少珊带着四个警察进来】

唐玉昌 我的大少爷，谁让您动武的？

曹少珊 唐知事，我告诉您，今天要不是我带警察来，恐怕您现在早就没命了。

唐玉昌 可您不能打死劳工啊。

曹少珊 嘿！姓唐的，狗咬吕洞宾是吧？您如果不信，我现在就把警察撤走，要不了半个时辰，您就会被劳工们吃掉！您克扣劳工粮饷，致使民众罢工，继而引发工地骚乱，造成几十人伤亡，这事要是传出去，唐知事，您就是死了恐怕也要遗臭万年。

唐玉昌 你！

曹少珊 唐知事，我今天带这么多警察，本不是来管你这闲事的，闸桥工地罢工是你唐玉昌的事，我今天来是为牛栏山正式开工的事，谁再敢阻拦，我还要开枪！

唐玉昌 您就是把我杀了，牛栏山你也不能动。

（唱）动一动，天崩地裂，

动一动，龙脉遭劫。

顺义大地雷霆怒发火焰烈，

曹少爷虽仗权势难应接。

上万民众誓与牛山同生灭，

千万家日夜坚守不停歇。

你胆敢炸山开石把神灵亵，

顺义人定让你身败名裂。

曹少珊　（唱）唐玉昌耍诡计要把大事坏，

敢与我曹家为敌想当英杰。

老子用枪开道何惧人撒野，

我要给牛山神敬献几腔血。

唐玉昌　你！现在直奉两军正在开战，你直系军要是败了，我看你还敢不敢动牛栏山。

曹少珊　嘿嘿！你放心，我们要是打胜了，天下就是我曹家的，到那时，别说一个牛栏山，整个顺义，只要我看的中，他也得姓曹。

唐玉昌　曹少爷，我真想送你一句话，人无千日好，花无百日红，失了民心，就不可能干成大事，我唐某等着你。

曹少珊　怕的是你等不了多久。

熊希龄　【熊希龄上】怎么样？我是不是来晚了，工地上发生什么事？

曹少珊　熊叔叔，有我曹少珊在，工地上就出不了乱子。

唐玉昌　熊会长，现在工地上劳工罢工，已经造成了人员伤亡。

熊希龄　现在时局太乱了，好像直奉又要开仗，【面对曹少珊】这次谁输谁赢还不一定呢，我们大家都留点后路吧。

曹少珊　熊叔叔说的对。

唐玉昌　可眼下怎么办？

熊希龄　唐知事，我又筹来五十万，这五十万必须保证工程完工，我也是竭尽全力了。

唐玉昌　熊会长，您不仅是我唐某的救命恩人，您也是我顺义全体百姓的恩人啊，顺义的后人不能忘记您熊希龄的大恩啊。

熊希龄　时局混乱，您可一定要保护好这笔钱啊。这不光是您的救命钱，这恐怕也是苏庄闸桥的救命钱。

唐玉昌　我就是拼上性命，也得保住这笔钱。英世会，给您五万元，赶紧去买粮，让劳工吃饱饭，您在劳工中有威信，这事只能您去办。

魏振铭　这是我的活啊，凭什么给别人？

唐玉昌　凭得是人品，交给你我不放心。

熊希龄　曹公子，这警察一时还真不能撤，等劳工平静下来再说，有劳您了。唐知事为这工程快把命搭进去了，我们就帮他一下吧。

曹少珊　好的，侄儿谨听叔叔的教诲，一定照办。

熊希龄　我还得去蓟运河工地，那里也出现了乱子。唐知事，您可要挺住啊。

唐玉昌　大恩不言谢，熊会长保重。

【熊希龄下，曹少珊让警察也退下】

曹少珊　唐知事，我这警察是现在撤走呢还是再等一天？

唐玉昌　【缓缓地回到座位前，慢慢坐下，稳定了一下情绪后】曹少帅，我知道您曹家富可敌国，不在乎三万五万的，可这点小钱对这个工程来说，都是救命的钱，您大人大量，高抬贵手吧。

曹少珊　行！我也当一回善人，明天下午我再把警察撤走，这警察的车马费你得出，五万，怎么样？如果不行，我立即走人！

唐玉昌　曹公子，这是五万元，我就是卖血，也给您。

曹少珊　唐知事，好，这钱我一分不能少，必须拿走。牛栏山我暂时不动，等这一仗打完咱再说，我们后会有期，再见。

唐玉昌　不送！

第七场　战　乱

时间：1925 年秋。

地点：顺义县知事公署。

【奉系卫兵四人出场，奉系军阀张副官出场（东北口音）】

张副官　顺义县知事公署，够气魄，咋的了，咋没人呢。

唐玉昌　【被一士兵用枪押着进来】

士　兵　这人躲茅房里不出来，我一看就不是什么好鸟，就给逮来了。

张副官　妈了巴子的，您是谁呀？

唐玉昌　顺义县知事，唐玉昌。

张副官	哈哈哈，巧了不是，您说巧了不是，我正是来找您的，结果从茅房里把您给捞出来了。县知事，就是县长啊，官挺大啊，咋躲茅房那旮沓去了？
唐玉昌	本知事正好内急。
张副官	你这正在建一座什么闸桥吧，太好了，我们正好在这打仗，潮白河东岸已经被我占领了，您工地上还剩了很多砖，老子得借用一下啊，修战壕用。
唐玉昌	长官，那砖可动不得。
张副官	您建这破桥干吗使啊？
唐玉昌	预防下游洪水。
张副官	这要是命都没了，还要这闸桥干啥呀？
唐玉昌	有用，留给子孙后代。
张副官	嘿！挺硬气啊。废话少说，这次我渡河过来，时间也紧，不能久留，工地上的砖，老子想用就用，跟你说一声是客气，您还当真了。我东北军来到顺义，您作为东道主，既不迎接，也不拜访，不把我们当回事，是吧？我过来拜见一下当地的父母官，您要是让我空手回去？
唐玉昌	本县正在建设大工程，所有资金都用在建桥上了，本县确实没钱。
张副官	不认我东北军，也不给我们张大帅面子？
唐玉昌	是本县确实无钱。
张副官	对文人就不能用文的，来人，给我搜！
唐玉昌	就你们这样的军队，怎么可能争得天下？
张副官	你说啥？来，把这个家伙给我带走，让他到大帅面前说去。
士兵甲	报告，长官过目。
唐玉昌	这钱你们不能动，这是劳工的粮饷，是劳工的救命钱。
张副官	就你妈十万？真够寒酸的，得，有多少算多少吧。弟兄们，走！
唐玉昌	唉！这是什么世道！
	【紧接着，直系军阀卫兵四人出场，阎团长出场】
阎团长	顺义知事公署，够气魄。
唐玉昌	顺义县知事唐玉昌拜见军爷。
阎团长	别他娘的文绉绉的，听着难受。说实的，听说您资助了东北军

十万大洋啊？

唐玉昌　本县就剩那点钱，已经被他们抢走了。

阎团长　您资助乱匪，又给乱匪提供砖瓦修筑工事，您这是明显地和我们作对呀？我必须以通匪罪处决了您。

唐玉昌　随便吧，我这个月劳工的粮饷已经被抢走了，我实在拿不出钱了。

阎团长　这话说得太绝了，一分钱都没有，来人，搜！细细地搜！

唐玉昌　你们是政府的军队，对自己的臣民怎么可以这样？

阎团长　唐知事，您知什么事啊，这打仗得需要钱啊，没钱怎么打仗啊？大炮一响，黄金万两，军饷谁都缺，就得靠自己筹措，您不资助，我们这仗就没法打，我们也是没办法。

士兵乙　报告，搜到一个密匣，里边只有十几万块钱。

阎团长　哈哈，总算没走空啊，这顺义公署真是肥缺啊，搜了这么多遍，还能搜到钱，太不容易了。弟兄们，走！

唐玉昌　【坐在地上，欲哭无泪】这下完了，这工程本月必须完工，下个月又没粮饷了。

第八场　审　判

时间： 1939 年夏。

地点： 北京审判庭。

【曹少珊以法官身份坐在中间座位上，两边站着四个警察士兵，唐玉昌手戴铁链，被两个警察押上】

曹少珊　唐知事，别来无恙。

唐玉昌　怎么是你？

曹少珊　哈哈哈，我曹家虽然输了，可日本大皇军来了，我就成了北京审判庭的庭长了，你却是我的阶下囚。

唐玉昌　你走了一个爹，又认了一个爹，你还好意思姓曹吗？

曹少珊　唐知事，我来问您，苏庄闸桥是否由您主持修建的？

唐玉昌　是。

曹少珊　这座闸桥什么时候开始修建，什么时候完工？

唐玉昌　民国十一年春开始修建，民国十四年秋完工。

曹少珊　这座投资五百万的闸桥按设计至少可以使用一百年，为何仅仅建成十四年就被洪水冲毁？

唐玉昌　你难道不知道什么原因吗？

曹少珊　我当然知道，有大量资金被你挪用挤占，是你失职造成的。

唐玉昌　被谁挪用挤占？

曹少珊　被你唐玉昌挪用了啊！

唐玉昌　无耻，是你们曹家，你爹！你姑，还有你，先后拿走一百多万，你们偷工减料、克扣粮饷，借修桥大发国难财，你们会不得善终的。

曹少珊　哈哈哈！不得善终的是你。唐玉昌：民国十一年主持修建苏庄闸桥，私自抵押牛栏山谋取暴利，又骗取顺直水利委员会巨款，以修建闸桥为名谋取私利，并私自资助军阀、贿赂上级，造成修桥资金严重流失。施工中又偷工减料、克扣粮饷，严重影响闸桥质量，致使苏庄闸桥与民国二十八年被洪水冲毁。唐玉昌，你认罪吗？

唐玉昌　荒唐！荒唐！荒唐之极。

曹少珊　带证人！

一警察　证人上场！

魏振铭　顺义县县长魏振铭见过庭长。

曹少珊　魏县长，当年修建苏庄闸桥时，可见过唐玉昌挪用公款，贿赂上级、资助军阀事。

魏振铭　民国十四年，闸桥即将竣工，直奉军阀混战，阎团长和张副官各从唐玉昌手上拿走建桥款十余万元，这是我亲眼所见。

曹少珊　唐玉昌，还有什么可说的吗？

唐玉昌　对你们我无话可说，我最后只有一个请求。

曹少珊　好，只要你伏罪，什么请求我都答应。

唐玉昌　我最后只想到苏庄闸桥上再看上一眼。

曹少珊　我满足你这个请求。退庭！

　　　　【唐玉昌手戴铁链，由两名狱警押送，走上被洪水冲毁后仅剩的一段破损的苏庄闸桥】

唐玉昌　（唱）路漫漫夕阳残铁锁彻骨寒，
　　　　　　　心刀绞肝胆碎愧对苍天。
　　　　　　　曾何时对天叹人生苦短，
　　　　　　　谁料知人生路步步艰险。
　　　　　　　忆少年度寒窗追做圣贤，
　　　　　　　求功名立鸿志为国中坚。
　　　　　　　光绪年中进士光耀祖先，
　　　　　　　进宫廷见圣上雄心满满。
　　　　　　　离故土到顺义做了知县，
　　　　　　　曾立志为国家披肝沥胆。
　　　　　　　潮白河闹洪水心之大患，
　　　　　　　立誓言建闸桥死也心甘。
　　　　　　　闸桥成水患除了却心愿，
　　　　　　　辞知事回故乡安度晚年。
　　　　　　　没承想洪水又把桥毁断，
　　　　　　　我却成替曹家顶罪的贪污犯。
　　　　　　　毕一生只为把闸桥建，
　　　　　　　却留下残缺的断桥在人间。
　　　　　　　多少人命丧洪水难回还，
　　　　　　　多少人流离失所度荒年。
　　　　　　　几百万的巨款多少人的血汗，
　　　　　　　怎敢说这样的责任与我无关？
　　　　　　　唐玉昌披沥胆仰天长叹，
　　　　　　　只可惜赴黄泉无脸面青天。
　　　　　　　一段悲壮来把史志撰，
　　　　　　　留给后人成笑谈。
【唐玉昌面对残破的苏庄闸桥，面对滚滚流动的潮白河，带着一腔悲愤，纵然跳下】

（全剧终）

门 里 门 外

人物

卢德理　男，卢家村村民

王翠花　女，卢德理的老婆

何静娜　女，新任卢家村驻村支部书记，卢德理儿子卢大旺的女朋友

时间：初冬。

地点：顺义区卢家村。

【主题音乐响起，大幕徐徐拉开。天幕远景是高楼林立的现代化城市，近景是一处崭新的农家小院。一副门框矗立在舞台上，这是门里与门外的一个分界线】

【卢德理与王翠花争执上】

王翠花　【拿着扫帚正在扫地】

卢德理　【手里举着手机急急地上】哎呀，不好了，不好了，村委会通知，有一个什么第一书记要来咱家。

王翠花　来咱家干吗呀？

卢德理　说什么商量"煤改电"的事。

王翠花　那来就来呗，有什么可怕的？

卢德理　我懒得和这些当干部的说话，我见他们就烦。

王翠花	听说这"煤改电"也不是什么坏事，要不你听听是怎么回事。
卢德理	甭听他们瞎忽悠，这天上不掉馅饼，肯定是想忽悠咱老百姓兜里这点钱。
王翠花	刚才儿子来电话了，说今天有重要的人物要来，让咱们好好接待呢。
卢德理	什么重要人物？
王翠花	听他那口气，八成是他女朋友。
卢德理	咱儿子有女朋友了？那得好好接待。

【何静娜上】

何静娜	家里有人吗？
卢德理	谁啊？
何静娜	是卢德理家吗？
王翠花	是啊。

【王翠花想开门，被卢德理拦住】

卢德理	等等，你问问她是谁，是不是什么第一书记？
王翠花	您是谁啊？
何静娜	我是镇上刚派咱村里来的。
卢德理	镇上来的？问问她什么事儿。
王翠花	您有什么事啊？
何静娜	大妈，您先把门开开。
卢德理	哎哎，就这么说吧啊。
王翠花	人家是镇上派来的，你这不开门，这是什么事啊？
卢德理	咱们要是不开门，她准走。
何静娜	大爷，您把门开开。
卢德理	您到底有什么事啊？
何静娜	不瞒大爷，大妈，我是咱村里新来的包村书记……
二　人	书记？
何静娜	我叫何静娜，是到咱们村里搞"煤改电"工作的。
王翠花	哦，原来是书记呀，书记来了，把门开开不就得了？
卢德理	书记怎么了，有啥事还是在这门外说吧。
何静娜	大爷大妈，针对顺义区煤改电这一工程您二老是啥意见呐？

卢德理 光明正大，我不赞成。

（唱）烧煤取暖那都是常理，
　　　辈辈相传世代沿袭。

何静娜 （唱）那已是老黄历成了过去，
　　　如今的雾霾跟这烧煤可大有关系。

卢德理 （唱）有关系没关系关系不到我自己，
　　　天塌大家扛地陷都崴泥。

王翠花 （唱）老东西越说越不讲理，
　　　捅臭话囔歪理句句不扣题。

何静娜 （唱）归根结底煤改电您愿意不愿意，
　　　不费力又干净减少雾霾生活指数成倍往上提。

卢德理 （唱）你说多少大道理我就是不愿意，
　　　小门小户没什么闲钱消费不起。

何静娜 大爷，原来你是考虑了煤改电的费用啊。

卢德理 农民，我不考虑费用我的日子怎么过呀？这一度电多少钱？一冬下来我得用多少度电啊？初装费多少钱？煤改电有没有安全保障？我的个妈耶，这账你们都给老百姓算过吗？为老百姓想过吗？我要是有条件，我不知道享受啊？你以为我就愿意蹭一身煤灰呀我。

王翠花 书记呀，咱这过日子可不能不算计呀，这煤改电它可是不小的一笔开支啊。

何静娜 哎，大妈，您看，我这里有文件，您看看。

卢德理 我眼花，看不见。

何静娜 那……我就跟您说说。

（唱）大爷你说的话也都在理，
　　　经济压力确实是现实问题。
　　　煤改电政府补贴落实到文件里，
　　　这其中字字句句春风化雨正相宜。
　　　施工团队专业技术无可比，
　　　敬业精心质量上乘绝不儿戏。
　　　十九大为民政策策策皆喜，

急民想解民忧环境优美生活更富裕。

煤改电将提高咱的生活指数，

煤改电人人都健康无病无疾，

煤改电从此不再搓煤球解放了自己。

到那时青山绿水风儿习，

呼吸新鲜好空气。

造福人类更造福咱自己，

为了梦想争朝夕。

大爷大妈，这文件中的字字句句，都说得明明白白了，您二老
若再有什么疑问尽管对我说，我给您解答。

王翠花 哎哟喂，早知道这样你还费劲巴力的倒煤干啥啊？

卢德理 你才倒霉呢。

王翠花 哈哈哈……

何静娜 大爷，您同意了？

卢德理 其实啊，原本我也不抵触，我可不是老脑筋，其实大爷我就是
怕花钱。我得攒点钱，给我儿子婆媳妇用。

何静娜 您儿子是叫卢大旺吧？

卢德理 是啊。

何静娜 今年 8 月份刚分配的工作？

卢德理 哎？这你也知道啊？

何静娜 我敢保证您儿子结婚绝不让您二老多花一分钱。

【何静娜电话响起：】

何静娜 一切顺利，你就放心吧，只不过到现在还没能进你家的门呢。

【卢德理与王翠花相互的看看，不知所措】

王翠花 哎哟喂，净顾着说话了，快开门吧。

卢德理 哎……

何静娜 大爷，接电话。

卢德理 喂？大旺？怎么回事啊？啥？这小何书记就是你的女朋友？你
怎么不早跟我说呀？啥，你一会儿就到家啊？这个臭小子……
哈哈哈。

王翠花 怎么了，你抽风呢啊。

【卢德理与王翠花耳语】

王翠花　哈哈哈……

何静娜　大爷，大妈，这煤改电的工作我也给您做通了，咱这门里门外的都说了这么半天了，口干舌燥的您不叫我进门喝口水啊。

二　老　嘿嘿嘿，何书记……

何静娜　啥？

二　老　不不不，闺女门里请。

　　　　（伴唱）十九大春风温暖千万家，

　　　　　　　　农家开出幸福花。

　　　　　　　　门里门外把家常拉，

　　　　　　　　一家人不说两家话。

　　　　【三人造型】

（剧终）

太守彭宠

人物表

彭宠　男，45 岁，渔阳太守，侠肝义胆，忠义

凌烟　女，44 岁，彭宠妻，刚直

子密　男，26 岁，家奴，阴损，奸诈

雅荷　女，20 岁，子密妹，凌烟侍女

刘秀　男，33 岁，皇上

朱浮　男，24 岁，幽州牧，狡诈

王岑　男，35 岁，从事

彭午　男，16 岁，彭宠子，燕王

吴汉　男，40 岁，安乐县令

王梁　男，39 岁，孤奴县令

盖延　男，38 岁，护军

寇恂　男，38 岁，武将（使者）

儒生　流浪汉

三部司马　3 人，司马

苍头　2 人，子密属下

军校　1 人

兵士　若干

西汉末期，王莽篡位，又逢天灾人祸，民不聊生，民众纷纷揭竿而起，海内分崩，天下大乱。汉室后裔刘秀北方起兵，渔阳太守彭宠联合上谷郡太守耿况发上谷渔阳突骑扶助刘秀，渔阳太守彭宠派手下大将吴汉、王梁、盖延领突骑三千，跟随刘秀平定天下，立下大功。而幽州牧朱浮与彭宠不合，多次向刘秀进谗言陷害彭宠，刘秀听信谗言，对彭宠失去信任，要彭宠进京述职，彭宠家奴子密为求封赏投靠了朱浮，设计圈禁了彭宠，并以彭宠名誉起兵造反，后杀死彭宠，向刘秀献功，一代忠臣名将却以谋反叛逆大罪被灭九族，酿成人间悲剧……

第一场　渔阳结义

时间：公元 24 年 1 月。
地点：太守府。

彭宠　（内唱）万重山天地寒苦守边关，
　　　　【马童上，彭宠骑马上，下马，后边跟着子密】
　　　　（接唱）群雄起战火飞天下大乱。
　　　　　　　　谁来复大汉？
　　　　【进太守府】
　　　　（唱）王莽贼篡江山断送了大汉，
　　　　　　　　引发了九州内四处揭竿。
　　　　　　　　突听得刘之兴登基邯郸，
　　　　　　　　自称是汉帝后真假难辨。
　　　　　　　　又传得刘秀他北方开战，
　　　　　　　　他却是汉高祖九世嫡传。
　　　　　　　　看天下乱纷纷遍地狼烟，
　　　　　　　　投邯郸还是保刘秀实为两难。
　　　　（白）击鼓升帐！
　　　　【子密击鼓，吴汉、王梁、盖延等众将上，分站两旁】
彭宠　众将。
　合　诺！

彭宠 邯郸刘子兴发来檄文，令我出兵相助。如何？

吴汉 不可，邯郸突起，不可信！

盖延 刘子兴乃成帝之子，怎可不信？北方众官吏纷纷归降于邯郸，邯郸兵强马壮，定能成事。

王梁 今闻大司马刘秀，礼贤下士，有志之士大多归服，可附也。

盖延 邯郸乃汉室后代，恢复大汉江山，乃众望所归呀！

吴汉 太守！大哥！投明君保刘秀，你有什么可犹豫的？

盖延 为何刘秀就是明君，刘之兴就不是明君？

吴汉 大哥，在南阳时，刘秀为人你没听过吗？

彭宠 吴汉，而今天下大乱，各路诸侯纷纷起兵，称王称帝者不下几十人，我们万一投错明主，一旦失败，可就是叛军，你我都将被灭九族。众兄弟的生死前程，不可儿戏啊。

吴汉 你！【气愤，一人走出太守府】

王梁 吴汉，有话好好说，你这又是为何？

盖延 他就是这脾气。大哥，我们渔阳有骑兵三千，步兵过万，这可是一支精锐之师啊，如果保了邯郸，定能成大事。

王梁 不知上谷郡太守耿况如何打算，如果我们两家兵合一处，突骑可超五千，则可一战定江山。

【吴汉带儒生进到太守府】

吴汉 大哥，此人从南方而来，你听他说。

儒生 一路走来，听路人都在言论，说刘秀为人宽厚，礼贤下士，深得民心，将来必成大业。

彭宠 那邯郸刘之兴呢？

儒生 刘之兴本不姓刘，他叫王郎，冒充成帝之子，虽蒙骗一时，将来恐难成大事。

盖延 你是何人，你如何知道这些？

儒生 我乃江南读书人，因躲战乱来到渔阳。

彭宠 此话当真？

军校 报！上谷太守信使到。

彭宠 近前回话！

军校 诺！信使觐见！

寇恂　我乃上谷郡功曹寇恂，奉我家太守耿况之令，有要事与太守相商。

彭宠　有话直讲。

寇恂　我家太守已决心辅佐刘秀，愿发三千兵马攻打邯郸。耿太守想联合渔阳一起发兵，两郡各发三千突骑，南下帮助刘秀，大事必成。

彭宠　好，既然耿兄也助刘秀，那我们别无选择，和上谷兵马合为一体，可成大事。众将听令！

众将　诺！

彭宠　既然决心已定，就应全力以赴，不得再有二心。本太守亲率三千突骑去助刘秀。

吴汉　且慢！大哥，边关匈奴数万骑兵虎视眈眈，你我都去攻打邯郸，渔阳谁来把守？渔阳若是丢了，不仅我们没了立足之地，整个大汉也就危险了。

彭宠　这个？虽说有渔阳上谷之兵扶助刘秀，取下邯郸确有可能，但要征服各路叛军、平定天下，还很难说啊，这必是九死一生的险路，我怎么忍心让兄弟们去冒险啊！

吴汉　大哥，渔阳我们可丢不得，还是由我来统兵出征吧。

彭宠　众将意下如何？

王梁　吴汉言之有理，渔阳确需把守，太守不在，别人很难胜任啊。

彭宠　也好，你见了刘秀，一定把情况说明。众位兄弟：

　　　（唱）此次出征成败难料，

　　　　　　大哥我本应把重担挑。

　　　　　　若成功封官爵为兄不要，

　　　　　　若失败被斩首我先第一刀。

　　　　　　我愿与兄弟们结为生死交，

　　　　　　同生死共患难肝胆相照。

　　　（白）来，摆上香案，我四人结为生死兄弟！

吴汉　大哥，这又何必呢，万一我们起兵失败，成为叛军，结拜之后，大哥必受牵连。

彭宠　我是主帅，定与众兄弟共生死，绝无二心，摆香案！

　　　【摆香案，英雄结拜】

盖延　（唱）大男人跪天地意气风发，

王梁 （唱）这一头拜的是肝胆义侠。

吴汉 （唱）众兄弟若背叛必遭天杀，

彭宠 （唱）保刘秀赤胆心昭告天下。

　　　（合）保刘秀赤胆心昭告天下，

　　　　　　渔阳郡四君子以命相押。

吴汉 大哥！

彭宠 按年岁来论，我是你们的大哥，从今以后，我们就是亲兄弟。

王梁、盖延 大哥！

彭宠 众将听令！

众将 诺！

彭宠 命吴汉为长史，王梁为都尉，盖延为护军率骑兵三千，兵发邯郸！

众将 诺！

　　　【众将下】

子密 太守，把所有战将都派了出去，渔阳一旦有战事，如何应对？

彭宠 既然答应辅佐刘秀，就要真心相待，不可留有私心。

子密 我是担心渔阳有事。

彭宠 渔阳有我亲自把守，不会有事。

雅荷 【雅荷上】太守，夫人请太守后堂说话。

彭宠 夫人招我何事？

雅荷 为太守出兵之事。

彭宠 噢！夫人难道有妙计不成？

　　　【彭宠下，子密拉了下雅荷】

雅荷 哥哥当心，莫让主人看到。

子密 妹啊，你不能只当一个奴才，你要想办法接近主人，一旦主人纳
　　　了你，我们才能有出头之日。

雅荷 生来就是奴才命，主人岂能看上我。

　　　【说着，匆匆下】

第二场　渔阳拜将

时间：公元 24 年正月。

地点： 太守府后堂。

凌烟 （唱）夫君做事心坦荡，
　　　　　乱世之中易受伤。
　　　　　岂能不把小人防，
　　　　　一旦遇难谁人帮。
　　　　　急叫夫君来商量，
　　　　　不为本家为渔阳。

彭宠 【雅荷引彭宠上】夫人，有何见教。

凌烟 夫君，妾身听说你要辅佐刘秀，并把所有大将一起派出？

彭宠 正是。

凌烟 夫君啊！
　　　　　（唱）自古来帝王家狠毒薄情，
　　　　　劝夫君莫忘记兔死狗烹。
　　　　　助刘秀派兵马本是应承，
　　　　　怎能够精兵良将全动用。

彭宠 （唱）做臣子面君王岂可不忠，
　　　　　藏奸诈耍阴谋岂是我彭宠。
　　　　　上对君下对民我磊落光明，
　　　　　既选择拥刘秀就应忠心耿耿。

凌烟 （唱）妾就怕夫君你忠心耿耿，
　　　　　乱世中有兵马才是英雄。
　　　　　渔阳郡突骑军天下闻名，
　　　　　若能够与上谷携手合兵，
　　　　　扫天下定江山都可独行。
　　　　　你辅佐刘秀他把天下平，
　　　　　渔阳郡有兵马会成他心病，
　　　　　等他把江山坐下岂能把你容。

彭宠 夫人！
　　　　　（唱）你不以真诚心与人交情，
　　　　　岂换得他人的生死与共。

凌烟 （唱）你为人侠肝义胆人皆敬，
　　　　　　怕只怕乱局难定意外生。

彭宠 （唱）渔阳郡兵强马壮民安生，
　　　　　　我彭宠一人可定渔阳城。

军校 报！启禀太守，上谷传来战报，渔阳、上谷兵马在昌平汇合，并击破王郎兵马，发往邯郸，与刘秀汇合。刘秀封太守为大将军、建忠候，令你继续担任渔阳太守！

彭宠 好！刘公对我不薄！兵马已经出动，必须准备粮草，以供邯郸所需，传子虚。

军校 诺！【退下】

凌烟 夫君，难道你真的一点后路都不留吗？

彭宠 留后路就是对君不忠！

子虚 奴才拜见主人。

彭宠 子虚！

　　　（唱）邯郸之战事关刘秀霸业成，
　　　　　　若失败刘秀他人头难保证。
　　　　　　打仗粮草有多重，
　　　　　　不用我说你也明。
　　　　　　连年荒旱战乱连连民难生，
　　　　　　四处荒芜粮贵如金难经营，
　　　　　　从今日煮盐冶铁抓紧行，
　　　　　　换得粮草送往刘秀的营中。

子虚 主人。

　　　（唱）近几年天下乱渔阳未用兵，
　　　　　　南煮盐北冶铁官富民宁。
　　　　　　集粮草供邯郸已在筹划中，
　　　　　　三五日就备齐太守你发令。

彭宠 好！抓紧准备。

军校 报！启禀将军，有大批匈奴骑兵正向我渔阳靠近。

彭宠 啊！匈奴有多少兵马？

军校 据探，有五万多人。

彭宠 不好!

（唱）现在北方正用兵,

天下一片乱哄哄。

匈奴此时有异动,

恐怕幽州有险情。

我去边关战敌兵,

谁来坚守渔阳城?

前思后想无人用,

一时愁杀我彭宠。

凌烟 夫君!

（唱）刚劝夫君莫呈雄,

战事一起恨无兵。

咱儿彭午年虽轻,

也可镇守渔阳城。

彭宠 不可!

（唱）小儿刚满十六整,

从未从军带过兵,

此次我带他去军营,

教他习武先为兵。

凌烟 也罢!

（唱）我从小习武不让须眉,

年轻时也随你战过敌贼。

有一次战匈奴我为你解围,

十年后我再出山做个女魁。

彭宠 太好了,夫人,渔阳城有你镇守我才安心,城中之兵随你点。

凌烟 夫君放心,我只点一千兵马,镇守渔阳城即可。只要你在边关不败,渔阳城就不会有事。

彭宠 我们去校场点兵。

凌烟 吾君先行!

彭宠 夫人先请!

第三场　渔阳点兵

时间： 公元 24 年正月。

地点： 校场。

凌烟　（内白）备马！

　　　　【雅荷与子虚牵过马来，彭宠两人上马，骑马前行】

彭宠　（唱）夫人为帅守渔阳，

　　　　　　　一身戎装精气爽。

凌烟　（唱）夫君出征战疆场，

　　　　　　　万般艰险妾挂肠。

彭宠　（唱）前边就是点兵场，

凌烟　（唱）夫君观阵在一旁。

　　　　（白）传令官！

雅荷　诺！

凌烟　击鼓点将！

雅荷　诺！

　　　　【凌烟击鼓，三通鼓（可发挥，突出击鼓之美），之后，登上帅位，

　　　　几路兵马站于两旁】

凌烟　东部司马！

东部司马　末将在！

凌烟　兵马可齐？

东部司马　三百兵马全部到齐！

凌烟　站下！

东部司马　诺！

凌烟　西部司马！

西部司马　末将在！

凌烟　兵马可齐？

西部司马　三百兵马全部到齐！

凌烟　好！站下！

西部司马 诺！

凌烟 南部司马！

南部司马 末将在！

凌烟 兵马可齐！

南部司马 四百兵马到齐！

凌烟 众将官！

众人 诺！

凌烟 各军严把城门，不可懈怠，如若延误军机，本帅定斩不饶！

众人 诺！

凌烟 兵马演练！

　　【凌烟挥动将旗，各将分列队形，校场演兵】

第四场　幽州突变

时间：公元 25 年 5 月。

地点：蓟城内。

　　【王岑引朱浮骑马上】

王岑 大将军，前面已到蓟城。

朱浮 噢！此处就是蓟城？

王岑 将军看，前面及是十里长亭，好像有人在此迎候。

朱浮 噢！那你去看一看，渔阳太守彭宠在是不在？

王岑 诺！小的去看一看！

朱浮 （唱）渔阳富庶兵马强，

　　　　　　彭宠侠义名远杨。

　　　　　　君王封我为大将，

　　　　　　恐怕难镇地头邦。

王岑 禀大人，小的已经看过，十郡太守来了九位，渔阳太守彭宠派了家奴子密来迎。

朱浮 可恶！彭宠显然没把我放在眼里，竟然用一个家奴来迎我，这不是辱没本将嘛！你去把那个家奴叫来，小爷我杀了他，倒要看看，他彭宠能把我怎么样。

王岑 子密，你过来！

子密 奴才叩见大将军！

朱浮 好大的一个家奴啊，一个家奴也敢觐见大将军！

子密 （唱）大将军！

渔阳郡边关上战事正紧，

太守他亲自镇守难脱身。

我家主人仰慕大将军，

只是国家有难乱纷纷。

处处用兵粮草贵如金，

太守说愿将军体民情重民心。

少养门客削减杂税是根本，

节省下钱粮来好去犒军。

朱浮 可恼！

（唱）破口大骂胆大贼人狗彭宠，

他竟敢以下犯上抗军令。

我随皇上征天下立下战功，

幽州牧管十郡任我独行。

小小的太守也敢对我大不敬，

吴汉王梁诸大将都是他的兵。

他岂能服从我小将军令，

按功绩幽州牧应是彭宠，

只因为他功名太过强盛，

侠肝义胆文武双全有重兵。

怪只怪彭宠本事盖天庭，

我只好替君王除了心病。

（白）来呀，把这个家奴推出去，斩了！

子密 【急忙跪下】将军！为何斩杀小人？

朱浮 没有为何，本将看你不顺眼。少废话，推出去，杀了，然后将这
颗人头装匣，送给彭宠。

王岑 来人。

子密 慢！将军，小人愿为将军效力。

朱浮 本将军行事，用得着你一个家奴吗？

子密 彭宠在渔阳根深蒂固，多一个内应岂不多一分胜算。

朱浮 嗯！我还小瞧了这个家奴了。我问你，你如何成了彭宠家奴？

子密 （唱）小的命贱父辈即是奴，

　　　　　　我与妹从小就被卖入彭府。

　　　　　　十多年当奴隶受尽甘苦，

　　　　　　盼只盼下辈子不再为奴。

朱浮 哈哈，子密，想不想脱去奴籍，改为庶人？

子密 【愣在那】此话怎讲？

朱浮 我是大将军幽州牧，让你改籍易如反掌。

子密 【双膝跪地，磕了三个响头，痛哭流涕】我若脱了奴，大将军就是我的再生之父！

王岑 你究竟有几个再生父母啊？

子密 谁能解救我，谁就是我的父母！

朱浮 子密，我保证为你脱籍，还会封你高官，如何？

子密 小的全听大将军指令，你就是要我项上人头，我都绝不含糊！

朱浮 你的人头我不要，我要那个人的人头！

子密 【一下坐在地上】要我怎么做？

朱浮 沉住气，按我的吩咐行事即可。

子密 恩父在上，小的肝脑涂地，在所不辞！

朱浮 好！我来问你，平日里，你家主人是否有对皇上不满？

子密 主人没有，只是我家夫人常有！

朱浮 看来，你对我还是不忠啊！你走吧！

子密 【眼睛一转，明白了】小的该死，大将军说的对，我家主人说皇上赏罚不明。当初为保刘子兴还是保皇上，我家主人一再犹豫，后来吴汉大将军力主保皇上，我家主人才勉强答应，并后悔将精兵强将全都派出，弄得他如今手上无一战将。

朱浮 这就对了。你回去之后，要拿到彭宠谋反的证据，一旦得手，立即送我！

子密 图谋造反？

朱浮　正是！

子密　好好好！

朱浮　你给彭宠带上我的书信一封。王岑，我说你写，我要逼他造反！

王岑　他若是真反了？

朱浮　哈哈，没听说吗？他手下精强将都跟了皇上，他现在无有一将，就是真反了，我以九郡之兵还灭不了他一个彭宠？

子密　恩父是说要逼我家主人造反，那不是灭族之罪吗？我是家奴，如何逃脱？

朱浮　你若是杀了他，将他的人头送于皇上，就可封侯。若不然，就得陪他一起灭族！

子密　啊！

王岑　大将军！笔墨备下。

朱浮　写！彭宠彭伯通！

　　　（唱）我朱浮凭战功出任幽州，
　　　　　　奉天命受皇封抚慰诸侯。
　　　　　　朝廷对彭宠你恩德深厚，
　　　　　　封渔阳赐将军柱石相守。
　　　　　　你岂能生外心甘做禽兽，
　　　　　　你还有何面目再见本侯。
　　　　　　取铜镜自相照岂不愧疚？
　　　　　　亲者痛仇者快莫把人性丢。

子密　好文采，我家主人看得此信，岂不气死？

朱浮　王岑，将此信再抄一份呈与皇上。

王岑　这谋反之事就算坐实了。

第五场　巧使毒计

时间：公元 25 年 5 月。

地点：渔阳郡府（夫人后房）。

子密　夫人，大事不好，小的有大事禀报。

凌烟 【雅荷引凌烟上】进来吧。

子密 夫人，昨日主人让奴才去蓟城，迎接新任幽州牧朱浮大将军，大将军见十郡太守只有咱家主人未到，十分震怒，他让我带回书信一封，夫人请看。

凌烟 【阅罢信大吃一惊】天啊，好一个歹毒的朱浮啊，他这是要逼咱家主人造反啊！这封信一旦交到皇上手里，那还了得。

子密 那朱浮将此信写了两封，一封让奴才带回，另一封已经上呈皇上了。

凌烟 啊！快去，务必把你家主人叫回来，好好商议一下。

子密 夫人，幽州牧下令主人都不回，我们又如何叫得回来啊？

凌烟 （唱）这真是心急如焚坐难安，
　　　　　　我彭家眼看要有大灾难。
　　　　　　想当初不派精兵救邯郸，
　　　　　　联兵上谷盘踞幽州窃江山。
　　　　　　倒要看刘秀儿凭何登金銮，
　　　　　　夫君啊，你不该对谁都要亮肝胆。
　　　　　　豪饮时生死相交喊破天，
　　　　　　真有事你看谁不怕牵连。
　　　　　　到如今为妾只能命赌天，
　　　　　　拿出虎符来把夫君搬！

　　　（白）你们稍候。

【凌烟回房去取虎符，子密急忙拉住雅荷】

子密 我有喜讯，我们就要脱籍了。

雅荷 脱什么籍？

子密 脱奴籍啊。

雅荷 我这奴婢之身哪世才可脱得了啊？

子密 你只要让主人纳了你，就可脱籍！

雅荷 可主人从不碰我。

子密 我的傻妹妹，这事你得主动。

雅荷 我一女子，如何主动？

子密 咱一家人的命运全系你一人身上。

【夫人回，子密与雅荷急忙回到两边】

凌烟　子密，你先退下。

子密　诺!【子密退出，并未远离，而是一直盯在窗外向里窥视】

凌烟　雅荷，十几年，你一直在我身边，虽是奴婢，可我教你学文习武，早以姐妹相待，今日我以身家性命相托，望你莫要辜负与我。

雅荷　【跪倒在地】夫人对小女如亲生之母，小女的命都是夫人所赐，我对天发誓，今生今世绝不背叛主人。

凌烟　这是虎符，它可是比你性命都重，你把它藏于身上，去搬咱家主人回来。

雅荷　啊，这可是千斤重担啊。

凌烟　也罢，雅荷，你长得模样俊俏，聪明伶俐，事成之后……

雅荷　怎样?

凌烟　我让主人纳你入房。

雅荷　主人，奴婢不敢。

凌烟　好了，妹妹，你一定要办成此事。

雅荷　我怕一人难以成行。

凌烟　好，我让子密随你前往，但这虎符，绝不可让他拿到。

雅荷　奴婢以性命担保。

凌烟　好妹妹，去吧! 这封信决不能让别人看到，留在家中。你叫子密进来。

【雅荷叫来子密】

凌烟　子密，你与雅荷同去边关，把咱家主人搬回来。

子密　诺! 奴才这就动身。

【子密和雅荷出了府门】

子密　真是妇人之心啊，我听到了，她要让你嫁于主人。

雅荷　我这有虎符，交给你。

子密　【惊喜若狂，仔细看了一会儿，又冷静下来】这是调兵的军令，可渔阳之兵都在主人手中，我如何调得动?

雅荷　那怎么办?

子密　只能去把主人搬回来，只要主人不在边关，这虎符才能管用。等主人回来后，你就陪在主人身边，看好这虎符放于何处，等我用时，你就及时把它取出来。

雅荷 我怎么能知道虎符放哪儿？

子密 妹妹，这可是关系到咱全家人的性命啊，他们有灾难，可不能连累咱们啊。夫人不是答应让你嫁于主人了嘛，只要你能博得主人喜爱，最好日夜伴他身边，这虎符不就可以随时拿了嘛。

雅荷 你要干什么？

子密 我要干一件惊天动地的大事，一旦我封了侯，那可是整个家族的荣耀。

雅荷 【表情复杂地望了一眼子密，叹息一声，下】

第六场 金銮问案

时间：公元 26 年（建武二年）春。

地点：金銮殿上。

【刘秀手拿朱浮来的书信】

刘秀 （唱）彭宠本是一英杰，

镇守边关敌胆怯。

我本以诚赐侯爵，

此人贪心难泯灭。

朱浮来信说真切，

听得众言再裁决。

（白）来啊，传吴汉、王梁、盖延觐见。

太监 宣吴汉、王梁、盖延觐见！

吴汉、王梁、盖延 臣参见陛下！

刘秀 爱将平身。吴汉，彭宠与你同乡，你们四人又结拜了兄弟，今有朱浮上书，告彭宠谋反，你看彭宠会不会反？

吴汉 这个！彭宠为人行侠仗义，攻取邯郸，彭宠确有大功。此人志向高远，可他能否举兵造反，汉不好说。

王梁 你！吴汉，彭宠对我们如同亲兄弟，可以披肝沥胆，你竟如此？

吴汉 正因是结拜兄弟，我才如实回禀。

王梁　是怕大哥抢了你的大司马宝座吧！

吴汉　你！

刘秀　王梁，你素日与彭宠多有不和，关系有恶，朕想听你真言。

王梁　臣以项上人头担保，彭宠决不会反！

刘秀　为何？

王梁　我与彭宠虽然关系交恶，可我得凭良心说话。彭宠为人忠厚、侠肝义胆，既然选择忠于皇上，他绝不会出尔反尔，他不是卖主求荣之徒！【眼睛盯着吴汉】

吴汉　王梁，我并没说大哥会造反，只是时逢乱世，人心难测。

王梁　我看是你的心难测。

刘秀　盖延，你为何不言？

盖延　末将不知如何回答。

王梁　你们这是要害死大哥啊！

盖延　我不敢说大哥不反，也不敢说大哥会反。

刘秀　既如此，朕下诏书，召彭宠入京。如他敢来，朕封他在朝为官，他若不敢入京，说明必有反意。如何？

吴汉　这样最好，一试便知。

王梁　为臣不受信任，何等悲哀之事啊！

刘秀　【无奈之状】众将退下吧！

王梁　【吴汉、王梁、盖延退出殿外】吴汉，我们与大哥结拜为兄弟，你又与大哥由南阳一同逃到渔阳，是大哥任你安乐县令，没有大哥，何有你今日？你是怕大哥若是来了，这大司马的位置你就坐不成了吧，所以才背后一刀，大哥恐怕会有灭顶之灾了！

吴汉　王将军，你胡说什么，我不过如实回禀，有何过错！

王梁　唉，错不在你，而在彭宠，错交了朋友！还有你，盖延！

吴汉　你！还是保护好自己吧！

王梁　我王梁宁死也不会出卖兄弟！

第七场　府中闹鬼

时间：公元 26 年（建武二年）春夏。

地点： 太守府中。

【深夜，凌烟神情紧张地上，看到一条死狗没了头，鲜血淋淋，门前晃动，吓得尖叫一声，急忙躲开。又见草丛中人影晃动，像一无头尸首飘过眼前，凌烟吓得魂飞魄散】

凌烟 （唱）这几日寝食难安心难耐，

　　　　总觉得处处诡异人鬼怪。

　　　　这府内危机四伏令人骇，

　　　　从没有如此惊恐盼君在。

　　　　我本可跨马提枪为将帅，

　　　　可今日不知敌手是黑白。

　　　　遣家奴搬夫君实属无奈，

　　　　盼只盼夫君他早日归来。

彭宠 夫人！

凌烟 夫君！你可回来了！【惊恐中扑向彭宠】

彭宠 边关正在吃紧，夫人为何事召我回来？

凌烟 夫君啊，事到如今，你还守什么边关，恐怕你性命都难保了。夫君，快看。

彭宠 【彭宠接过朱浮书信】朱浮之言，不足为虑，我相信皇上，不会偏信的。

凌烟 如果皇上真的信了呢？

彭宠 怎么可能，皇上是明君。再说，皇上近前还有吴汉、盖延等人，他们会为我进言的。

凌烟 夫君啊，近几日，我寝食难安，总觉得处处有人盯着我，家里的东西也会突然不见，有时又会在别处出现，非常怪异。

彭宠 夫人可能过于焦虑，精神恍惚，不必大惊小怪，无防。夫人，这是调兵虎符，你可要放好。今日天色已晚，我休息一夜，明日返回边关。

凌烟 夫君，今日不比往日，世事难料。这虎符还是夫君带在身上，随时可以调兵，只是，夫君一定要看好虎符啊！

彭宠 也好，边关我已交儿子彭午为帅，不见虎符他不可调兵，无防。

军校　报！皇上诏书。

彭宠　【看信大惊】皇上征召我入京！

凌烟　皇上果然起了疑心，这可如何是好？

彭宠　朱浮，真小人也！

凌烟　小人告状，一次两次，皇上也许不信，可说多了，皇上定起疑心。

彭宠　我若不进京，皇上更会怀疑。

凌烟　可你一旦入京，恐怕性命难保啊。

彭宠　也罢，我给皇上回信，若进京，我同朱浮一同去，我要与他当面
　　　对质。

凌烟　你再给吴汉、王梁、盖延写信，让他们在皇上面前为你周旋一番。

彭宠　只好如此了。

凌烟　夫君，府中确实诡异得很啊，你可多加小心，我总预感着要有灾
　　　难发生。

彭宠　也罢，皇上要我进京，我明天回信，也得在家等皇上回音。这一
　　　去一来，恐怕得些时日，这几天我就不回边关了，再给吴汉、盖
　　　延、王梁几位兄弟写封信。

凌烟　王梁与你并不交心，给他写信可要当心啊。

彭宠　王梁性情急躁，常与我争吵，倒不至于反目成仇，还是写上一封
　　　为好。

凌烟　夫君自定夺便是。

彭宠　夫人，家中确有不安吗？

凌烟　确有鬼怪，让我寝食难安。

彭宠　不怕，夫人难道忘了不成，我可使些法术。

凌烟　对对对，夫君快快施一法术，好让我心安。

彭宠　好吧，夫人，从明日起，我闭关三天，任何人不得进入我的屋内。

凌烟　好，我保证不许任何人打扰。

彭宠　子密！

子密　主人，唤奴才何事。

彭宠　我要在此屋做法事三天，你来封锁后院，任何人不得进入。

子密　夫人也不可进入吗？

彭宠　夫人也不便打扰。

230

子密　大人三天闭关，总得需要一人侍奉，不如让雅荷留在身边，万事
　　　有个照应。

凌烟　雅荷这丫头到还机灵，就让她侍奉夫君吧。

彭宠　也好。

子密　【阴暗中】

　　　（唱）君子坦荡小人戚，

　　　　　　只因小人被人欺。

　　　　　　君子得势天地立，

　　　　　　小人却要为奴婢。

　　　　　　要改命运靠自己，

　　　　　　何需他人来恩赐。

　　　　　　拿到虎符谋大计，

　　　　　　定叫渔阳变地狱。

第八场　盗取虎符

时间：公元 26 年（建武二年）春夏。

地点：太守府中。

　　　【子密鬼鬼祟祟地上，招手叫来另外两个苍头，嘀咕几句，苍头
　　　下，招手叫出雅荷】

雅荷　【雅荷穿内衣上】主人正做法事。

子密　妹妹，你必须盗出虎符，我要干一件大事。

雅荷　虎符带在主人身上，可他静坐堂上，我无法下手啊！

子密　他喝不喝水？

雅荷　一日只喝一次。

子密　那就好，你把这个倒入水中，给他喝下，然后你就可盗得虎符。

雅荷　是毒药？

子密　你莫问，只管做。

雅荷　好吧。

　　　【子密退下，雅荷双手颤抖地将药倒入壶中，然后倒了一碗水送入

屋中。一会儿，神情慌张地出来，子密上】

子密 【接过虎符，双手颤抖的】太好了，大事可成！好，你马上回去，不可让他发觉。

子密 【雅荷下，子密招手，两个苍头上】你二人看好这个门，任何人不得入内，就连夫人也不得进去。

苍头 夫人我们如何挡得？

子密 就说主人严令，任何人不得入内，违令者斩。

苍头 我怕夫人杀我！

子密 你敢让夫人进入，我杀你全家！

苍头 诺！

子密 【走出府门】值守司马何在！

东部司马 诺！

子密 【举起虎符】太守有令，命你调二百精兵，把握郡府，任何人不得进出，违令者斩！

都尉 诺！

　　　　【子密骑马而去】

子密 （唱）得虎符发大兵大闹渔阳，

　　　　　　先报知朱浮牧彭宠被我降。

　　　　　　让幽州发兵马把渔阳荡，

　　　　　　我再去边关中把将军当。

　　　　　　平朱浮灭幽州我来做燕王，

　　　　　　到那时看子密我何等风光。

子密 【来到朱府，门官出】门爷，渔阳子密求见大将军。

门官 静候。渔阳子密求见大将军！

朱浮 传！

子密 叩见大将军。

朱浮 有何要事？

子密 彭宠已起兵造反，大将军即刻发兵，荡平渔阳。

朱浮 噢！彭宠现在何处？

子密 就在他府中，他的虎符被我盗取，他也被我禁闭在屋中。

朱浮 好，彭宠啊彭宠，英雄一世，也会落到今天。

子密　我即刻去边关传令，命渔阳兵马投降大将军。

朱浮　太好了，诛杀彭宠，轻取渔阳，又获上万精兵，妙！

子密　待我杀了彭宠，将反贼人头献于大将军。

朱浮　好，我立即兵发安乐，就在此等候。

子密　大将军不需带多少兵马，到了渔阳，五千精兵就都是大将军的了，我这就去边关。

【子密出牧府，上马，向边关而行】

第九场　举兵称王

时间：公元 26 年（建武二年）秋。

地点：渔阳边关。

子密　【手举虎符】大将军令！

【彭午等跪地接令】

子密　有贼军进犯渔阳，驻扎安乐，大将军令彭午率军立即回援。

彭午　诺！

子密　【众将起，子密对彭午说】有贼兵进犯渔阳，现已攻占安乐，我先带两千突骑急速求援，你带大队人马后面跟上。

彭午　好，你们先行，我组织拔营，转运粮草物资。

子密　我估计敌方兵马不过一万，我带两千先行，如能灭敌就先攻击，如果敌方兵力过多，无法取胜，我再等你大队兵马赶到。

彭午　这样甚好。【众人退下】

【子密带兵马前行，来至安乐，见到朱浮兵马，发令攻击，斩杀兵将无数，朱浮军大败】

朱浮　【子密追赶朱浮至无人处】子密，为何不受降，竟然斩杀我兵将？

子密　哈哈，不杀些兵将怎么能说是造反呢？

朱浮　见了本将军，还不受降？

子密　别急啊，我还未拿到彭宠人头呢。

朱浮　你如何拿到彭宠人头？

子密　等我打败幽州之敌，杀了朱浮，拥立彭午为燕王，昭告天下，共同反汉。到那时，彭宠谋反才成铁证，我再回到太守府中，取了彭宠人头，平定渔阳之乱。杀贼有功，才能受皇上封赏。我若现在降了你，你定会怕我泄露你的诡计，杀我灭口。

朱浮 子密，你想把我和彭宠一起灭掉？贼心不小啊！

子密 哈哈，今天我就先杀了你！

朱浮 子密，真乃小人也！

子密 渔阳突骑，天下闻名，给我杀！

【双方兵马又打在一起，彭午率军赶到，朱浮败走】

【中军大帐，彭午升帐】

子密 少帅，幽州之兵已经败走。

彭午 刚才那是幽州之兵？

子密 正是。

彭午 啊！幽州之兵岂不是皇家之兵吗？我们斩杀了众多官兵，岂不是造反了吗？

子密 家父有令，朱浮多次向皇上诬告太守造反，皇上信以为真，已派大军前来平乱。我们现在反也得反，不反也得反，反与不反都是死路一条，与其等死，不如拼他个鱼死网破。

彭午 哎呀！父亲好糊涂啊！

（唱）我彭家有家训世代做忠良，

我祖父名彭宏镇守渔阳。

因不满篡汉的奸贼王莽，

被奸贼杀死在太守的任上。

祖父他宁可死也不做强梁，

家父他违家训行事莽撞。

万不该以卵击石寻灭亡，

怕只怕一家百口把命丧。

我彭午尚未成人命已不长，

父亲啊你让儿有何脸面见祖上。

子密 太守有令，请公子速速称王，封赏文武百官，统兵攻打幽州，以免朱浮调兵遣将。

彭午 父亲为何不称王，让我为王？

子密	太守称王，举旗造反，怕牵连吴汉、王梁等众位叔叔，他不便出面。
彭午	不可，我死也不做叛贼。
子密	来人，为燕王更衣！

【音乐起，子密令人强行为彭午换上燕王服】

子密	百官叩拜大王！
众人	恭贺燕王，祝燕王万寿无疆。
彭午	子密，是不是你从中做鬼？
子密	大王，这等大事，我一奴才如何敢自作主张？统兵之事由大王做主，我得速回渔阳，将实情禀报太守。
彭午	代我向父王问安。

第十场　英雄落难

时间：公元 26 年（建武二年）秋。
地点：渔阳府内。

【彭宠法事做完，见屋门被锁，大声呼喊。没人答应，大惊，他知道自己已经被人控制，回头叫来雅荷】

彭宠	雅荷，你可知这是何人所为？
雅荷	何事？
彭宠	房门被锁，我们出不去了。
雅荷	不可能啊。来人！【无人答应】主人亲自下令，不许任何人打扰，怕是下人不敢开门吧。
彭宠	【见门外有家奴看守】孩子！你过来！
苍头	何事？
彭宠	把门打开。
苍头	奴才不敢！
彭宠	我让你打开，为何不敢？
苍头	子密有令，谁敢开门，灭其九族。
彭宠	子密，是子密？

雅荷　不能！定是这孩子瞎说。

彭宠　【叹了口气】以前本将对你如何？

苍头　【低下头，默然不语】

彭宠　孩子！你是我平常最亲信的心腹之人啊！如今，不过是被别人所胁迫罢了！虽然你对我这样，本将不怪你！如果你能放我出去，我就把女儿彭珠嫁给你为妻，府中的所有财物都归你所有！你看如何？

　　　【苍头正要开门，子密却赶了回来，站在门外，苍头不敢动了】

彭宠　子密，果然是你做鬼！

子密　太守，我的主人，现在彭午已经领兵造反，我和韩立已经拥他为燕王，他正邀各地豪杰，共同攻取蓟城，活捉朱浮，替主人报仇！

彭宠　【子密及苍头退下，彭宠无力地坐下，低头】

　　　（唱，核心唱段）

　　　突听得小儿他举兵造反，

　　　直吓得我彭宠魂飞魄散。

　　　我彭家守渔阳三代相传，

　　　先辈们立祖训绝不叛乱。

　　　不可引外族人进我大汉，

　　　汉人土地绝不容外敌占。

　　　家父他为忠汉被王莽斩，

　　　我彭家蒙受了天大的冤。

　　　也许是我彭宠太重情感，

　　　对世人无私心相照肝胆。

　　　却换来重重伤害和诬陷，

　　　这难道正义不在这世间。

　　　我若是迎合圣意为升官，

　　　当初我亲率突骑去邯郸。

　　　伴着皇上打江山，

　　　点滴功绩君可见。

　　　不会担心我谋反，

　　　可是谁来守边关。

　　　匈奴骑兵再强悍，

有我渔阳挡在前。

确保了大汉的半壁江山，

到头来忠臣却被奸臣诳。

我彭宠忠贞一生却叛乱，

人世间我的英名何时还。

【雅荷端出一碗水来，彭宠接过碗，喝了几口，却感觉身体发晃，腑内疼痛】

彭宠　水里有毒?【说完倒地】

雅荷　啊，太守不行了。

【子密命人打开房门，有两人押着凌烟进来】

凌烟　夫君!

彭宠　夫人。

子密　主人，子密对不起你，我要借你人头，去皇上那换取侯爵。

凌烟　子密，你个畜生。

【子密抽出刀来，杀了彭宠及夫人，两个家奴扯起一片大布盖住了尸体，子密提着一个包袱准备离开】

雅荷　哥哥，带上我一起走吧!

子密　你是咱家的功臣，但女人容易坏事，你还是随主人一起走吧!

雅荷　你好狠毒!

【子密一刀刺死雅荷，同时杀了两个苍头，用布将他们盖住，背着彭宠人头匆匆离去】

第十一场　金銮封侯

时间: 公元 26 年（建武二年）冬。

地点: 金銮殿。

【刘秀坐在金銮殿上，吴汉、王梁、盖延等立于两旁】

太监　宣子密入殿。

子密　吾皇万岁万岁万万岁!

刘秀　是你刺杀了彭宠?

子密　　是小人杀了反贼，特来献上反贼人头。

刘秀　　你是家奴，竟然卖主求荣，这样的恶人还敢来求赏，推出去。

吴汉　　慢！皇上有旨在先，谁杀了彭宠可封侯。

刘秀　　这么说，此人杀不得。

吴汉　　杀不得，还得封侯。

王梁　　子密，这是金銮殿，你面对的可是当今皇上，彭宠是否造反，你
　　　　说出实情，如敢有一句假话，那可是欺君之罪，会灭你九族，说！

刘秀　　王梁说得好，你若敢有半句假话，我定会灭你全族，说吧。

子密　　彭宠并无造反之心，朱浮写信诬陷于他，多次恶言相逼，可彭宠
　　　　仍然不反。是我密密圈禁了彭宠，偷他虎符，假传军令，也是我
　　　　带兵杀了朱浮的军兵，逼迫彭午称燕王，造成彭宠造反的假象。

刘秀　　这个可恶的朱浮！

军校　　报！渔阳太守彭宠被杀以后，府中大将韩利杀了彭午并诛灭了彭
　　　　氏九族，然后带兵投降了汉军。

王梁　　哎呀！

吴汉　　灭了九族？

盖延　　怎么会这样？

刘秀　　封子密不义侯，圈禁府内，不得出门半步。封彭宠建忠侯，厚葬
　　　　彭家。

王梁　　皇上，王梁请辞，回家侍奉老母，请皇上恩准。

刘秀　　准！

王梁　　谢皇上！吴汉，吴大司马，吴二哥，今天我再叫你一声二哥，从
　　　　此我们恩断义绝，保重！【王梁仰天长叹一声，下】

盖延　　可怜彭宠一世英名。

　　　　【盖延落泪，吴汉、刘秀也都拭泪】

（剧终）

238

马 大 娘

人物表

马大娘　50 多岁，农村普通老太太

马文志　儿子，17 岁，农村青年

卢启明　八路军十三团参谋长，30 多岁

山　野　日本兵

伪　军　4 人

时间：1941 年春。

地点：北京顺义焦庄户村。

　　【舞台：20 世纪 40 年代普通农家摆设，可设计有炕、水缸等，木柜为特定道具】

　　【开幕前五秒静场，突然一声枪声，紧接着枪声四起】

　　【卢启明八路军服饰，带驳壳枪，背文件包上】

卢启明　（内唱）突听四面枪声起，【手握驳壳枪急急上场】

　　　　　　　　身陷重围遇强敌。【四下观望，反身射击】

　　　　　　　　这作战方案是天大的秘密，

　　　　　　　　绝不可落敌手泄漏天机。

　　　　　　　　望前面有村庄暂避于敌，

　　　　　　　　这一家有门首碰碰运气。【敲门】

马大娘　（唱）忽听村外枪声起，

　　　　　　　不知何情心焦急。【开门】

卢启明　大娘，后边有鬼子追我，你能帮我吗？

　　　　【马文志上】

马文志　妈，怎么回事？

马大娘　（唱）见是八路自己人，

　　　　　　　随大娘进屋去躲避强敌。

　　　　（白）【对马文志说】后边有鬼子，快把这位同志藏起来。

　　　　【马文志领着卢启明在屋里转了一圈】

马文志　咱家没地方能藏人啊！

　　　　【马大娘焦急地向门外张望，回身看到木柜，过去把木柜打开】

马大娘　快。

　　　　【卢启明跳入木柜中】

　　　　【一个日本兵带着四个伪军上】

日本兵　（唱）这个八路不简单，

　　　　　　　肩负使命他来自延安。

　　　　　　　身上藏有重要文件，

　　　　（白）抓住他，

　　　　（接唱）要把这里翻个底朝天。

　　　　（白）就是这里，给我搜。

　　　　【伪军端着大枪四处搜寻】

　　　　【马文志紧张地用身体挡住木柜】

伪军甲　闪开！

马文志　你们别打碎了我家东西，我家没有什么八路啊。

马大娘　（唱）看敌人逞凶恶气断肝肠，

　　　　　　　只可怜我中华大国泱泱，

　　　　　　　却落得山河破碎国将亡。

　　　　　　　日本国本是弹丸一小邦，

　　　　　　　尔等发达竟逞狂，

　　　　　　　上天早晚会灭了你这不屑之邦。

伪军甲　你身后的这个木柜恐怕有问题吧？给我闪开。

马文志 这里边是杂物，装不了人。

【伪军甲打开木柜，发现了卢启明，卢启明被伪军抓了出来】

日本兵 【对着马文志】你的，隐藏八路的干活，良心大大地坏了，你的，死了死了地。

【两名汉奸把枪对准了马文志，日本兵一挥手，汉奸开了枪，马文志倒下】

马大娘 孩子！

日本兵 开路！

【日本兵带伪军押着八路军下】

马大娘 孩子！

（唱）望娇儿遭横祸瞬间把命丧，

　　　怎不叫娘悲痛难当。

　　　从小辛苦把你养，

　　　盼你成人做忠良。

　　　未承想，

　　　为救八路你敢把身挡，

　　　为抗战为国家死也荣光。

　　　只可惜，

　　　从此后你我阴阳两相望，

　　　让为娘孤影灯下泪茫茫。

【马大娘仍在悲痛，卢启明上场，身上多了一些血迹，衣服也破了。再次敲门，马大娘一愣，回转身来开门，发现又是卢启明】

马大娘 你这是……【大娘呆呆地愣在那儿（此处演员表情的变化，从突然、茫然到坦然，依然转身拉住卢启明）。马大娘第一眼看到卢启明是震惊，等明白过来后转为镇定，当卢启明再次请求救护的时候，依然相救。要演出母亲为了救他已失去了儿子，可面对八路军，母亲仍然没有任何怨恨，而是依然相救】

卢启明 大娘，敌人押着我要去据点，出了村就是山路，我趁机抱着日本兵一起滚下了山崖。结果，小鬼子死了，我还活着。那几个伪军就在后边，大娘，你还能帮我吗？

马大娘 当然能，大不了再搭上我一条命。

【马大娘再次把卢启明藏入木柜中，并从木柜里取出一块白布盖在马文志的身上，静静地坐在地上，望着自己的儿子】

【四个伪军上场，看到母亲守着儿子的尸首】

【伪军看到悲痛的母亲，什么也没说，站了一会走了（此处以无声的表演，达到无声胜有声的效果）】

【伪军走后，卢启明从木柜里出来，走到马文志身边，跪在马大娘身边】

卢启明 大娘，谢谢你！若不是为了保护我身上这份绝秘文件，我不会连累你们的。可这份文件关系到咱整个冀东抗战的大局啊，我没有办法，我只能说声谢谢，谢谢你们为咱冀东抗战做出的贡献。

马大娘 只要是为了打鬼子，做什么都值！

卢启明 谢谢你大娘，我得走了，再见！

马大娘 再见！

（剧终）

卓 异 知 县

　　顺义"三伸腰"稻米，又称"胭脂米"，播种技艺历史悠久。《后汉书·张堪传》记载，东汉初期，渔阳太守张堪在狐奴山开垦稻田八千顷，劝民耕种，成为华北地区有史料记载的种稻第一人。水稻种植技艺传承至今，被列入区级非物质文化遗产保护名录。康熙四十七年，顺义南石槽行宫建成后，康熙多次驻跸行宫，并召见当时顺义县知县杨棠，对他推广耕种"三伸腰"稻米大加赞扬，且亲自品尝，赐名"胭脂米"。并在顺义圣水泉旁亲自耕种，将水稻种植又推广到京西，后成为知名的京城御稻米。

　　本剧根据部分历史史实，通过戏剧性设计与构思，创作了以反映顺义历史传统文化及民俗风情为主要内容的历史评剧《卓异知县》。康熙三十八年，杨棠任顺义知县在任十七年，爱民亲民，积极推广水稻种植，受到顺义民众的爱戴。离任时，百姓自发地为知县赠送"万民伞"，并被康熙皇帝表彰为卓异，后调任苏州知府。本剧以杨棠为创作原型，再现了康熙时期顺义民众的生活情景。尤其康熙皇帝在顺义亲种御稻田，并在京畿推行水稻种植，成为顺义民间美丽的传说。

人物表

杨　棠　顺义县令，45 岁，刚正

康　熙　皇上，54 岁

淑　慎　薛成林的女儿，18 岁，美貌、直率，武艺高强

薛张氏　母亲，农妇，50 岁

张廷玉　吏部尚书，36 岁

鄂力布　镶黄旗都统，一品大员

赵　赖　鄂力布管家

薛成林　50 多岁，庄户人家

赫　伦　皇庄庄头，八品顶戴，旗人

李德全　太监，伺候皇上

图里琛　领待卫内大臣，康熙御前待卫

衙役　4 人

鄂力布随从　4 人

皇上銮仪卫护卫若干

文武百官若干

第一场　皇庄定计

时间：康熙四十七年秋。

地点：狐奴山田野中。

　　　　　【鄂力布骑马，带着管家赵赖及马弁、随从巡察顺义皇庄】

鄂力布　（唱）镶黄旗做都统本是闲官，

　　　　　　　　近几日得清闲皇庄来转。

　　　　　　　　这庄头耍奸猾想把我骗，

　　　　　　　　倒要看是你奸还是我奸！

赵　赖　老爷，前边就是狐奴山了。【鄂力布在田间掐了一个稻穗】

鄂力布　（接唱）看眼前好一幅美丽田园，

　　　　　　　　　却为何咱皇庄又报荒年？

赵　赖　老爷！

　　　　　（唱）这块地可不是皇庄的田，

　　　　　　　　箭杆河是界线皇庄在西边。

　　　　　　　　这一块是宝地遍地是泉眼，

　　　　　　　　形成了天然的肥地稻田。

鄂力布　那这块地为何没有圈入皇庄？

赵　赖	（唱）想当年箭杆河洪水泛滥，
	这块地原本是沼泽一片。
	顺义县杨知县治河归源，
	才修得这百顷肥美稻田。
鄂力布	杨知县？难道是杨棠？
赵　赖	正是。
鄂力布	嗯！你看，这水稻长得有多好！
赵　赖	老爷，您有所不知啊。
	（唱）这块田不一般世间少见，
	你看这稻米粒晶莹娇艳。
	煮熟后如胭脂清香甘甜，
	当地称"三伸腰"传了千年。
鄂力布	啊！这么好的米为何皇庄不种？
赵　赖	老爷，这水稻可娇气，这地质、水质、水温都有讲究，你看，这一片稻田根本不用浇灌，这地下有上百个泉眼，这箭杆河的水都是这泉水汇聚而成，离开这块地儿，种出的水稻就不是这个味儿！
鄂力布	就不能想办法把这块地儿弄到皇庄吗？
赵　赖	这老百姓把地看得比命都重，要征过来可不是件容易的事啊。
鄂力布	"三伸腰"，我要是有了这稻米，在京城会排上大用场。
赵　赖	我们只能花银子买。
鄂力布	买？这个皇庄年年歉收，府中三百多号人全凭我这点俸禄过活，我拿什么买啊。
赵　赖	也是。这个皇庄一百多顷地，每年不但不能收钱，还要花钱，花了大把的银子，收回一点粮食，这里外一算，亏得也太多了。
鄂力布	否则，我也不会跑到这皇庄来查看究竟。【鄂力布贪婪地望着那边的稻田】要是有这"三伸腰"，我在京城的势力就不一样了。
赵　赖	老爷，前边就是皇庄了。
鄂力布	让奴才们给我滚出来！
赵　赖	里边的人都出来！
赫　伦	【赫伦带两个庄丁出来】奴才赫伦给大老爷请安。

鄂力布　少来这一套，我问你，这顺义明明风调雨顺，你却报灾年，这是为何？

赫　伦　老爷您看，今年先是遇上了旱灾，后又遇上蝗灾，今年的水稻最多只能收二成。

鄂力布　可对面的水稻明明是一个丰年。

赫　伦　对面那是杨棠搞的"万顷稻田"，地下泉水充盈，旱涝保收啊。

鄂力布　你看，我在顺义这么一个富庶之地，有这么大一个皇庄，却年年赔钱，只收三成，你让我一家老小喝西北风去？来人，给我打！

赫　伦　老爷饶命。老爷您看，这箭杆河上有三道大坝，这下游的河水都被这三道大坝控制着，今年天气干旱，上游大坝不放水，我们下游想浇地，都无水可浇啊。

赵　赖　这三道大坝都是鲁各庄的？

赫　伦　正是，这村号称三坝七桥十二场，专产"三伸腰"水稻。这一大块地是薛成林的，有二百多亩，他控制着两道大坝。

鄂力布　也就是说，只要把这块地弄到手，就可以把上游的水放过来？

赫　伦　正是。

赵　赖　那怎么才能把这二百多亩地给弄过来呢？

赫　伦　这恐怕不行，薛成林就是死也不舍得卖这块地。

鄂力布　那就让他死！

赵　赖　老爷，让我想想。赫伦，这薛成林家里有什么人？

赫　伦　他家只有一个老婆和一个女儿，而且他老婆是一个财迷，过日子精打细算，远近闻名。

赵　赖　老爷，这就好办了，去他家找他老婆，只要把他们家地契骗到手，这二百多亩地就能给他抢过来。

鄂力布　地契怎么骗？

赵　赖　好办，趁薛成林不在家之时，让赫伦带我去他家，找这个财迷老婆，我们用皇庄这八十八顷良田的地契，一定能骗来他家的地契！

鄂力布　这皇庄可是上千亩地，换二百亩岂不吃了大亏？

赵　赖　哈哈，我们不吃亏他老婆怎么能换啊？

鄂力布	换了又怎样？

赵　赖　只要他敢收下地契，回头我们就告他侵占皇家官地。他敢不还地契，那就是死罪。老爷您可是官居一品，朝中要员，他杨棠一个七品县令，敢不买您的账？

鄂力布　换完了地，再收回地契，妙计！

赫　伦　你看，那边干活的就是薛成林，现在他老婆一定在家，我们这就去？

鄂力布　好，事成之后，重重有赏！哈哈哈！

第二场　贪财惹祸

时间：康熙四十七年秋。

地点：薛成林家中。

【这是一个比较殷实的家庭，清代古典家具摆设】

薛张氏　（唱）家有余粮心不慌，

　　　　　　　　勤劳耕种济世长。

　　　　　　　　今年丰收又再望，

　　　　　　　　殷实之家心气强。

　　　　（白）闺女，饭做好了没？

淑　慎　这就好！

　　　　（接唱）每日送饭到田间，

　　　　　　　　　一年省下不少钱。

　　　　　　　　　农家日子就得精打细算，

　　　　　　　　　勤俭持家挣下这万贯家产。

淑　慎　妈，这饭都装好了，我们去送饭吧。

赫　伦　【赫伦带赵赖上】请问这可是薛成林家吗？

薛张氏　正是，你们是？

赫　伦　唉哟！你就是薛夫人？这位可是京城来的四品大员、鄂府总管赵赖赵大人。

薛张氏　赵大人好！你们有什么事吗？

赵　赖　好事，大好事。

赫　伦　认识我吧？我是前边皇庄的庄头，我叫赫伦。你看，这是皇庄的官家地契。

薛张氏　这是要做什么？闺女，快来。

淑　慎　【淑慎匆忙上】什么事？

赵　赖　是这样，我家大人鄂力布，是大清开国功勋，当年在这一代圈下一百多顷良田，成为如今的皇庄。

薛张氏　皇庄我知道，就在前边，那一大片地，比几个村子都大。

赵　赖　正是。

　　　　（唱）要说偌大一皇庄，

　　　　　　　却是年年不产粮。

　　　　　　　薛成林种水稻手艺最棒，

　　　　　　　大把头的威名传遍四方。

薛张氏　（唱）你是要请他去帮个闲忙，

　　　　　　　指点下你们种地打粮？

赫　伦　唉！

　　　　（唱）我当庄头这多年费尽心肠，

　　　　　　　到今天"三伸腰"仍没指望。

　　　　　　　我家老爷打得我遍体鳞伤，

　　　　　　　我来求薛把头收了皇庄。

薛张氏　收皇庄？

赵　赖　对！

　　　　（唱）旗人的技能都在马上，

　　　　　　　百顷良田却收不了粮。

　　　　　　　鄂大人直急得肝裂神伤，

　　　　　　　才想到找把头白送皇庄。

薛张氏　什么？白送给我家？

赵　赖　对，白送！白给你们。

薛张氏　那可是一百顷上好的良田啊！

赵　赖　正是。

赫　伦　我家老爷说了，你们每年只需要给我们一顷地的稻米，剩下的，就全是你们自己的。

薛张氏 啊，这可是天大的好事啊。

赵 赖 你看，这是我们皇庄的地契，这是送地的官家文书，你看看。

薛张氏 我不识字。

淑 慎 我看看。这是满文，我一个字都不认识。

赵 赖 没关系，只要你在这画一个押，按一个手印就成了。

薛张氏 好，我来画押。

淑 慎 慢，这等大事，还是等我爸回来再说吧。

赫 伦 姑娘，这可等不了，你看这位爷，他可是京城里的大官啊，他得急着赶回京城。

赵 赖 这时辰是不早了，我赶着回京城呢，你看这地契你们要，还是不要啊？

薛张氏 要！我们要，我来画押。

赫 伦 慢！薛夫人，这毕竟是一件大事，你这一画押，我这可是一百多顷上好的良田啊，就给了你们，这每年你们得给鄂力布大人一顷地的"三伸腰"大米，能不能兑现，你们也得有个抵押才行啊。

薛张氏 我家拿什么抵押？

赫 伦 你家不也有一片稻田吗？只要你拿这一小块田地的地契做一个抵押，我们马上就可以签字画押。

薛张氏 什么？要拿我家地契作抵押？

赫 伦 薛夫人，这皇庄有多大你是看到了，这几个村的地加起来都没我们多，这一大片地白白送给你，这方圆几十里你家可就是第一大户了。拿这个地契只是作一个抵押，你家的地还是你们的，我们不要。

薛张氏 你们不要我家的地？

赫 伦 我们这么多地都不要了，干吗还要你家这点地啊？

薛张伦 那好，我去拿地契。

淑 慎 慢。妈，我总感觉这事不太对，这么大的好事怎么就落到我家呢，我们还是等父亲回来再定吧。

薛张氏 唉哟，我们这还要给你父亲他们送饭去，他们在地里劳作，中午根本不回来，怎么等他们回来啊？

淑　慎　那，我去田地里把父亲叫回来？

赫　伦　姑娘说的也对，这么大的事，得让当家的知道。可你去叫，再等他们回来，这一去一来差不多得一个时辰，这恐怕我们等不了。如果你们不想要这块地，那就算了，我们再去村里找一找其他的把头。

薛张氏　愿意，愿意！闺女，别等你爸了，我就做主了。来，我去拿地契。【下去拿地契】找到了，这就是我家的地契。

赫　伦　那你来画押吧。

【薛张氏画了押，赫伦把皇庄地契给了薛张氏，薛张氏也把地契交给了赫伦，赫伦把文书和薛家的地契交给了赵赖】

赵　赖　得，这事就算成了。我们走！

薛张氏　咱也赶紧给你爹送饭去，把这地契带着，赶紧给你爹说说，他听了，得乐死他。

第三场　大祸天降

时间：康熙四十七年秋。

地点：狐奴山下。

【皇庄驿所，鄂力布等待消息。赫伦、赵赖兴奋地上】

赵　赖　老爷，事儿办妥了！【呈上地契和文书】

鄂力布　【看完地契】哈哈！太好了。

（唱）地契在手底气壮，

　　　收他稻田理应当。

　　　恨不得今日就把地来抢，

　　　二百亩"三伸腰"入我粮仓。

赫　伦　（唱）稻田正在翻金浪，

　　　等着我们去收粮。

赵　赖　（唱）薛成林可不会轻易交田，

　　　这个人必定会引起麻烦。

鄂力布　薛成林是个麻烦。

赵　赖　（唱）我们不怕他要地告官，

　　　　　　　就怕他纠集村民来护田。

鄂力布　我可以调集家丁强行收地。

赵　赖　如果鲁各庄上千人一起护地，我们调来几千家丁，这动静太大
　　　　了，毕竟是京畿之地，要是让皇上知道了，老爷咋办？

鄂力布　不如，趁早杀了这个薛成林。

赵　赖　没错，只要薛成林一死，剩下一个贪财的老婆和一个傻丫头，
　　　　这事可就好办了，只要给他们一笔银子，管保没事。

鄂力布　太好了！赫伦，这事由你来办，就说皇庄和薛家因为土地发生
　　　　纠纷，带上几个庄丁故意和他打架，混乱之中，一刀宰了他。

赫　伦　出了人命，他们报官怎么办？

鄂力布　告到顺义县衙，一个七品小吏，对我这一品大员能怎么着？

赫　伦　好，我这就带人收地，故意引发群架，混乱中，我去杀了这薛
　　　　成林。

鄂力布　事成之后，老爷我重重有赏！

赵　赖　好，我们一起去！

【薛张氏与淑慎挑着担子为薛成林送饭】

薛张氏　（唱）人逢喜事笑开颜，

　　　　　　　我挑着担子走田间。

　　　　　　　凉爽的秋风吹脸面，

　　　　　　　金色的稻浪展眼前。

　　　　　　　迈步走在阡陌间，

　　　　　　　这心里可真是越走越宽。

淑　慎　妈，我们到了！爸，过来吃饭了。

薛成林　来了！【薛成林和两个帮工过来吃饭】

薛张氏　当家的，你看这，这是什么？

薛成林　这是什么？皇庄地契？怎么在你这？

薛张氏　当家的，这一下咱家可就发大了！

　　　　（唱）皇庄头到咱家亲献地契，

把百顷皇家田白送与您。

咱只需交给他一顷的息，

剩下的全是咱自家的。

薛成林　等等！到底怎么回事？

淑　慎　刚才皇庄庄头带着京城来的大官到咱家，说这皇庄他们耕种年年亏损，要把这一百多顷良田白白送给我家，然后把地契就给了我妈，还签了送地文书。他们也要我们拿东西做抵押，我妈就把咱家的地契给了他们。

薛成林　什么？咱家的地契给了他们？

薛张氏　人家说了，不要咱家的地，只是拿地契做一个抵押，咱这地还是咱家种！

薛成林　你糊涂啊，世上哪会有这么好的事！完了，咱家的地保不住了，我薛家败了！【瘫倒在地上】

淑　慎　不至于吧，不行，我们再把地契换回来。

薛成林　傻孩子，这皇庄里都是什么人？这是皇家的地契，咱小老百姓敢要这地契吗？侵占皇家土地，这可是死罪呀！快，赶紧把地契还给他们，快！

淑　慎　啊，他们来了。【赵赖、赫伦带着四个庄丁上】

赵　赖　谁是薛成林？

薛成林　小民薛成林，这位官爷有何吩咐？

赵　赖　你就是薛成林？我问你，你手里拿的是什么？

薛张氏　这不是你给我们的地契嘛。

赵　赖　哈哈，地方恶势力，竟然侵占皇家官地。来啊，给我拿了，去见官去！

赫　伦　给我上！

薛成林　慢！小民万万不敢，这就把地契归还大人。

赵　赖　归还，晚了！拿了！

淑　慎　畜生！

　　　　（唱）我不管你是哪家的官绅，

　　　　　　　也应该先学会做一个人。

　　　　　　　恃强凌弱岂是君子所为，

你们就是禽兽豺狼一群。

【淑慎从父亲手中夺过镰刀】我看你们谁敢来!

赵　赖　哈哈,一个野丫头,没看出来啊,给我拿下。

薛成林　不可!【薛成林挡在女儿前,庄丁一拥而上,薛成林和淑慎便与他们打了起来,薛成林被赫伦一刀砍死。淑慎急眼,轮起镰刀竟割了赫伦的脖子,赫伦当场死亡】

薛张氏　【哭喊着丈夫】闺女,这下我们可闯下大祸了。【吓得坐在地上】

赵　赖　哈哈哈!好一个野丫头,给我拿下!

【四个随从上前打斗,仍然不能制服淑慎】

赵　赖　哈哈哈,老爷我从小习武,跟随康熙爷远征葛尔丹,立下战功无数。你一个小丫头也敢跟我过招!

【赵赖逼近淑慎,淑慎抡刀就打,可赵赖轻松躲过,几个回合,淑慎就被赵赖拿住】

赵　赖　哈哈!快去报官。

【一个庄丁下。很快,县令杨棠带着巡捕衙役赶到】

薛　氏　你这个畜生,我和你拼了。【庄丁也把薛张氏控制住】

赵　赖　杨县令,你可亲眼看到了,这丫头杀死了赫伦。这赫伦是八品顶戴,也算朝廷命官,这丫头犯的可是灭门之罪!

杨　棠　【看着薛成林】这人是谁所杀?

赵　赖　这是一个乱民,想造反,被赫伦所杀。

淑　慎　是他杀了我爹,又要杀我,我才失手杀了他。

杨　棠　赫伦杀死了这位老汉,又要杀害她的女儿,这位姑娘才进行反抗,失手杀了赫伦。对吧?

赵　赖　杨知县,这赫伦可是皇庄的庄头,知道这皇庄是谁家的吗?

杨　棠　我只说案情,至于皇庄是谁家的,与本案无关。

赵　赖　嘿嘿!鄂力布大人可是一品大员,你可想明白。

杨　棠　把这一干人等都给我带走!

【赵赖带着家丁准备走】

杨　棠　慢!赵大人,这里发生斗殴,出了两条生命,你是为首者,你怎能走呢?

赵　赖　什么？杨棠！你敢拘捕我？

杨　棠　因你牵扯本案，还请大人到公堂上说清楚。

赵　赖　哈哈，小小的县令。

　　　　（唱）强压怒火叫杨棠，

　　　　　　　七品小吏不自量。

　　　　　　　我可是四品武官骠骑将，

　　　　　　　你竟敢拘捕我过你大堂？

杨　棠　（唱）七品小吏却管着这一方，

　　　　　　　护佑着黎民百姓不受欺伤。

　　　　　　　不管是文武百官与将相，

　　　　　　　只要犯法就必须押上大堂！

　　　　（白）来人，给我押起来，一起带走！

赵　赖　你！

第四场　命案难判

时间：康熙四十七秋。

地点：顺义县衙。

　　　　【县令杨棠升堂，师爷出来，带着四个衙役】

衙　役　升堂！【喊堂号】

师　爷　请老爷！

杨　棠　带罪犯！【淑慎、赵赖、薛张氏被带上大堂】

衙　役　跪下！

赵　赖　我是四品官。杨棠，先来见过本官。

杨　棠　【一拍惊堂木，大喝】跪下！

赵　赖　看好了，我可是四品顶戴！

杨　棠　来人，摘掉他的顶戴！

赵　赖　你！

杨　棠　赵大人，这是顺义县衙，你跪的不是我，是大清律法！

赵　赖　我又没犯法！

杨	棠	犯不犯法，审了便知！
赵	赖	好好好，我看你怎么收场！【慢慢跪下】
杨	棠	赵大人，身为朝廷命官，因何参与地方殴斗？
赵	赖	我没参与！
杨	棠	你为何在场？
赵	赖	我在场，但没参与。
杨	棠	因何发生争斗？
赵	赖	薛家自愿将二百亩稻田投充给皇庄，地契给了皇庄，也签了投充文书。该交地的时候，他们又反悔了，这才引起殴斗。
杨	棠	这地契和投充文书在何处。
赵	赖	在鄂力布大人手中。
杨	棠	姑娘，你们果真签了投充文书？
淑	慎	我明白了，大人！原来这都是他们的诡计。

    （唱）这赵赖与赫伦狼狈为奸，

             说什么白送薛家百顷田。

             并拿这皇庄地契把戏演，

             骗取了我家地契把地占。

             设毒计害家父一命归天，

             再借赫伦死也把我来斩。

             好端端一个家天塌地陷，

             只为了强占我家的稻田。

薛张氏	啊？你这个畜生【说着，扑向赵赖，被衙役挡开】
赵 赖	慢着！

    （唱）休听她一面词就下断言，

             我皇庄虽然有百顷良田。

             可每年收三成已算好年，

             鄂府上几百人指它吃饭。

             只搞得全府人非常节俭，

             老爷他真心想把皇庄转。

             薛成林老把头远近名传，

             我找到他薛家把地来转。

并非想要他这二百亩稻田，

我带人只想和他把利息算。

未承想薛成林挥刀来战，

混乱中赫伦他失手出剑。

杨　棠　【杨棠眉头紧皱】

（唱）分明是鄂力布想占稻田，

让手下使诡计把地契骗。

下毒手薛成林死于混乱，

这薛家剩母女失了靠山。

薛家人收皇庄他再报官，

告平民侵官田把地契索还。

未承想这姑娘侠义虎胆，

竟然将赫伦他一命归天。

这不仅为自己惹下灾难，

也为他们抢田地减了负担。

一个是一品大员连着天，

一个是良家女子蒙深冤。

虽说是百姓受欺我当管，

可毕竟姑娘她也把命欠。

不治罪鄂大人面前难过关，

若治罪这姑娘就要把命还。

这让我如何来判案中案，

左思右想实在难。

先暂时将他们一并收监，

想好对策再来宣判。

（白）来人，将他们一并收监。

鄂力布　【鄂力布带着随从突然闯来】狗官！好大的胆子，我的管家你也敢关？

杨　棠　下官见过都统大人。

鄂力布　少来这套，这个案子你不用审了，本官要把他们带走。

杨　棠　此案发生在本县境内，而且牵扯两条命案，这么重要的人犯大人不可带走。

鄂力布 一个小小的七品县令，难道还想阻拦我？

杨　棠 下官不敢。大人，顺义这么多年，从未发生过这么大的案件，一日之内连伤两条人命，这案子恐怕一天之内就会传遍京城！大人若是将人带走，万一这事让皇上知道了，大人如何交代？

鄂力布 这不用你管。

杨　棠 大人，自古一法，杀人偿命。这姑娘杀了朝廷命官，死罪难逃，本官一定按律定罪，绝无私情，大人您看如何？

鄂力布 要是这么说倒还可以。不过，这人犯必须斩立决，我得看着她死。

杨　棠 案子一旦审清，本官立刻宣判，如何？

鄂力布 好，我在顺义等你三天！

淑　慎 我当你是个好官，却原来也是一个狗官！

杨　棠 唉，两头都骂我狗官，看来，不当狗官都不成了。

第五场　驻跸南石槽

时间：康熙四十七年秋。

地点：南石槽行宫。

【銮驾出场。太监李德全、大臣张廷玉出场，皇上出场】

康　熙 （唱）秋狝木兰草原中
　　　　　　巡幸蒙古为安宁。
　　　　　　承德一行三月整，
　　　　　　今日回到北京城。

李德全 皇上，南石槽行宫到了。

康　熙 【下辇】张廷玉。

张廷玉 皇上，一路劳顿，这是南石槽行宫，明日即可到京。

康　熙 衡臣啊，这个行宫是去年才建的吧？

张廷玉 回皇上，这个行宫建了三年，今年是皇上首次巡幸。

康　熙 噢！那我就看看这南石槽。这有南石槽，是不是还有一个北石

　　　　　槽啊？

张廷玉　皇上圣明。北边那个村子就是北石槽，东边那个村叫东石槽。

康　熙　这么说这个地方交通方便，人丁兴旺，有山有水，是块宝地啊。唉，那是什么山啊？

张廷玉　那叫史山，上面有卧佛寺一座，这尊佛像也是檀香木所雕，据说与京城西山卧佛寺相映。

康　熙　噢！朕以为这就是一个穷乡僻壤，没承想有这么多的名胜。还有什么，快说说。

张廷玉　皇上，这西北方向是凤凰山。

康　熙　凤凰山？

张廷玉　正是，这山上有个潮源洞，洞中有关帝庙一座、佛家寺庙一座，供奉乃释迦牟尼。

康　熙　这又是新鲜，一洞双庙，一佛一道，有意思。没想到顺义这么一个偏远山村，竟也如此繁盛。这个县令是杨棠吧？

张廷玉　正是。杨棠是康熙三十三年的进士，康熙三十九到此任县令，到今年已经任了八年了。

康　熙　传，传杨棠来见朕。

李德全　传顺义县令杨棠晋见。

杨　棠　【行跪拜大礼】顺义县令杨棠叩见皇上，吾皇万岁万岁万万岁。

康　熙　免礼平身。杨棠，你顺义光景如何？

杨　棠　启禀圣上！

　　　　（唱）　说顺义风光好不输江南，

　　　　　　　　这北部上百里翠绿群山。

　　　　　　　　潮白河穿城过碧水涟涟，

　　　　　　　　牛栏山狐奴山镶嵌河两岸。

　　　　　　　　那山下地肥厚万顷良田，

　　　　　　　　千百年重农耕代代相传。

　　　　　　　　在汉代有名臣太守张堪，

　　　　　　　　开稻田八千顷狐奴山边。

　　　　　　　　"三伸腰"好稻米绵柔香甜，

　　　　　　　　晶莹剔透赛珍珠粒粒光鲜。

> 顺义人很纯朴宽厚和善，
>
> 百姓们的日子祥和平安。

康　熙　好！

（唱）说张堪后汉书中有专卷，

施惠政留得美名千年传。

张廷玉　（唱）张君惠政清廉官，

臣之楷模记心间。

杨　棠　（唱）潮白河边万顷田，

丰碑刻在狐奴山。

臣在顺义来为官，

八年不敢半日闲。

不负皇恩交重担，

敢于赤心面先贤。

康　熙　好！杨棠，水稻好啊，产量高，北方要是都能种上水稻，就能解决吃饭这个大问题啊。

杨　棠　下官牢记圣训。

康　熙　你不能只在顺义种水稻，你要把水稻传给其他县，要让京畿都种上水稻。你们提供种子，提供师傅，帮助他们种，我免你们顺义三年租赋。

杨　棠　下官遵旨。

康　熙　今晚我一定要尝尝这"三伸腰"。对了，你在狐奴山下给我划出一块地来，明年春社朕要亲自耕种。

杨　棠　皇上，狐奴山下果然有一圣水泉，泉边一处就叫御稻田，真乃天意。

康　熙　圣水泉，御稻田，看来，我不种都行了，哈，哈。

杨　棠　皇上，只是这御稻田臣回去得赶紧立碑，否则，就会被划为皇庄了。

康　熙　皇庄？朕不是早就不让圈地了吗？怎么还有皇庄占地的事。

杨　棠　现在圈地确实没有了，可是以换地之名进行投充还是有的。

康　熙　你这话里有话啊！

张廷玉　杨县令，皇上难得有个好心情，这小事就别分皇上的心了，你一定会处理好。皇上，这是行宫。

康　熙　好，我们走！

第六场　夜访学友

时间：康熙四十七年秋。

地点：南石槽行宫张中堂下榻处。

杨　棠　下官拜见张中堂。

张廷玉　免礼，何事？

杨　棠　中堂大人设法救我！

张廷玉　何出此言？

杨　棠　前日，我将一品大员鄂力布给得罪了，我担心他会一刀劈了我啊。

张廷玉　鄂力布？他父那是国舅，他可是皇上的表哥啊！一向脾气暴烈，连皇上都让他三分，你怎敢得罪于他？

杨　棠　鄂力布仗势欺人，强抢人家稻田，还打死了薛成林。

张廷玉　是谁打死的薛成林？

杨　棠　是他管家赵赖指使皇庄庄头赫伦打死了薛成林。

张廷玉　那治赫伦的罪就可以了，牵涉不到鄂力布啊。

杨　棠　问题就在这，这一切明明是鄂力布指使，可根本治不了他的罪。更难办的是，赫伦被薛成林的女儿淑慎给杀了。

张廷玉　啊？这按大清律法，这姑娘可是死罪啊。

杨　棠　中堂大人，你不能旁观啊！得想办法保下这姑娘。

张廷玉　杨棠！这姑娘怎么保下来？

杨　棠　那得靠大人你想办法啊！

张廷玉　（唱）你做县令已八年，

　　　　　　　虽然仍是七品官。

　　　　　　　为人刚正令人赞，

　　　　　　　勤政为民美名传。

　　　　　　　助你不因同门缘，

　　　　　　　皆因正义把心联。

杨　棠　中堂!

　　　　（唱）你我只想做好官，

　　　　　　　黎民把咱当青天。

　　　　　　　一旦百姓有灾难，

　　　　　　　你我怎能不承担?

张廷玉　让我想想，这姑娘杀的是朝廷命官，而且还是旗人，别人谁能
　　　　管得了，只能由皇上圣断。

杨　棠　这案子要是报给皇上，鄂力布做了很多手脚，他们欺骗薛张氏
　　　　签下了投充文书，又把地契给了赵赖，赵赖收地合理合法。鄂
　　　　力布只是幕后指使，没有直接出面，很难治他的罪，皇上也不
　　　　好办啊。

张廷玉　那就判姑娘死罪，明日开刀问斩，造成一大冤案。

杨　棠　是演给皇上看?

张廷玉　明日我想办法把此冤案禀报皇上，我想皇上可能会去看看。

杨　棠　好! 我这就去安排。

张廷玉　但皇上一时会认为你乱判冤案，弄不好会追你失职之责，你可
　　　　想好了。

杨　棠　只要能救下这位姑娘，还百姓一个公道，我就是掉了脑袋都在
　　　　所不辞。

张廷玉　好，我们一言为定。

第七场　刑场蒙冤

时间：康熙四十七年深秋。

地点：顺义县刑场上。

　　　　【淑慎被判死刑，押在刑场之上，刽子手捧刀站在身后。淑慎死
　　　　前却是一身孝服，为父戴孝。杨棠坐在监斩台前，旁边坐着鄂
　　　　力布和赵赖】

杨　棠　大人对本官的审案是否满意?

鄂力布　只要你杀了这姑娘，本官重重有赏。

杨　棠　谢大人抬爱。

赵　赖　时候差不多了，行刑吧。

杨　棠　奸，我来宣判：顺义鲁各庄民女薛淑慎，性情刚烈，胆大妄为，
　　　　杀害朝廷命官，触犯大清律法，判死刑，午时三刻，问斩。

　　　　【一声追魂炮】

薛张氏　青天大老爷，饶命啊！【薛张氏手提竹篮，为淑慎送行】

淑　慎　母亲！

薛张氏　（唱）晴天日，

淑　慎　（唱）迎霹雳，

薛张氏、淑慎　（合唱）心惊胆战，

薛张氏　（唱）好端端一家人惨遭摧残。

淑　慎　（唱）老父亲慈祥面容再难见，

薛张氏　（唱）夫君你受辱含冤下九泉。

淑　慎　（唱）为官者仗势欺人百姓惨，

薛张氏　（唱）看天下正义难伸民含冤。

淑慎、薛氏　（合）母亲啊！女儿啊！

薛张氏　（唱）怪妈贪财遭人暗算，

淑　慎　（唱）女儿走了妈你该咋办。

薛张氏　（唱）空留下我一人难活人间，

淑　慎　（唱）从此后我薛家没了家园。

薛张氏　（唱）从此后饿死街头无人管，

淑　慎　（唱）从此后遭遇强人难身还。

薛张氏　（唱）我一人无依无靠心胆寒，

淑　慎　（唱）我母女只有一死（合）告苍天！

鄂力布　时候不早了，开始行刑吧！

杨　棠　大人莫急，时候还未到呢。

淑　慎　（唱）古有窦娥蒙深冤，

　　　　　　　大雪飘过六月天。

　　　　　　　今有淑慎草命贱，

　　　　　　　遇到晕官把命残。

娘啊，儿死不丧顺义田，

留个洁身到阴间。

待到顺义见青天，

娘再送儿尸骨还。

民　众　（合）杨青天，青天大老爷，冤女不能杀！

【康熙在张廷玉、图力琛的陪同下，走进法场。杨棠认出，装作没有看见，大声对鄂力布说，故意让康熙听到】

杨　棠　顺义父老，下官愧对百姓。今天，我就还百姓一公道！鄂力布大人，本官审案，大人一再干预，使本官不能秉公办案，还望大人回避。

鄂力布　杨棠！你疯了吗？

杨　棠　鄂力布大人，本案本是两条人命，却只有一个抵命，这公平吗？

鄂力布　有何不公？

杨　棠　赵赖指使家奴，打死薛成林，他罪责难逃！

赵　赖　昨日你不是将本官无罪释放了吗？今天怎么又提此事？

杨　棠　昨日是因鄂力布大人，一品大员以势压人，下官不敢开罪与你。

鄂力布　你想怎样？

杨　棠　赵赖，身为朝廷命官，却贪赃枉法、飞扬跋扈、欺压百姓，强抢民田、草菅人命，指使家奴故意杀人，按大清律，当斩立决。来人，把赵赖拿下，押赴法场！【上来两个衙役拿下赵赖】

民　众　好！青天大老爷！

赵　赖　杨棠，你敢拿我？

鄂力布　杨棠！你活够了？什么糊涂官，来人，摘了他的顶戴。

康　熙　慢！我看这杨知县审得好！

杨棠及众人　皇上！吾皇万岁万岁万万岁！

康　熙　平身吧。这母女怎么了？

淑　慎　这位大人，这个恶贼杀了我父亲。

薛张氏　他还要强抢我家稻田。

杨　棠　鄂力布强占薛家二百亩稻田，薛成林不从，他便设计杀了薛成林。由于这位姑娘反抗，赫伦又要杀这姑娘，姑娘争斗中失手杀了赫伦。

鄂力布　　杨棠，你胡说，这丫头故意杀人，犯了死罪。

张廷玉　　皇上，圈地之事，皇上早有旨意，任何人不得再随意圈地，而且还逼死人命。

鄂力布　　张廷玉，你这是落井下石！

康　熙　　这姑娘杀了赫伦？

杨　棠　　是赫伦先杀了薛成林，又要杀这位姑娘，姑娘她才不得不反抗，失手杀了赫伦！

鄂力布　　胡说，皇上，这姑娘是用镰刀抹了赫伦的脖子。这野丫头好狠，必须斩首。

康　熙　　放肆！鄂力布，朕多次宽恕于你，可你不思悔改。来啊，革去他顶戴花翎，流放宁古塔做驿承。

鄂力布　　皇上，我是用皇庄之地和他家换地，并未强占民田啊。

康　熙　　你不说我倒还忘了，将这块皇庄收回，还给顺义百姓。

杨　棠　　谢皇上。

鄂力布　　杨棠，你别得意，等老子翻过身来，再来取你狗命。

康　熙　　把他押下去！

　　　　　【图力琛将鄂力布押下】

杨　棠　　皇上，淑慎姑娘虽然也杀了人，那是被逼无奈，求皇上赦免她的死罪！

民　众　　求皇上开恩！

康　熙　　这丫头还真厉害，竟敢杀人，这也是官逼民反，朕就赦免了你，回家好好安葬你的父亲。赫伦既然已死，赵赖也别杀了，陪他主子，一块去宁古塔吧。

赵　赖　　谢主隆恩！

淑　慎　　谢皇上。

第八场　御耕春社

时间：康熙四十八年春社日。

地点：圣水泉御稻田。

【狐奴山下，古井旁，大树下，一片稻田，风景如画，优美】

【春社习俗：春社极为热闹，有社鼓表演，有女巫起舞；祭台上摆放猪羊肉、鸭饼、瓜姜等祭品，社酒坛放在一边，司仪主持祭祀仪式：由里长（族中老者）请出张堪牌位，焚香、跪拜】

司　仪　一拜：风调雨顺；再拜：五谷丰登；三拜：国泰民安。

【老者拜毕，从系红绸的箩筐中抓一把稻种，高举过头顶，然后洒向稻田】

司　仪　开田！

【鼓乐齐鸣，女巫跳起太平鼓】

李德全　皇上驾到！【全体退后跪迎】

【皇上鸾驾，张廷玉、李德全、图里琛、杨棠等（视情而定文武百官人数）文武百官上场】

康　熙　（唱）今日巡幸狐奴山，
　　　　　　　秋高气爽心开颜。
　　　　　　　一条河如丝带缠绕田间，
　　　　　　　金黄黄如渤海万顷稻田。
　　　　　　　看远处群山叠嶂飘云烟，
　　　　　　　瞧近前阡陌纵横绿荫连。
　　　　　　　牧童横笛溪水边，
　　　　　　　老农荫下自悠闲。
　　　　　　　好一幅如画美景秀田园，
　　　　　　　倒让朕误以为水乡江南。
　　　　　　　兴冲冲登上这狐奴山，

李德全　皇上，注意龙体。

康　熙　（唱）另一番美景映入眼帘。

杨　棠　皇上！
　　　　　（唱）山下寺庙白云观，
　　　　　　　立观真人张道宽。
　　　　　　　内有一庙祭张堪，
　　　　　　　稻民拜他为神仙。

康　熙　（唱）张堪创下这万顷田，

造福百姓上千年。

朕也尊他为神仙，

佑我大清好丰年。

杨　棠　皇上，前边是箭杆河，全由泉水汇聚而成，河里的鲤鱼肉质鲜
　　　　美，也是顺义的一宝啊。

康　熙　哎，那块田地为何没和这万顷稻田连为一体啊？

杨　棠　回皇上，那块就是鄂力布的皇庄。

康　熙　噢？李德全，内务府知道吗？

李德全　皇上，这是镶黄旗的旗庄。还是顺治年，多尔衮入关时，佟国
　　　　纲立有战功，许他在此圈的地。

杨　棠　眼下这块地归了鄂力布，与这一大片稻田生生隔开了。

康　熙　不是已下旨收了他的皇庄吗？

杨　棠　待有了皇上圣旨，我就把这块地均分给当地百姓，汇入这万顷
　　　　稻田之中。

康　熙　【走入稻田】这稻谷长得可真好啊。

张廷玉　皇上，这就是"三伸腰"。

康　熙　噢？这就是"三伸腰"？果然晶莹剔透，难得的好米。杨棠，我
　　　　要带些稻种，回丰泽园亲自耕种。

杨　棠　臣一定办好。

康　熙　朕把这片宝地还给了你，你可要给朕保住这万顷稻田啊。朕赐
　　　　名"胭脂米"，我看以后谁还敢来圈这块地！

杨　棠　谢万岁圣恩！

张廷玉　皇上，这就是圣水泉。【古井前】

康　熙　这就是你给朕划的一亩三分地？

杨　棠　正是，圣水泉边，御稻田，再合适不过了。

康　熙　好！【在"一亩三分地"前面南站立】
　　　　（唱）往年耕种在先农坛，
　　　　　　　皇家也有一亩三分田。
　　　　　　　祭农神亲耕种朕为天下先，
　　　　　　　来狐奴种稻田以慰张堪。

张廷玉　进！【里长跪进农具，或者牵牛入地】

张廷玉 进！【杨棠跪进鞭子。皇帝左手扶持农具，右手执鞭，前面的老者牵牛，旁有两名农夫扶犁，后边杨棠捧装种子的竹篮，张廷玉播种。在一片欢乐声中，往返三个来回，即完成"三推三返"的皇帝亲耕礼】

张廷玉 请皇上歇息！

康　熙 不累，今天我要把地耕完。

　　　（唱）重农耕广积粮强国之策，
　　　　　　这顺义万顷田国之楷模。
　　　　　　三伸腰米质好国之珍宝，
　　　　　　愿黎民得安宁雨顺风调。

淑　慎 万岁，小女特来拜谢皇上。

康　熙 杨棠，我看这姑娘不错，遭此一难，也难成家了，就赐给你为妻如何？

杨　棠 皇上，万万使不得！

张廷玉 皇上，他家中有一母老虎，杨知县惧内。

康　熙 哈哈！那就再给你一只老虎，你杨棠就没事了。

杨　棠 为臣不敢！

淑　慎 【上前踢了杨棠一脚】怎么着？我一黄花大姑娘，嫁给你还不愿意了？

康　熙 姑娘，你愿不愿意啊？

淑　慎 杨县令是个好官，俺愿意。

康　熙 好，那就这么定了。哈哈哈。

第九场　万民伞

时间：康熙五十六年冬。

地点：顺义县衙门前。

　　　（话外音）奉天承运，皇帝诏曰。顺义知县杨棠，洁己爱民，任事练达，伺农耕，安乡里，重民生，励志国家大计，堪列卓异，着升杨棠为苏州知府。钦此。

【杨棠悄悄出门，见四处无人，便向后招手。一个书童挑着一对木箱跟在身后，突然从四面涌来众多百姓】

百　姓　杨大人，你不能走！杨大人，你不能走啊！

杨　棠　【看到众百姓跪地挽留，热泪盈眶】众位父老。

（唱）　心颤颤接过了万民伞，

　　　　不由得已使我老泪纵弹。

　　　　杨棠我在顺义为官十七年，

　　　　与百姓结下了深厚情感。

　　　　老人们都拿我当作儿男，

　　　　孩子们都拿我当作玩伴。

　　　　百姓们有家事找我交谈，

　　　　黎民们有灾难我来承担。

　　　　十七年放不下是万顷稻田，

　　　　鲁各庄胭脂米种进丰泽园。

　　　　皇上耕种御稻田年年丰产，

　　　　顺义的沟沟坎坎变成良田。

　　　　交贡米税租钱粮年年免，

　　　　百姓的日子才越过越宽。

　　　　十七年无一日敢不勤勉，

　　　　做知县当清官学做先贤。

　　　　前有那大汉名臣谓张堪，

　　　　率军民开垦八千顷稻田。

　　　　还有那汉代名相叫范迁，

　　　　同样是两袖清风美名传。

　　　　顺义的民风纯正人和善，

　　　　这里一草一木早已融心间。

　　　　赴苏州任知府路途遥远，

　　　　不可负皇上恩要做清官。

　　　　顺义啊我故乡终生相恋，

　　　　但愿我杨棠之名留给后人传。

淑　慎　好你个杨棠，想逃走，不带我？

杨 棠	路途遥远，鞍马劳顿，我怕夫人承受不起啊。
淑 慎	有什么承受不起的，我陪你去苏州。
杨 棠	哎呀夫人，不可耍闹！
淑 慎	谁跟你耍闹了，我就跟着！
杨 棠	那老母亲谁来照看。
薛张氏	我不用照看，我也跟着。
杨 棠	啊?!
老 者	【四位老者率领众乡亲送上万民伞，众乡亲跪在路两旁洒泪相送】杨县令，这是乡亲们的心意，请您收下！
杨 棠	万民伞！杨棠何德何能，怎敢承受如此褒奖！诸位父老！杨棠拜谢了！【给百姓跪下，叩谢】

　　　　（唱）为官要把民当天，
　　　　　　　造福百姓讲清廉。
　　　　　　　赢得百姓真心赞，
　　　　　　　留下美名传百年。

（全剧终）

抗 疫 有 我

人物表

大　勇　　男，医生，28 岁

菲　菲　　女，大勇恋人，呼吸科医生，27 岁

程子梁　　菲菲父亲，中医院副院长。58 岁

肖淑琴　　菲菲妈，退休护士，57 岁

【背景为医院走廊内，有呼吸科门牌】

【大勇穿医生服装急匆匆地上】

大　勇　　（唱）忽听武汉有疫情，

　　　　　　　　　院里下了动员令。

　　　　　　　　　派遣强将和精兵，

　　　　　　　　　担心菲菲会报名。

　　　　　　（白）我得赶紧找菲菲商量商量。【急急忙忙地来呼吸科门口】菲菲！菲菲！

　　　　　　【菲菲从呼吸科出来】

菲　菲　　什么事？我正忙着呢。

大　勇　　亲爱的，咱们院要派医疗队支援武汉，我怕你报名，所以赶紧跑过来了。

菲　菲　　你跑晚了。

大　勇　　什么意思？

菲　菲　　我已经报完名了！

大　勇　　啊，这么大的事，为什么不跟我商量一下？

菲　菲　这么大的事，还有商量的余地吗？大勇！

　　　　（唱）你我都是医大毕业生，

　　　　　　　医学院的宣言仍在咱心中。

　　　　　　　遇大疫国之难医者不冲锋，

　　　　　　　那以后还如何配称医生？

大　勇　（唱）现在武汉已封城，

　　　　　　　可想情况有多严重。

　　　　　　　这可是生与死的一场战争，

　　　　　　　你一弱女子如何支撑？

菲　菲　（唱）你倒是堂堂男儿却认怂，

　　　　　　　大男人这私心不可太重。

大　勇　我私心重？菲菲，后天我们就要举行婚礼，这两边的亲朋好友
　　　　都通知到了，你让我一个人怎么结婚？

菲　菲　婚礼肯定办不成了，你是医生，这还不知道？

大　勇　就算不办结婚仪式，但是这婚还得结吧？

菲　菲　现在这个时候，一切都得为疫情让路。

大　勇　别！别！菲菲，咱不吵架，咱都别急，我家一大群亲戚都从老
　　　　家来北京了，这酒店都备好了一切，你说不结就不结了，咱先
　　　　不说这损失会有多大，这怎么让我跟亲戚们解释啊？

菲　菲　大勇，我也不想改变婚期啊，可大疫面前，我们怎么选择？

大　勇　不行！菲菲你看，马上就到下班时间了，我等你，我们一起回
　　　　家见爸妈。

　　　　【菲菲转身进屋，大勇非常焦急】

大　勇　唉！

　　　　（唱）疫情来得太突然，

　　　　　　　把所有的计划全打乱。

　　　　　　　我和菲菲相恋已八年，

　　　　　　　这婚期一拖再拖到今天。

　　　　　　　不成想后天的婚礼又要冲散，

　　　　　　　我张大勇结个婚为何这么难？

　　　　　　　拉着菲菲见岳母来把她劝，

　　　　　　　我相信岳母她定会力挽狂澜。

【菲菲出来，大勇也脱掉白大褂，和菲菲一同下。医院的场景撤下，换家庭内景】

【程子梁搬着行李箱上，打开行李箱，收拾衣物】

程子梁　淑琴，这武汉比北京暖和，就别带那么多棉衣了吧。

肖淑琴　【又拿着一件棉衣上】现在这冬天，南方比北方有时都冷，还是多带着点儿好。

程子梁　【从老伴手中接过棉衣】

（唱）一件棉衣托手上，

　　　　执子之手情意长。

　　　　三十年相伴发成霜，

　　　　生死离别难述衷肠。

【大勇、菲菲上，大勇敲门，突见岳父正在收拾行李，大惊】

大　勇　爸，您这是？

肖淑琴　大勇来得正好，正要给你们打电话呢！你爸爸报名驰援武汉，明天就走。

大　勇　啊？

菲　菲　爸，您也去武汉？

程子梁　我可是咱们支援队的队长！戏词里称"兵马大元帅"！

肖淑琴　大勇！

（唱）一场大疫染中华，

　　　　身为医者责任大。

　　　　你们的婚礼你爸难参加，

　　　　全权代表的还有老妈。

大　勇　不是，爸、妈，菲菲也报名了，她也去武汉！

【程子梁、肖淑琴都吃了一惊，同时看着菲菲，肖淑琴走到菲菲跟前，拉着菲菲的手，深情地】

肖淑琴　想好了？

菲　菲　【眼含泪花，用力地点着头】妈，我和爸都不在您身边，您可要保护好自己。

肖淑琴　（唱）我还把菲菲当孩童，

　　　　　　常把饭菜送到膝前撒娇的儿口中。

　　　　　　一群孩子换上白衣去冲锋，

怎不叫为娘心中担着惊。

好在是并肩上阵的父子兵，

虽在一线相互也会有照应。

菲　菲　妈！您放心吧。【母女抱在一起】

【大勇看到这个场景，什么话也说不出来了，无奈地叹了口气】

大　勇　爸，您是院长，怎么也报名了？

程子梁　武汉支援队需要有领导带队，我就报名了。爸知道会耽误你和菲菲的婚事，可与国家疫情相比，我们家里这点事算什么。

大　勇　唉！这酒店的饭菜可怎整啊！【一拍大腿，蹲在地上】

肖淑琴　菲菲，赶紧收拾行李吧。

大　勇　女孩收拾行李也费劲，我们帮你一块收拾。【四人都下】

【回到开场时医院场景，大勇拿着手机焦急地拨着号】

大　勇　菲菲！你还好吗？我们视频，你让我看看你，就看一眼。

菲　菲　(画外音) 刚下来，我很累，真的很累。现在和你视频，会吓着你的。

大　勇　菲菲，我担心你，就让我看你一眼好吗？

【如果有大屏，此时可放一张医护人员因长时间戴口罩而使脸变形的照片】

菲　菲　(画外音)【无力地说】你可别害怕呀。

大　勇　菲菲，你是英雄，我一堂堂男儿，绝不当狗熊。院里第二批支援队正在报名，老婆，你等着，我来了！

【大勇震撼全场的一声大喊】老婆，我来了！

【全场静音】

(话外音) 哪有什么天使啊，就是一群孩子，换了身衣裳，却挺起了民族的脊梁。

合唱：沧海横流显本色，

白衣为甲迎战火。

逆行出征担重责，

舍生忘死报祖国。

（剧终）